1958

DAS BUCH

Mirko Mihalic ist nach fast zehn Jahren im Betrieb immer noch »der Neue«, seine Mitgliedschaft im Fitnessstudio ruht seit einiger Zeit und die Dating-App auf seinem Handy ist eine eher lästige Nebenerscheinung seiner digitalen Existenz. Beim gelangweilten Scrollen stößt er auf ein Video, das ihn bis ins Mark erschüttert. Es gibt einen Ausweg: Kein Mensch ist dazu geboren, ein Schaf zu bleiben. Nein, als einziges Lebewesen besitzt der Mensch die Kraft, aus eigenen Stücken den Lauf seines Lebens zu ändern, ein Wolf zu werden. Der Schlüssel liegt in jedem Einzelnen von uns: das Mindset. Der Mann, der mit dieser so schlüssigen wie bahnbrechenden Botschaft wirbt, ist Maximilian Krach: Entrepreneur, Lifestyle-Coach und Success-Advisor. Mirko bucht ein Seminar bei KRACH CONSULTING und begibt sich auf eine Reise, die nicht nur sein eigenes Leben verändern wird.

Ein Roman über Männer, die keine Zeit und keine Lust haben, an ihrer Durchschnittlichkeit zu verzweifeln, und eine Gesellschaft, die deren Ausflüchte irgendwie bewältigen muss.

DER AUTOR

Sebastian Hotz, geboren 1996, aufgewachsen in Franken, absolvierte ein duales Studium in Wirtschaftswissenschaften in Erlangen/Nürnberg, bevor ihn die Windungen des Internets erst nach Bielefeld und schließlich nach Berlin führten. Seine gesellschaftskritischen und treffsicheren Postings auf Instagram und Twitter werden täglich von 1,5 Millionen Menschen gelesen. Sein Debütroman war ein Bestseller.

SEBASTIAN HOTZ

MIND SET

Roman

Kiepenheuer & Witsch

Irgendwo auf ihrem Weg von den Bäumen in die Hütten und weiter, bis in viel zu teure Singleapartments, hat die Menschheit die Stille getötet. Irgendwann zwischen Erfindung der Dampfmaschine und dem ersten Download einer Meditations-App ist ein Grundrauschen entstanden, das erst verstummen wird, wenn die moderne Zivilisation eine verblassende Erinnerung ist. Selbst in den leisesten Stunden einer schlaflosen Nacht ist irgendwo noch das Summen irgendeiner überforderten Steckerleiste zu hören, das mit den rasiermesserscharfen Kanten ihrer 50-Hertz-Frequenz die ersehnte Ruhe zerschneidet. Und wenn es keine Steckerleiste ist, dann ist es ein Netzteil. Ein Router. Der leerlaufende Motor eines Aufzugs im benachbarten Häuserblock, dessen Schwingungen sich über die Wände übertragen. Eine glucksende Wasserleitung, irgendein Rohr, vielleicht das Heizungsventil. Vielleicht auch nur irgendeine selbsterhaltende Funktion des Gehirns, die Geräusche simuliert, um zu verhindern, dass die Undenkbarkeit tatsächlicher Ruhe eintritt.

MEEEBRÖÖÖÖÖÖÖ-FA-FA-FA-FA-CCHCH-CHCHCHCHCHCHCHchchchch, »Na, haste heute schon wieder Frühschicht?«.

Das Fauchen des Kaffeevollautomaten und die viel zu fröhliche Stimme ihres Kollegen reißen Yasmin aus ihrem Gedankenstrom, zurück in die unangenehme Gegenwart, die für sie bedeutet, am klebrigen Tisch des Personalraums im »Holiday Inn Express Mülheim a.d. Ruhr« zu sitzen, noch drei Minuten bis zum Beginn ihrer Frühschicht zu haben und sich jetzt in den dreißigsekündigen, aber trotzdem viel zu langen Small Talk begeben zu müssen, den sie seit vier Wochen jeden Morgen mit diesem Typen von der Nachtschicht führen muss, bevor sie ihren Platz an der Rezeption einnehmen kann.

»Jo, Hannes, Frühschicht – wie war die Nacht?«

»Gestern Abend paar Besoffenen 'ne neue Zimmerkarte validieren müssen, aber seit eins isses ruhig, alles wie immer, musste dir keine Sorgen machen.«

Hannes, der eigentlich Johann heißt, in einem hilflosen Versuch, doch noch jugendlich zu wirken, aber darauf besteht, Hannes genannt zu werden, redet so unangemessen mit Yasmin, wie sechsundfünfzig Jahre alte Männer eben mit jungen Frauen sprechen. Einerseits väterlich, oberflächlich freundlich und fürsorglich, in den entscheidenden Momenten aber etwas zu persönlich und seltsam bevormundend. Immer wieder driftet er ab, sie sei ja so schön und wenn er in ihrem

Alter wäre, also dann würde er es schon mal bei ihr versuchen, und dann lacht er, um zu überspielen, wie ernst er das meint.

»Na dann.«

»Na dann.«

Etwas überhastet macht Yasmin die letzten drei Schlucke ihres Kaffees zu einem, stemmt sich leise ächzend am Tisch hoch und drückt sich am mittlerweile mit seinem Heißgetränk versorgten Johann vorbei Richtung Tür.

»Frohes Schaffen, Yasmin!«

»Schönen Feierabend dir!«

Der Job als Rezeptionistin in einem Ketten-Hotel in einer mittelgroßen Stadt wie dem Holiday Inn Express in Mülheim an der Ruhr ist die schlechteste Mischung aus langweilig und abwechslungsreich. Das Stammpublikum aus gestressten Geschäftsreisenden, die mit ihren Rollkoffern spätabends einchecken und ihre Zeit mit irgendwelchen Terminen in der Stadt verbringen, ist anspruchslos. Die wenigsten erwarten hier irgendwas, wenn sie es allerdings tun, öffnen sich die Tore der Hölle. An Entspannung ist trotz der langen Leerlaufzeiten nicht zu denken, die bloße Möglichkeit, dass gleich ein wütender Gast an die Rezeption stürmen könnte und sich über die Größe des Zimmers, die Qualität des Kopfkissens oder den Geruch der Handseife im Badezimmer beschweren könnte, ist Schreckensszenario genug, um ständig auf der Hut bleiben zu müssen.

Scheißjob, aber nicht beschissen genug, um sich wirklich darüber beschweren zu können, irgendwer hat es schließlich immer schwerer als man selbst.

Yasmins Frühschicht verläuft wie immer. Von sechs bis sieben Uhr passiert kaum etwas, wer jetzt auscheckt, hat es eilig, muss irgendeinen Zug oder einen Flieger am Düsseldorfer Flughafen erwischen. Die kurze Stressphase beginnt ab sieben, wenn der größte Teil der Gäste aufsteht und sich schlaftrunken über das karge Frühstücksbüfett hermacht, das aus nicht viel mehr als gekochten Eiern und einer breiten Auswahl an Wurstaufschnitten besteht und vielleicht gerade deshalb im Durchschnitt so gut ankommt. Routiniert nimmt sie mit einem »Das tut uns leid, als Entschädigung würden wir Ihnen gern eine Gratiserfrischung aus der Minibar anbieten!« den Wind aus den Segeln der Wut der drei Typen, die sich heute über fehlende Sender auf ihrem Zimmerfernseher oder die zu dünnen Decken beschweren. Gegen neun ebbt die Flut seelenloser Geschäftsreisender langsam ab, sie verschwinden in Taxis und Dienstwagen, in Büros und Konferenzräumen. Zurück bleiben ein leeres Hotel und Yasmin, die jetzt immer öfter auf ihr Handy schauen kann und es jetzt sogar wagt, sich verstohlen Kopfhörer in die Ohren zu stecken. 9.12 Uhr, bald ist die Hälfte ihrer Schicht geschafft, Arbeit wird sie heute wohl keine mehr erwarten, die übliche Flaute um die Mittagszeit beginnt schon kurz nach neun.

»HALLO, AUFWACHEN!«

Noch bevor Yasmin reagieren kann, schnellt eine Hand über den Tresen der Rezeption und schnippst ihr einen Kopfhörer aus dem Ohr.

»Wird hier auch gearbeitet oder nur am Handy gedaddelt?«

Was für eine Art Mensch muss man sein, um im Holiday Inn Express in Mülheim an der Ruhr einen allzeit aufmerksamen Portierservice zu erwarten? Und in was für einer Welt muss man leben, um sich durch den Status als Gast in ebenjenem Hotel als Erziehungsberechtigter des Personals aufzuführen? In einer perfekten Welt würde sie jetzt aufstehen, den Becher mit den benutzten Kugelschreibern packen und ihn so lange gegen die Schläfe dieses Arschlochs schlagen, bis ihn sein wie auch immer geartetes Anliegen nicht mehr interessiert. In einer etwas weniger perfekten, aber realistischeren Welt würde sie ihn in einem rasiermesserscharfen Tonfall anfahren, was ihm überhaupt einfalle, ihr einfach ans Ohr zu langen, was er sich bitte einbilde? Wenn er sich dann nicht entschuldigt, würde sie ihm die Bedienung verweigern, theoretisch hätte sie sogar das Recht, ihn aus dem Hotel zu verweisen, die Dienstvorschriften lassen ihr diese Freiheit; allein zu welchem Preis? Auseinandersetzungen, ob körperlich oder nur sprachlich, kosten Energie, viel zu viel davon, Energie, die Yasmin ihre Arbeit schlicht und einfach nicht wert ist. Im schlimmsten Fall müsste Yasmin den

Sicherheitsdienst rufen, der Typ vor ihr würde sich sicherlich beschweren, dann müsste sie mit ihrem Chef reden, der sie ermahnen würde, dass »der Kunde König« sei oder so ein Scheiß, und als Rache für den Ärger würde sie dann nur noch in der Nachtschicht eingeteilt werden, weshalb dann Hannes auf sie sauer wäre, weil er den Nachtzuschlag dringend für die Gebühren der Kunsttherapeutinnenausbildung seiner Tochter braucht. Lange Geschichte.

Yasmin pfriemelt sich den zweiten Kopfhörer aus dem Ohr, setzt ein pflichtbewusstes Dienstleistungslächeln auf, wählt den Weg des geringsten Widerstandes und trägt damit dem bedauernswerten Umstand Rechnung, nicht in einer perfekten Welt zu leben.

»Oh, entschuldigen Sie bitte vielmals. Kann ich Ihnen helfen?«

==

Als der Wecker seines iPhones um Punkt sechs Uhr beginnt, den eingestellten Klingelton abzuspielen, ist Maximilian bereits hellwach. Matchday, Baby, heute wird getanzt. In einer fließenden Bewegung steht Maximilian auf, das Licht der Straßenlaterne, das durch die halb geschlossenen Jalousien scheint, reicht aus, um zu beleuchten, wie er mit militärischer Strenge sein Bett macht. Kante auf Kante, Ecke auf Ecke, dem Federbett wird mit chirurgischer Präzision jeder Anschein von Wärme und Kuschligkeit ausgetrieben. Der ganze Prozess dauert höchstens fünfundvierzig Sekunden, ist aber essenziell, denn Bett machen ist eine sogenannte Schlüsselgewohnheit. Minimaler Aufwand, auf lange Sicht maximale Wirkung, ein Investment in den Tag und vor allem: in sich selbst. Bett machen, das hat eine amerikanische Studie herausgefunden, könnte sogar eine Voraussetzung für dauerhaften Erfolg sein. Denn ein gemachtes Bett ist nicht nur ein gemachtes Bett, sondern ein Indikator für Gewissenhaftigkeit, Ordnungsliebe und Selbstdisziplin, also für alles, was erfolgreiche Menschen ausmacht. Und Maximilian ist ein erfolgreicher Mensch.

Frisch geduscht packt Maximilian seinen Rollkoffer, steckt seinen Anzug in den Schoner und macht sich in einer unauffälligen Kombination aus Jeans, Sneakern, schwarzem Shirt und einem schwarzen Mantel auf den Weg zum Gütersloher Hauptbahnhof. Seine heutige Verbindung ist der RE6 Richtung Köln, die schienengewordene Hauptschlagader Nordrhein-Westfalens, dem bundeslandgewordenen Herzen der alten Bundesrepublik. Bis Mülheim an der Ruhr sind es nur neunzig Minuten Fahrt, aber Zeit ist Geld und Geld ist Zeit und von beidem kann man nicht genug haben. Deshalb knallt Maximilian direkt nach Einnahme seines Platzes das Aluminiumgehäuse seines MacBooks auf den kleinen Klapptisch und beginnt sofort, fieberhaft den Vortrag einzuüben, den er seit Monaten perfekt beherrscht. Lieber sinnlos arbeiten als gar nicht. Wer rastet, rostet.

Als sich die Zugtüren in Mülheim öffnen, ist Maximilian der Erste, der den Bahnsteig betritt. Mit der linken Hand den Rollkoffer ziehend, mit der rechten den Anzugschoner vor sich haltend, folgt er strengen Schrittes den Wegweisern in Richtung WC.

In der langen Geschichte der Bahnhofstoiletten wurde noch nie eine von ihnen freiwillig betreten. Egal welcher der Vielzahl an möglichen Beschäftigungen man darin nachgehen möchte, eigentlich würde man es lieber woanders machen. Nur widrige Umstände zwingen die Menschheit dazu, einen Euro in einen Automaten zu werfen, damit ein Drehkreuz freigegeben wird, das es ihr gestattet, ihren wie auch immer gearteten Geschäften nicht in der Öffentlichkeit nachgehen zu müssen. In Maximilians Fall besteht das Geschäft darin, sich seiner alltagstauglichen Hülle zu entledigen und in eine zu schlüpfen, die sein wahres Ich nicht mehr verbirgt.

Maximilian verlässt das Sanifair-Klo des Bahnhofs in Mülheim an der Ruhr in einem Anzug, der ihn weltmännisch, aber vor allem reich aussehen lassen soll. Elegantes Hellgrau, eng geschnitten, das Bein endet über den Knöcheln, die in weißen Sneakern der Art stecken, von der man sofort weiß, dass sie so viel kosten wie ein neues iPhone. Maximilian sieht jetzt aus wie jemand, der nicht in Mülheim sein sollte, aber um ehrlich zu sein sieht kein Mensch, der noch einen Funken Lebenswillen besitzt, so aus, als ob er in Mülheim sein sollte. Maximilian zieht es weiter, das trostlose Ambiente der Bahnhofshalle, die übliche Mischung aus McDonald's, überteuertem Backshop, Drogerie und einer dieser seltsamen Buchhandlungen, in denen Thriller und der Spiegel die einzigen Produkte zu sein scheinen, würdigt er keines Blickes. Seine Augen sind an das Display seines Handys gefesselt, auf dem ihn ein blauer Pfeil anweist, den Bahnhof nach links zu verlassen und der Straße »Tourainer Ring« zu folgen. Die 1,1 Kilometer bis zum Hotel Holiday Inn Express sollen innerhalb von exakt 14 Minuten zurückzulegen sein.

Die für einen Februartag mittlerweile fast schon gewohnt warme Luft bringt Maximilian auf seinem kurzen Weg leicht ins Schwitzen. Die natürliche Reaktion seines Körpers auf die kleine Anstrengung des kurzen Fußwegs ist ihm peinlich, denn Schweiß gehört ins Fitnessstudio, vielleicht ins Bett, doch niemals in einen noblen Anzug wie seinen. Die Schweißperlen auf der Stirn werden ihn gleich wie einen Konfirmanden aussehen lassen oder, schlimmer noch, wie einen dieser leberkäsbrötchen-fressenden Sparkassenangestellten, die beim kleinsten Risiko in Schnappatmung verfallen. Keinesfalls darf er sich die Blöße geben, auch nur ansatzweise mit den Insignien eines dieser Lowperformer aufzutreten, das würden *sie* ihm nie verzeihen, sich auf ihn stürzen wie ein Rudel Wölfe. Ein kurzer Blick auf seine silberne PATEK PHILIPPE NAUTILUS beruhigt ihn, 9.08 Uhr, noch locker genug Zeit, um dieses Malheur zu beheben, den sich bildenden Schweißgeruch zu übertünchen, die dunkelblonde Frisur gerade zu ziehen, die Flecken unter den Armen zu trocknen, alles halb so wild. Improvise. Adapt. Overcome.

Als sich die automatische Tür des Hotels vor ihm teilt, ist Maximilians leichter Anflug von Angst beinahe verschwunden. Selbstsicher betritt er die Lobby und steuert geradewegs auf die Rezeption zu, als er bemerkt, nicht bemerkt zu werden. Das einzige Augenpaar des sonst menschenleeren Eingangsbereiches ist gebannt auf einen Handybildschirm gerichtet. Ein Affront, nicht nur gegen ihn, sondern gegen den gesamten Hotelleriestandort Deutschland, der mit jeder abgelenkten Rezeptionistin weiter im Sandsturm seiner eigenen Servicewüste zu versinken droht. Maximilian weiß, dass das eigentlich nur eine Lappalie und somit seiner Energie nicht wert ist. Natürlich könnte er sich einfach laut hörbar räuspern, natürlich würde sie sich dann entschuldigen und lächeln und beide könnten einfach mit ihrem Tag weitermachen, ohne Energie auf diese komplett nebensächliche Begegnung zu verschwenden. Natürlich ginge das, ein Mal kann man so ein Fehlverhalten schon durchgehen lassen, ein Mal kann man ein Auge schon mal zudrücken. Vielleicht auch zweimal. Dreimal wäre auch nicht schlimm. Aber dann kommt das vierte, das fünfte, das sechste und das

siebte Mal und irgendwann bildet sich ein Trampelpfad auf dem Weg des geringsten Widerstands und innerhalb kürzester Zeit würde sich Maximilian von jeder
Ticketkontrolleurin, von jedem Barista, von jeder Bus-
fahrerin und von jedem Supermarktangestellten he-
rumschubsen lassen. Wer etwas Besseres ist und seine
Umwelt nicht zu jeder Gelegenheit daran erinnert, etwas Besseres zu sein, ist nicht bescheiden, sondern einfach nichts Besseres.

Maximilian bleibt deshalb keine andere Wahl, als
sich vor den Tresen zu stellen, sich aufzubauen, der Rezeptionistin eine letzte Chance zu geben und sich dann
das zu holen, was ihm zusteht: die gesamte Aufmerksamkeit.

»HALLO, AUFWACHEN!«

Noch bevor sie reagieren kann, schnipst Maximilian ihr den kabellosen In-Ear-Kopfhörer aus dem Ohr.
Ganz sicher war das gerade ein Schritt zu viel, deutlich
zu heftig, doch was geschehen ist, ist geschehen, die
Blickrichtung der Gewinner ist vorwärts und vielleicht
kann sie bei der Suche nach dem Kopfhörer überden-
ken, wie sich dieses Vorkommnis hätte vermeiden lassen können.

»Wird hier auch gearbeitet oder nur am Handy gedaddelt?«

Im Bruchteil einer Sekunde durchläuft die Mimik der
Rezeptionistin die drei Phasen, die Menschen immer
durchlaufen, wenn sie mit etwas konfrontiert werden,

das die längst verinnerlichten gesellschaftlichen Konventionen durchbricht. Erstaunen, Wut, Rückkehr zum vorgeschriebenen sozialen Protokoll. Der ungläubig aufgerissene Mund schließt sich, die Lippen werden zu einem wütenden Strich, bevor sie sich zu einem kalten Lächeln nach oben biegen. Typisch Schaf, typisch Schläfer, jeder, der auch nur einen Blick hinter die Kulissen dieser Welt erhaschen konnte, hätte ihm jetzt die Meinung gegeigt, doch was ist von einer Rezeptionistin zu erwarten?

»Oh, entschuldigen Sie bitte vielmals. Kann ich Ihnen helfen?«

Und ob sie das kann. Maximilian lässt keinen Zweifel an der maximalen Dringlichkeit seines Anliegens.

»Krach Consulting, ich habe den Tagungsraum 1 für heute zwischen zehn und achtzehn Uhr reserviert. Kein Lunch, kein Tagungspaket, nur den Raum.«

Zwei Klicks am Rezeptionscomputer und eine geöffnete Schublade später hält Maximilian den Schlüssel zum »Tagungsraum 1« in der Hand. Den Gang runter, Damentoilette, Herrentoilette, dritte Tür links, Schlüssel ins Schloss. Als der riesige Anhänger aus Metall mit der eingravierten Eins laut gegen die Tür schlägt, fragt sich Maximilian, warum der Tagungsraum 1 »Tagungsraum 1« heißt, obwohl es hier offensichtlich nur diesen einen Tagungsraum gibt. Der Tagungsraum sieht exakt so aus, wie der Anblick der Lobby es erwarten lässt. Die bodentiefen Fenster sind auf den Innenhof ausgerichtet, die undurchsichtige Milchglasfolie soll wohl eher die Tagungsgäste vor dem Anblick des Draußen schützen als das Innere vor neugierigen Zuschauern. Maximilian macht sich sofort an die Arbeit, löst die Klassenzimmeranordnung auf, schiebt die Tische an die hintere Wand und beginnt, die Stühle in Theaterposition zu bringen. Maximilians Seminare sind kein Unterricht, sondern eine Performance. Krach Consulting ist keine Firma, Krach Consulting ist eine Bewegung.

Aus den Tiefen seines Rollkoffers werden vier kleine Bluetoothboxen in die Ecken des Raumes befördert. Ein kleiner Adapter verbindet das mitgebrachte MacBook mit dem von der Decke hängenden HDMI-Kabel des Beamers, bevor Maximilian geflissentlich die Systeme checkt. Routine ist tödlich. Der silberne Minutenzeiger auf dem blauen Ziffernblatt der PATEK steht kurz vor der Zehn, eine gute Nachricht, denn so bleibt Maximilian noch genug Zeit, um die Frisur, Gesichtsbehaarung und seinen Körpergeruch in den Optimalzustand zu versetzen, bevor sein Publikum die noch leeren Stühle besetzen und er den Verstand der Anwesenden ein weiteres Mal kapern wird. Maximilian lässt die Fernbedienung des Beamers in der Innentasche seines Sakkos verschwinden, zieht die Vorhänge des Seminarraums zu und macht sich auf den Weg nach nebenan.

Die in Grau gehaltene Farbpalette eines Februartages in Mülheim an der Ruhr wird von der Herrentoilette neben dem Tagungsraum 1 um mehrere Dutzend weiterer Graustufen ergänzt. Graue Fliesen an Wand und Boden, graue Abtrennwände zwischen den Kabinen, graue Urinale, graue Papierhandtuchspender, die mit grauem Papier befüllt sind, ein ergrauter Kondomautomat kündet von den »Joys of Sex«, die man erleben könne, wenn man fünf graue Ein-Euro-Münzen für eine »Travelpussy« ausgibt. Maximilian stellt sich in das graue Licht, das aus den Leuchtstoffröhren an der Decke und den blickdicht abgeklebten Fenstern dringt, und begutachtet den Schaden, den die Anreise bei ihm hinterlassen hat. Der enge graue Anzug trägt ein paar verzeihbare Falten, der akkurate Dreitagebart lässt trotz Zugfahrt keinerlei Zweifel aufkommen, ob er gewollt oder Produkt einer versehentlichen Verwahrlosung ist, der leichte Schweiß des Fußwegs ist längst getrocknet, einzig und allein der zementierte Scheitel der dunkelblonden Haare muss mit einem einfachen Handgriff korrigiert werden. Alles gar nicht so schlimm, alles genau so, wie es sein soll, wie es zu sein hat. Und ganz im Ernst, so schlecht sieht er nicht aus. Natürlich sieht kein Mann im Anzug wirklich schlecht aus, doch ein Anzug wie dieser würde jeden kleinen Makel seines Körpers, jeden Ansatz eines Bauches gnadenlos herausarbeiten, wenn er denn einen hätte. Ein wacher Geist in einem gesunden Körper. Gesund, aber auf keinen Fall übertrainiert, niemand soll denken, er habe zu viel Freizeit, wahren Fleiß belegt der Kontostand, nicht der Körperfettanteil.

Komplett eingenommen vom fleischgewordenen Monument seines eigenen Anspruchs nach Vollkommenheit, nimmt Maximilian der Reihe nach mehrere einstudierte Posen ein.

Hand an der Krawatte, kritischer Blick in die Ferne? Ein Mann von Welt.

Hand am Kinn, wissendes Lächeln? Ein gewitzter Gelehrter.

Zeigefinger an der Schläfe, gewieftes Grinsen? Ein Dompteur in der Manege dessen, was andere Realität nennen.

Arme vor der Brust, Kinn nach oben? Sag uns, wo es langgeht. Maximilian wähnt sich bereit.

Als er bemerkt, dass der Minutenzeiger der PATEK die Elf überschritten hat und erbarmungslos auf die volle Stunde zusteuert, fängt sein Puls an, schneller zu werden. Innerhalb von Sekunden überschreitet er das Niveau eines angemessenen Lampenfiebers und schnellt in Höhen, die nur für Leistungssport, die Reaktion auf den Biss eines Werwolfs und Treppensteigen vorgesehen ist. Schweiß schießt aus Maximilians Poren und macht sich daran, das eben erst getrocknete Hemd zu durchnässen. All die minutiöse Planung, der eisern einstudierte Ablauf, die perfekte Choreografie, sonst ein Rettungsring im Wellenbad seiner achtstündigen Seminartage, zieht sich jetzt um ihn zusammen und drückt ihm die Luft aus der Lunge. Seine Gedanken, gerade noch ein Hochgeschwindigkeitszug auf den

Schienen der Planbarkeit, sind entgleist, aus den brennenden Trümmern des Wracks seines Bewusstseins steigen Rauchwolken aus Was-wenns auf.

Was, wenn der Beamer doch nicht funktioniert?

Was, wenn der Ton der Boxen hängt?

Was, wenn er sich verhaspelt, was, wenn er seinen Text vergisst?

Was, wenn der Funke dieses Mal nicht überspringt, was, wenn Krach Consulting doch keine Bewegung ist, was, wenn er stolpert, hinfällt, seine Anzughose zerreißt? Was, wenn jemand bemerkt, dass die Stellrädchen seiner Uhr deutlich mehr aus dem Gehäuse herausragen als bei einer echten PATEK, was, wenn ihn heute jemand im Zug gesehen hat? WAS WENN WAS WENN WAS WENN?

Die Anzahl möglicher Katastrophen verdoppelt sich im viel zu schnellen Tempo seines Herzschlags, alles ist im Rutschen, Maximilians Knie werden weich. Als sein Magen ankündigt, sich demnächst der letzten Reste seines Abendessens und der in ihm befindlichen Magensäure zu entledigen, stürzt Maximilian in eine der Kabinen, verschließt hektisch die Tür und erbricht sich mit tränenden Augen in die Schüssel und auf bedeutende Teile der Klobrille. Angeekelt von der eigenen Schwäche, dem Geruch seines Mageninhalts und dem beißenden Zitrusgeruch des etwas zu großzügig verwendeten Toilettenreinigers, wendet sich Maximilian ab und wischt sich sitzend, an der Kabinenwand lehnend, mit dem Handrücken die Galle von den Lippen, nur um von einer Welle weiterer Was-wenns erfasst zu werden. Was, wenn sie seine Schwäche riechen können? Was, wenn heute niemand kommt? Was, wenn sie es alle längst wissen und nur noch kommen, um sich heimlich über ihn lustig zu machen?

Ob Sekunden, Minuten oder Stunden vergehen, bis die Panik abzuebben beginnt, weiß Maximilian nicht. Als irgendwann langsam die klaren Gedanken in Maximilians Gehirn zurückkehren und er sich beinahe bereit fühlt, sich an der Wand der Klokabine aufzurichten, vibriert sein Handy. Ein Anruf. Etwas mühsam bugsiert er es aus der Tasche seiner eng geschnittenen Hose. Das Schwarz des Sperrbildschirms seines iPhones wird nur von den weißen Ziffern der Uhrzeit durchstochen, der Meldung eines eingehenden Anrufs aus der Region Mülheim, Nordrhein-Westfalen, und einem einzelnen in goldenen Lettern geschriebenen Wort auf dem Hintergrundbild. MINDSET.

»Krach Consulting, hallo?«

———

Die Aussicht, sich ab halb zehn entspannt Richtung Schichtende treiben zu lassen, war einfach zu schön, um wahr zu sein, irgendwas musste sie vergessen haben. Die unangenehme Begegnung mit diesem Consulting-Typen war so etwas wie die Bestrafung des Universums dafür, sich auch nur eine Sekunde wohlzufühlen. Vorwürfe macht sie sich keine, warum auch? Ein Job ist ein Job, ihr Leben hängt nicht von ihm, sondern nur von dem Geld ab, das ihr seinetwegen am Monatsende überwiesen wird, und ein angepisster Anzugträger, der etwas gegen ihre Arbeitsmoral einzuwenden hat, wird ihr keinen Cent weniger einbringen. Neben dem Verbleib ihres aus dem Ohr geschnipsten Kopfhörers beschäftigt Yasmin nur ein einziges Problem: Wer einen Tagungsraum reserviert, erwartet Gäste, und wenn schon der Auftritt des Gastgebers Grund genug ist, das Wort »Jungunternehmer« für immer als Beleidigung zu benutzen, dann erwartet die Hotellobby in den nächsten Minuten ein Schaulaufen der unangenehmsten Gestalten, die sich jemals nach Mülheim an der Ruhr verlaufen haben.

Die Entourage lässt nicht lange auf sich warten, schon zehn Minuten vor dem Beginn der Reservierung trudeln die ersten Teilnehmer ein. Enger Anzug, auffällige Uhr, freigelegte Knöchel in weißen Sneakern, akkurat gestutzte Frisuren. Ihre Interaktion mit Yasmin beschränkt sich aufs Allernötigste, ihre Blicke sind missbilligend, als wäre sie ihrer Aufmerksamkeit nicht wert, und wahrscheinlich denken sie genau das. Vielleicht ist es Rassismus, vielleicht ist es Misogynie, vielleicht ist es pure Verachtung für Menschen, die ihren Lebensunterhalt mit tatsächlicher Arbeit bestreiten müssen. Einen nach dem anderen verweist sie an die dritte Tür links im Gang links vor ihr, hinter der sie verschwinden und hoffentlich erst wieder hervorkommen, wenn Yasmin längst Feierabend gemacht hat. Kurz nach zehn verebbt der Strom an Gästen, der allenfalls ein kleines Rinnsal war. Tschüss, ihr Trottel, viel Spaß bei eurem dämlichen Seminar.

Gerade als Yasmin ihren Posten auf eigenes Risiko für ein paar Minuten verlassen möchte, um den Koffeinspiegel in ihrem Blut mit einer weiteren Tasse Kaffee nach oben zu korrigieren, tritt einer der Männer an die Rezeption.

»Der Herr Krach, also ... ich bin von GENESIS EGO, diesem Seminar hier von Krach Consulting, und der ist noch nicht da, also der Herr Krach, wissen Sie, ob der hier schon eingecheckt hat, also ob der schon da ist?«

Gerade, als ihr Hass auf die Anzugmänner weiß glühend geworden war, brachte der stotternde Typ, der kaum mehr war als ein in einen H&M-Anzug gesteckter Junge, wieder alles so weit ins Wanken, dass sie beinahe Mitleid mit ihm hatte. Das ängstliche Lämmchen sucht seinen Schäfer, kein Wunder, dass keiner von denen sich traute, mit ihr zu sprechen. Fast niedlich, aber immer noch zutiefst verachtenswert, ein Widerspruch, den es auszuhalten gilt.

»Herr Krach hat hier vor fast einer Stunde eingecheckt und ist in den Tagungsraum 1 gegangen, mehr weiß ich leider nicht. Könnten Sie ihn nicht einfach anrufen?«

Das Wort »anrufen« lässt den Anzugjungen zusammenzucken, als hätte Yasmin ihn gefragt, ob er nicht mal kurz ins Holz der Rezeption beißen könne, damit er nicht so schreit, wenn sie ihm den Hintern verdrischt.

»Niemand ruft den Chef an, also der Chef mag es wirklich gar nicht, angerufen zu werden, er meint immer, also der Chef, dass Anrufe verlorene Zeit sind und dass Elon Musk, also der telefoniert auch nie, also Elon Musk ...«

Yasmin grinst ihn an, als sie Maximilian Krachs Onlinebuchung aufruft und die hinterlegte Handynummer in das Festnetztelefon der Rezeption eintippt. Der Anzugjunge wird aschfahl, als er das leise Tuten des Freizeichens hört, und noch fahler, als es abbricht. Krach hat tatsächlich abgenommen.

»Hallo Herr Krach, Yasmin Kara vom Holiday Inn Express Mülheim hier, entschuldigen Sie bitte die Störung, aber ich hab hier einen jungen Herren stehen, der sich wundert, wo Sie sind und ob bei Ihnen alles in Ordnung ist. – Alles klar, richte ich ihm aus. Danke Ihnen!«

Lächelnd legt Yasmin den Hörer zurück auf die Gabel, beinahe mütterlich ist ihr Ton, als sie dem sichtlich aufgelösten Seminarteilnehmer erklärt, dass Herr Krach einen »beruflichen Notfall« hatte, der sich aber geklärt habe, und dass Herr Krach jetzt auf dem Weg sei. Der Anzugmann beruhigt sich und verschwindet schneller Richtung Tagungsraum 1, als Yasmin ihn fragen kann, ob das sein Konfirmationsanzug ist. Sie bleibt allein mit der hartnäckigen Wolke schweren Parfüms, die er in der Lobby hinterlässt, und dem noch hartnäckigeren Eindruck, dass hier irgendetwas nicht stimmen kann. »Beruflicher Notfall«, klar, irgendeine Boshaftigkeit wird dieser Herr Krach schon haben, die er dringend zu veranlassen hat, aber wohin ist er in der Sackgasse des Gangs zum Tagungsraum und den Toiletten verschwunden? Warum hat er seinen Gästen nicht Bescheid gesagt? Warum traut sich niemand, ihn anzurufen? Warum war dieser Anzugjunge so unendlich weinerlich, warum klang Krachs Stimme am Telefon so gebrochen, warum atmete er so schwer? Und was zur Hölle soll Krach Consulting überhaupt sein? Fragen über Fragen, die ...

MEEEBRÖÖÖÖÖÖÖ-FA-FA-FA-FA-CCHCH-CHCHCHCHCHCHCHchchchch

... aufhörten, sie zu interessieren, als der Kaffeevollautomat im Personalpausenraum des Holiday Inn Express Mülheim an der Ruhr begann, ihren Cappuccino auszuspucken, der heute genauso schlecht schmecken würde wie an jedem anderen Tag.

=

EINE HALBE STUNDE.
Eine halbe Stunde hatte Maximilian damit verbracht, auf den rutschfesten Fliesen einer Klokabine zu sitzen

und irgendwie wieder klarzukommen. EINE HALBE STUNDE! Maximilian hätte nicht mal mehr sicher sagen können, ob nicht irgendwer währenddessen den Toilettenraum betreten hat, was für eine Blamage, was für eine unendliche Blamage. Nebenan wartet ein Raum voller hoch motivierter Menschen, die bereit sind, alles dafür zu geben, sich und die Welt um sie herum mittels seiner Methoden zu optimieren, während er nichts Besseres zu tun hat, als apathisch am Boden zu sitzen und sich selbst zu bemitleiden, eine kaum zu überbietende Peinlichkeit, wie unendlich unangenehm. »Was wenn was wenn was wenn was wenn«, was, wenn er endlich seinen verweichlichten Arsch hochbekommt und den Menschen das gibt, wofür sie stundenlang angereist sind? Maximilian schämt sich, in dieser Verfassung ist er kaum besser als die musikhörende Rezeptionistin, die ihn mit ihrem Anruf aus seinem Zustand gerettet hat. Arbeitsverweigerung ist Arbeitsverweigerung, wer sich zum Untertan seiner eigenen Psyche macht, wird in jedem Streben nach Erfolg nur zweiter Sieger werden.

Maximilian ist sich nicht sicher, ob die Rezeptionistin das Brechen seiner Stimme bemerkt oder ob sie das mit dem »beruflichen Notfall« tatsächlich geglaubt hat, ist aber auch egal. Denn so außergewöhnlich Maximilian auch ist, für sie ist er nur ein beliebiger Gast, sogar einer von den schlechteren, schließlich hat er nicht mal ein Zimmer, sondern nur den schäbigen Tagungsraum gebucht. Jeder Gedanke, den sie an ihn verschwendet, wäre einer zu viel, er wird erst wieder Teil ihrer Realität, wenn er heute am frühen Abend den Schlüssel zurückgibt. Lügen sind dann am effektivsten, wenn niemand an der Wahrheit interessiert ist.

Für Maximilian geht es jetzt um Schadensminimierung. Nachdem er den Kampf um die Kontrolle seines eigenen Körpers gewonnen hat, ist es jetzt an der Zeit, auch das Heft des Handelns wieder zu übernehmen. Er tritt vor die Tür der Klokabine, um ein zweites Mal im erbarmungslosen Licht der Leuchtstoffröhre sein Äußeres im Spiegel über dem grauen Waschbecken zu überprüfen. Seine Ansprüche sind dieses Mal deutlich niedriger, doch gerecht wird er ihnen nicht, zu tief sind die Krater, die die Panik in seinem Gesicht hinterlassen hat. Zerzauste Haare, am Hinterkopf platt gedrückt von der Kabinenwand, das Gesicht gerötet, der Anzug zerknittert. Die Melange aus Zitrusreiniger, altem Schweiß, Erbrochenem und ACQUA DI PARMA lässt ihn wie eine Dorfdisco riechen, doch das wird heute ausreichen müssen.

Ein letztes Mal durchatmen, dann tritt Maximilian entschlossen aus der Toilette zurück auf den Gang und steuert in Richtung des Tagungsraums, dessen Tür dankbarerweise geschlossen ist. Er befindet sich jetzt im Tunnel. Sein Blickfeld verengt sich, er atmet gezielt schneller, das soll die Sauerstoffsättigung in seinem Blut erhöhen, um seine Sinne weiter zu schärfen. Volle Konzentration, das Einzige, was zählt, ist, dass er weiß, was die Teilnehmer seines Seminars von ihm erwarten, und dass er weiß, dass er es ihnen geben wird – auch an einem Tag wie diesem. Sie wollen Krach, Maximilian Krach, den CEO von Krach Consulting. Aber vor allem wollen sie hören, wie sie ihr Leben in die eigene Hand nehmen können. Sich aus Zwängen befreien können. Sie wollen hören, wie sie mit seinem eigens entwickelten Programm GENESIS EGO ihr eigenes Ich neu schöpfen können. Und das wird er ihnen zeigen. Vor der Tür muss Maximilian innehalten, noch mal fummelt er sein Handy aus der engen Hose und wartet quälend lange Sekunden darauf, dass es eine Verbindung mit den im Tagungsraum platzierten Bluetoothlautsprechern herstellt. Dann wählt er die Datei »Intro_neu.wav« aus, drückt auf Play und wartet vor der Tür stehend auf seinen Einsatz. 00:00, 00:01, 00:02, 00:03. Der kleine Punkt auf dem Playbalken wandert beständig weiter nach rechts. Als er bei 00:07 angekommen ist, hört Maximilian den verheißungsvoll anschwellenden Bass bis vor die Tür des Tagungsraums. Jetzt.

Maximilian öffnet die Tür und betritt den dunklen Raum. Niemand hat es gewagt, die Vorhänge zu öffnen, natürlich nicht. Der Bass ist zu einem epischen Dröhnen geworden, das die Boxen an ihre Belastungsgrenzen bringt. Er drückt auf die Fernbedienung in der Tasche seines Sakkos, der Beamer erwacht aus dem Ruhezustand, beleuchtet Maximilian wie ein Scheinwerferlicht und projiziert einen goldenen Schriftzug auf die Wand hinter ihm.

GENESIS EGO. Schöpfe dein ICH.

Maximilian ist sich der beeindruckenden Wirkung seines Auftritts bewusst und genießt das angespannte Schweigen. Gegen das gleißende Licht des Beamers sind seine Augen machtlos, sein Publikum kann er nur erahnen. 00:11, 00:12, der Bass hat mittlerweile eine Lautstärke erreicht, bei der die Boxen aufgeben, die rohe Gewalt des Tons geht verloren in der technischen Limitierung des Equipments. Bei 00:13 ebbt der Ton schließlich ab, die einkehrende Stille ist fast noch erdrückender als die Lautstärke, die ihr vorausging. Unerträglich lange Sekundenbruchteile der Stille, bis sich Maximilian endlich erbarmt, den Raum und die Ohren seines Publikums mit dem Klang seiner Stimme zu füllen.

»Was unterscheidet das Schaf von den Wölfen? Das Schaf ist nicht langsamer als der Wolf, beide können bis zu fünfzig Kilometer pro Stunde schnell werden. Das Schaf ist nicht schwächer als der Wolf, beide können mit der Kraft eines Kleinwagens zubeißen. Beide sind Säugetiere, beide bewohnen ähnliche Lebensräume, beide kümmern sich gemeinschaftlich um den Aufzug des Nachwuchses. Was also unterscheidet das Schaf von den Wölfen? Die Biologie kann uns darauf keine Antwort geben.«

Niemand im Tagungsraum 1 denkt auch nur im Entferntesten daran, Maximilians rhetorische Fragen zu beantworten oder gar seine Ausführungen zu unterbrechen. Nicht mal der durch die Fenster in den Raum dringende Verkehrslärm der Mülheimer Innenstadt kann die Konzentration der Seminarteilnehmer brechen, die so gebannt an Maximilians Lippen hängen, dass sie nicht mal bemerken, dass er gerade behauptet hat, dass Wölfe und Schafe dasselbe Tier wären.

»Den Unterschied zwischen Wolf und Schaf kann uns einzig die Psychologie erklären. Der Wolf ist Jäger und das Schaf ist Gejagter, aber nur, weil ihr Mindset ihnen das vorschreibt. Es gibt keinen biologischen Grund dafür, dass sich Schafe nicht umdrehen und anfangen, die Wölfe zu jagen, das Einzige, was sie davon abhält, ist ihr Gehirn. Aber Schafe können sich nicht ändern, Schafe sind dazu verdammt, Schafe zu bleiben, Schafe können niemals begreifen, dass sie mehr sind als Grasfresser und Proteinlieferanten. Das einzige Tier, das die Macht hat, vom Schaf zum Wolf zu werden, ist der Mensch.«

Tiermetaphern sind die Butter auf dem Brot jedes Redners. Von Jesus bis Joseph Goebbels hat jeder ernst zu nehmende Rhetoriker sich ihrer bedient. Maximilian muss nicht besonders tief in die Trickkiste greifen, um die Seminarteilnehmer für sich einzunehmen. Wölfe, Schafe, die Sprachbilder sind eingeübt, der weitere Verlauf der Rede ist allen im Raum bekannt. Doch Maximilian weiß, dass niemand hier gekommen ist, um den eigenen Horizont zu erweitern. Der Tagungsraum 1 im Holiday Inn Express in Mülheim an der Ruhr ist ausschließlich mit Menschen gefüllt, die in ihrer Weltsicht bestätigt werden wollen. Und ihre Weltsicht ist die Weltsicht von Krach Consulting. Es ist die Weltsicht von Maximilian Krach. Manchmal schmerzt es Maximilian, dass die Gruppe, vor der er spricht, immer eher klein bleibt, nie mehr als ein Dutzend, nie weniger als acht. Er mag vielleicht keine Stadien füllen, das muss er sich eingestehen, doch die neun Männer, die heute vor ihm sitzen, sind kein Publikum, sondern fanatische Gläubige, die wissen, dass sie selbst die einzige Gottheit sind, die ihre Anbetung verdient hat. Ihre Anzahl mag gering sein, doch ihr Engagement ist dafür umso größer, sie sind aus allen Ecken des deutschen Sprachraums hierhergereist und kennen sich längst von einem der unzähligen Seminare, die sie vor dem heutigen bereits besucht haben. That's dedication. Krach Consulting ist für sie nicht nur irgendeine Firma, deren Veranstaltungen sie besuchen, sondern ein Lebensinhalt, ja der Kristallisationspunkt ihres Lebens. So unterschiedlich ihre Jobs, ihr Familienstand oder ihre Herkunft auch sein mögen, in diesem Seminarraum verschmelzen sie zu einem Organismus, der gelenkt von Maximilian nur einem einzigen Prinzip folgt: maximaler persönlicher Erfolg.

»Auch Menschen sind biologisch nicht voneinander zu unterscheiden. Klar, manche sind ein bisschen stärker, andere ein bisschen schlauer, doch nichts davon rechtfertigt, dass manche von uns bettelarm sind und andere Milliarden verdienen. Wo sind die Unterschiede also zu finden?«

Die folgende Pause gerät Maximilian etwas zu lang, er kann beinahe spüren, wie die erwartungsvolle Anspannung den Raum verlässt, wie Eltern das Schulkonzert, nachdem ihr Kind gespielt hat. Seine neun Gäste wagen es mittlerweile sogar, sich zu bewegen, das leise Knarzen der stoffgepolsterten Stühle mischt sich mit dem Verkehrslärm von draußen und verleiht dem Moment eine unangenehme Gewöhnlichkeit. Jemand räuspert sich, doch bevor Maximilian die Kontrolle über den Raum endgültig verliert, fährt er fort.

»Die Unterschiede zwischen Gewinnern und Verlierern, zwischen Schafen und Wölfen, sind hier oben zu finden.«

Spiegelpose Nummer drei, Zeigefinger an Schläfe, gewieftes Grinsen. Jetzt bloß nicht nachlassen, noch immer droht ihm die Aufmerksamkeit des Raumes aus der Hand zu gleiten.

»Menschen sind keine Schafe. Menschen können sich umdrehen und vom Gejagten zum Jäger werden. Menschen können das da oben«, Maximilian nimmt Spiegelpose Nummer vier ein, »Menschen können ihr Mindset ändern. Was es dafür braucht, ist Durchhaltevermögen, Überzeugung, den bedingungslosen Glauben an sich selbst ... there are no shortcuts to success, aber wir bei Krach Consulting haben ein verdammt gutes Navigationssystem dorthin!«

Begeisterter Applaus im Raum, doch Maximilian würgt ihn sofort ab.

»Meine Herren, mit Ihrem Erscheinen zum heutigen Seminar von GENESIS EGO ist Ihr erster Schritt vom Schaf zum Wolf bereits getan.«

Der Applaus ist so rauschend, wie ein Applaus von neun Menschen in einem Seminarraum eben sein kann. Für einen kurzen Moment genießt Maximilian das Bad in der Begeisterung und stellt sich vor, wie gut er gerade aussieht im Licht des Beamers, mit seinem perfekt geschnittenen Anzug, dem gepflegten Dreitagebart und dem immer noch halbwegs akkuraten Scheitel. Am meisten gefällt ihm nun die Vorstellung, dass niemand darauf kommen könnte, der Mann, der gerade so mitreißend gesprochen hat, habe noch vor weniger als einer halben Stunde als heulendes Wrack im Herrenklo nebenan gesessen. Phoenix aus der Asche, vom Tellerwäscher zum Millionär, wem sollte das gelingen, wenn nicht ihm?

Maximilian verabschiedet sich von seiner Heldenpose, holt die Fernbedienung aus seiner Hosentasche und schaltet die vorbereitete Präsentation auf die nächste Folie. Der Hintergrund ist jetzt nicht mehr schwarz, sondern weiß, statt GENESIS EGO wird jetzt die Agenda des restlichen Tages angezeigt, die neben weiteren Vorträgen von »Maximilian Krach, CEO von Krach Consulting« Rollenspiele, eine Reflexionsrunde und die Möglichkeit zu Wortmeldungen aus dem Publikum ankündigt. Mit einem Kopfnicken weist Maximilian jemanden aus der ersten Reihe an, die Vorhänge zurückzuziehen, um dem Tagungsraum 1 von einer Theaterbühne zurück in einen gewöhnlichen Seminarraum zu verwandeln. Das Tageslicht lässt Maximilian zum ersten Mal einen Blick auf sein Publikum werfen, das er bisher nur schemenhaft erkennen konnte.

Mit viel gutem Willen könnte der Seminarraum als zur Hälfte gefüllt bezeichnet werden, realistischerweise wäre allerdings »halb leer« die richtige Bezeichnung. Laut Website des Hotels bietet der Tagungsraum 1 bei einer engen Reihenbestuhlung eine Kapazität für bis zu fünfundzwanzig Personen, die von Maximilian in weiser Voraussicht durch eine etwas aufgelockerte Stuhlpositionierung auf zwanzig reduziert worden war. Die geringe Teilnehmerzahl enttäuscht Maximilian jedes Mal aufs Neue. Noch mehr schmerzt es ihn, dass er jedes hier anwesende Gesicht längst kennt. Auch in Mülheim findet sich anscheinend kein einziger Neuzugang für GENESIS EGO, ein Programm, dessen didaktische Qualität seiner Überzeugung nach ausreichen würde, um das Leben Tausender, wenn nicht Hunderttausender Menschen von Grund auf zu verändern. Große Geister, denkt Maximilian, sind ihrer Zeit meist voraus und müssen auf den Rest der Menschheit warten. Er schluckt den bitteren Geschmack des Frusts hinunter, kehrt zurück an seinen Platz vor dem sich in die ersten Reihen drängelnden Publikum und fährt mit Tagesordnungspunkt 2 fort: »Maximilian Krach. Der Kopf hinter GENESIS EGO.«

Als Maximilian fortfahren will, nutzt ein Seminarteilnehmer die Gelegenheit, um selbst das Wort zu ergreifen. »Sorry, Herr Krach, ich weiß, Sie sind enttäuscht.«

Maximilian dreht seinen Kopf ruckartig und versucht den Redner mit seinem Blick zu durchbohren.

»Wovon?«

Der Mut hat den Teilnehmer offenbar sofort wieder verlassen, statt klarer Worte bringt er es jetzt nur noch zu einer gestammelten Erwiderung.

»Na, weil wir heute wieder so wenige sind ...«

»WENIGE?« Maximilian sieht eine Chance, seine Autorität zu festigen. »Statt mangelndes Wachstum zu beklagen, sehe ich hier neun Männer, die bereit sind, einen weiteren Schritt auf dem Weg vom Schaf zum Wolf zu machen, acht Männer, die bereit sind, alles zu geben, um alles zu gewinnen. Vor allem aber sehe ich hier einen Zweifler, der Angst hat vor dem Leben als Wolf, der Angst hat vor der Kraft, die GENESIS EGO in ihm entfesseln könnte. Ich sehe ein Herdentier, das sich versteckt, zurückschreckt, weil der nächste Schritt unbequem sein könnte. Statt dein Ziel klar vor dir zu sehen, schaust du nach links und rechts und machst dir Gedanken darum, dass der Pfad, auf dem du trampelst, einsam sein könnte. Wie nennen wir Menschen, die sich so verhalten?«

»SCHAF!«

Die Stimme der acht ungescholtenen Teilnehmer

überschlägt sich fast vor Begeisterung darüber, sich über ein Gruppenmitglied erheben zu können. Der Störer hat es gewagt, zu zweifeln, und selbst wenn es keine wirklichen Zweifel waren, so sind doch alle froh über die Möglichkeit, Maximilian Krach ihre bedingungslose Loyalität zu zeigen. Sie sind Wölfe, sie folgen keinem Herdentrieb. Oder würde ein Schaf Hunderte Kilometer zurücklegen, um Maximilians Ruf zu folgen? Auf gar keinen Fall. Wolfverhalten. Alphaverhalten.

Maximilian baut sich vor dem sichtlich eingeschüchterten Störenfried auf und lächelt ihn mit hochgezogener Augenbraue an. »Es ist ganz normal, Zweifel zu haben, doch nur Schafe geben sich ihnen hin. Wölfe überwinden sie. Wenn du hierbleibst, kannst vielleicht auch du eines Tages einer sein.«

»Boss, ich wollte nicht zweifeln, ich hab nur gesagt, dass ...«

» ... selbstverständlich steht es dir jederzeit frei, zu gehen.« Maximilian hat dem Publikum den Rücken zugewandt. »Den Weg zur Tür«, Maximilian deutet hinter sich, »wirst du sicherlich auch ohne meine Hilfe finden.«

Das Publikum johlt, Schlacht gewonnen, Autorität gestärkt, Wolf geblieben. Maximilian würdigt dem sitzen bleibenden Schaf einen letzten Blick. »Weise Entscheidung, mein Freund.«

Als Maximilian ansetzen will, der sich langsam beruhigenden Meute vor ihm ein weiteres Mal seine Lebensgeschichte zu erzählen, wird mit einem leisen Klicken der Türgriff des Tagungsraums 1 hinuntergedrückt. Zehn Paar Augen beobachten gebannt, wie sich die Tür langsam öffnet und im sich vergrößernden Spalt ein neues Gesicht zum Vorschein kommt.

»Bin ich hier richtig bei GENESIS EGO?«

Maximilian und die Seminarteilnehmer setzen das gleiche breite Grinsen auf.

»Du warst noch nie richtiger. Ich bin Maximilian Krach, CEO von Krach Consulting. Nimm dir einen Stuhl, wenn du bereit bist, dein Leben zu ändern.«

KAPITEL 2

Acht Stunden Schlaf sind gesund, so stand es im zunehmend vergilbten Biologielehrbuch der achten Klasse, auf dessen Seiten 72 und 73 sich die in bemüht asexuellem Stil gezeichneten Abbildungen zweier nackter Menschen befanden, die dennoch allzeit für pubertäres Getuschel sorgen konnten. Napoleons Geheimnis sei gewesen, dass er nur fünf Stunden gebraucht habe, Angela Merkel angeblich sogar nur vier. Um das Ziel minimalen Schlafbedarfs zu erreichen, braucht es nichts weiter als die richtige Technik. Der menschliche Körper lässt sich ohne Weiteres austricksen. Powernaps und ERM, Schlaflabore und Smartwatches, Tiefschlafphasen und Traumperioden, richtig Schlafen muss man lernen, das kann man nicht einfach so der stumpfen Natur überlassen, wo kämen wir denn dann hin? Schlafratgeber, Matratzentestsieger, schwedische Möbelgiganten, die damit werben, dass man auf ihren von Kinderhänden genähten Futons am besten und vor allem am effektivsten schlafe. Ohnehin solle man sich vor dem Schlafengehen am besten irgendwann noch mal körperlich auspowern oder lieber gar nicht, etwas Warmes trinken oder lieber etwas Kaltes, die verzweifelten Google-Suchen nach Einschlaftipps liefern auch nachts um drei noch widersprüchliche Ergebnisse.

Der Mensch ist das einzige Lebewesen, das sich freiwillig Schlaf entzieht. Kein Tier, keine Pflanze, noch nicht mal biologische Freaks wie Quallen oder Pilze, wirklich nichts Lebendes auf diesem Planeten zwingt sich selbst dazu, mit weniger Schlaf auszukommen als körperlich verlangt. Einzig der Mensch hat im Zuge irgendeiner seiner zivilisatorischen Entwicklungsstufen beschlossen, dass der eigene Körper nicht die Instanz sein sollte, die über die richtige Schlafdauer bestimmt. An seine Stelle ist eine Reihe gesundheitlicher, terminlicher, höchstwahrscheinlich ausbeuterischer, ganz sicher aber gesellschaftlicher Vorschriften getreten, die nun festlegen, wann der richtige Zeitpunkt des Zubettgehens, vor allem aber des Aufstehens ist.

=

Nach der Berührung der SCHLUMMER-Fläche auf dem durch die Weckfunktion hell erleuchteten Displays seines Handys bleiben Mirko neun Minuten, bis das Gerät ihn durch erneutes Abspielen des Wecktons an die ihm auferlegte Pflicht zum Aufstehen erinnern wird. Neun Minuten sind die perfekte Snoozezeit, neun Minuten sind genug, um darauf zu hoffen, die Erholung, die Stunden des Schlafes davor nicht liefern konnten, nachholen zu können. In neun Minuten ist genug Zeit, um sich umzudrehen, sich tief in die Wärme der Decken sinken zu lassen, die noch in der Nacht über alle Maßen unbequem schienen. Neun Minuten sind eine halbe Ewigkeit, locker genug Zeit für eine weitere Tiefschlafphase, locker genug Zeit für einen wirren Traum, locker genug Zeit für

DÜDÜDÜ-DüDüDü-düdüdü-DÜDÜDÜ-Dü-DüDü-düdüdü-DÜDÜDÜ-DüDüDü-düdüdü-DÜDÜDÜ-DüDüDü-düdüdü-DÜDÜDÜ-Dü-DüDü-düdüdü-DÜDÜDÜ-DüDüDü-düdüdü

Erbarmungslos prügelt der kleine Lautsprecher den synthetischen Alarmklang in Mirkos Gehörgänge und zwingt ihn dazu, seinen Körper unter Aufbietung seiner gesamten körperlichen und mentalen Kräfte aufzurichten, ihn von der Schlafstarre und der schützenden Ummantelung der Decke zu befreien. Als sich schließlich Mirkos nackte Füße auf den grauen Teppich senken und sich die dort befindende Mischung aus abgestorbenen Hautzellen, Flusen, Haaren und undefinierbarem Staub auf ihre Sohlen heftet, wird aus der düsteren Vorahnung eine Gewissheit: Der Beginn eines neuen Tages ist auch heute unvermeidbar.

Gehirn wie Augen noch vom Schlaf verklebt, wird Mirko vom durch jahrelange Routine trainierten Muskelgedächtnis durch den Flur und unter die Dusche bugsiert, wo ein zögerlich warm werdender Wasserstrahl sein Möglichstes tut, um ihm die verkrusteten Reste des Schlafes vom Körper zu waschen und die Ströme seines Gehirns dazu zu zwingen, sich ihrer selbst bewusst zu werden.

Erst nach einer Minute dieser sanften, alltagstauglichen Version des Waterboardings nimmt Mirko wahr, dass der Zeigefinger seiner rechten Hand auch an diesem Morgen den Einschaltknopf des Badezimmerradios gefunden hat. Zwischen dem Prasseln des Wassers auf Körper und Duschwanne hört Mirko immer wieder Fetzen des Programms. Ein bisschen Werbung für die Sonderangebote eines Autohauses, die Jahreswagen wären praktisch geschenkt. Ein Popsong, in dem irgendein Millionär auf einem radiooptimierten Beat erklärt, was Liebe ist und worauf es im Leben ankommt. Dann der Moderator im Studio, der einen abgestandenen Witz darüber macht, dass heute ja schon Mittwoch sei, das Bergfest der Woche, nur noch zwei Tage bis zum Wochenende, klasse. Und hier kommt auch schon der nächste Song, er ist von einer Millionärin und es geht, man glaubt es kaum, um die Liebe.

Nachlässig verteilen Mirkos Hände das beißende Blau seines Sportduschgels auf den Körperregionen, deren Reinigung er als elementar ansieht. Haare, Achseln, Genitalbereich, Genitalbereich, noch mal Genitalbereich, hier darf man keine Gefangenen machen. Dann schnell abduschen, noch vor dem Rappart des Radiosongs steht Mirko vor dem angelaufenen Spiegel und rubbelt sich die Haare trocken. Auf das Überziehen eines grauen Hoodies und einer schwarzen Jeans folgt ein schnelles Zähneputzen. Das Vibrieren der elektrischen Zahnbürste auf Mirkos Zähnen überträgt sich auf seinen Kieferknochen und übertönt dankenswerterweise die ersten Takte von Bryan Adams' »Everything I do«. Immer wenn im Radio das »Beste aus den Neunzigern« läuft, ist Mirko dankbar, dass er dieses Jahrzehnt nur im Kindergartenalter mitbekommen hat. Gnade der späten Geburt sozusagen. Mirko schmunzelt über seinen eigenen Gag. Ist es sein eigener? Wahrscheinlich irgendwo aufgeschnappt, egal.

Mirko ist blinder Passagier eines Körpers. Nach dem Zähneputzen versehen geübte Hände seine Haare mit ein bisschen Wachs, Mirkos Frisur soll auf eine gepflegte Art und Weise ungepflegt aussehen und auch heute gelingt ihm dieses Vorhaben. Durch den dunklen Flur geht es zurück in die Küche, wo eine um sofortige Entkalkung flehende Padkaffeemaschine etwas schwarze Brühe in Mirkos To-go-Becher spuckt. Dann ab zur Garderobe, Jacke, Schuhe, vor der Haustür noch mal kurz die Hosen- und Jackentaschen kontrollieren. Geldbeutel, Schlüssel, Kopfhörer, Handy. Alles da, alles gut. Dann fällt die Tür zu, dann geht es ein dunkles Treppenhaus hinab und raus in die Kälte des Werktags.

Zwei tiefe Schlucke aus dem Kaffeebecher später steht Mirko an einer jener Bushaltestellen, die es aus irgendeinem Grund schaffen, mit der einfachen Kombination

aus Plexiglashäuschen und dem Schild mit dem »H«
die Temperatur um weitere zehn Grad abzusenken. Eis-
kalt peitscht der Wind dieses Januarmorgens über die
Straße und in Mirkos Gesicht und zwingt ihn, den Kopf
etwas einzuziehen. Mirko trinkt den dritten Schluck
Kaffee, noch eine Minute, bis der Bus kommt. Mirko
muss das nicht nachsehen, er weiß es einfach, seine
innere Uhr ist sekundengenau geworden. Wie der Ka-
pitän eines Walfängers im 18. Jahrhundert braucht er
keine Instrumente, sondern kann sich rein auf den ihm
eigen gewordenen Instinkt verlassen.

Fünf Minuten später kramt Mirko entnervt sein
Handy aus der Jackentasche. 7.08, der Scheiß-Bus hätte
vor vier Minuten hier sein müssen. Mirko müsste jetzt
in der relativen Gemütlichkeit eines Linienbusses sitzen,
die Kopfhörer an den Trommelfellen, den Blick starr aufs
Handy gehaftet, und in vorsichtigen, aber keineswegs
genussvollen Schlucken sein Blut mit dem Koffein des
Kaffeepadgetränks anreichern. Stattdessen tippt er mit
von der Kälte starr gewordenen Fingern auf das OWL-
mobil-Symbol, um ein weiteres Mal Zeuge der fortge-
setzten Nutzlosigkeit der Fahrplan-App seines Verkehrs-
verbunds zu werden. Zu seiner eigenen Überraschung
scheinen die angekündigten »Echtzeitverkehrsdaten«
zum ersten Mal in der Versionsgeschichte der Applika-
tion kein leeres Versprechen zu sein, hinter Mirkos Bus-
linie 203 prangt ein rotes Hinweisfeld mit dem Hinweis:
»Fällt heute aus. Wir bitten um Entschuldigung.«

Die Aussicht, heute schon vor der Auswahl des Kantinenmenüs in der Mittagspause eine eigene Entscheidung treffen zu müssen, wirft Mirko aus den eingefahrenen Bahnen seines Werktagsmorgens. Regungslos geht er die ihm zur Verfügung stehenden Optionen durch. Laufen? Zu weit und zu kalt. Fahrrad fahren im Berufsverkehr ist hier wie in jeder anderen Stadt ein konkreter Plan zur Erfüllung eines Todeswunschs. E-Scooter gibt es hier sowieso nicht, Taxis sind zu teuer, ein Auto hat er nicht, Mirko bleibt nur die Wut.

Die Wut auf die verfickten Busse, den beschissenen Job mit den beschissenen Wichsern, deren Scheiß-Computerprobleme er Tag für Tag lösen muss. All die Probleme, die nicht seine sind. All die Stunden seines Lebens, die nicht ihm gehören. All der Stress wegen Dingen, die ihn nicht mal wirklich interessieren. Scheiß auf das. Scheiß auf das alles. Scheiß auf das alles ab sofort, warum hat er bisher nicht darauf geschissen? Er hätte schon immer darauf scheißen sollen. Er hätte es von Anfang an wissen müssen, eigentlich hat er es schon immer gewusst, er war nur zu feige, es sich einzugestehen. Sein Leben lang steht er sich schon selbst im Weg, wenn er sich nur ein einziges Mal richtig entschieden hätte, dann würde er jetzt nicht in Scheiß-Gütersloh auf einen Scheißbus warten, der niemals kommen wird.

Mirko brüllt ein lautes »FUCK!« in die kalte Morgenluft, das dem langsam dichter werdenden Berufsverkehr auf der Straße komplett egal zu sein scheint. So kann es nicht weitergehen, so darf es nicht weitergehen, so macht er nicht weiter.

Vielleicht ist der ausgefallene Bus ein Wink des Schicksals, vielleicht wird sich heute alles ändern, vielleicht ruft Mirko gleich seinen Chef an und kündigt einfach, kommt nie wieder, lässt alles hinter sich, macht etwas Eigenes, irgendwas. Dann würde alles besser werden, dann würde er aus der dunklen Bude am Gütersloher Stadtrand wegziehen, irgendwohin, egal wohin. Nie wieder Weckerklingeln, nie wieder Snooze, nie wieder Radio-Morningshow, nie wieder schlechter Kaffee aus der Padmaschine, nie wieder Bushaltestelle, nie wieder die 203, nie wieder. Das Glück könnte nur einen mutigen Anruf entfernt sein. Vielleicht würde auch eine Mail reichen, denn vielleicht ist heute der Tag.

»Auf'n Bus kannste heut lang warten!«

Ein silberner Opel Corsa von der Art, wie sie ausschließlich von Rentnern gefahren werden, die sich selbst »Pensionär« nennen, hält vor Mirko. Durch das heruntergelassene Fenster grinst ihn eine Frau an, deren Namen er eigentlich kennen müsste. Vielleicht kennt er sie aus der Kantine, vielleicht von einem seiner Besuche in der Buchhaltung, ganz sicher aber irgendwas mit Arbeit.

»Steig ein, du holst dir noch den Tod.«

Und Mirko nimmt Platz auf einem viel zu weichen Sitz in dem blitzblanken Auto, dessen Geruch nach Wunderbaumlavendel und Teppichreiniger Mirko in das Zeitalter zurückversetzt, in dem das Wort »scheck-heftgepflegt« erfunden wurde. Die ihm schmerzhaft unbekannte Frau redet deutlich schneller, als sie fährt. Sie nehme auch immer den 203er, aber der falle ja jetzt bis Ende Februar aus und dann habe sie sich das Auto von ihrem Vater geliehen, der ja nicht mehr so viel fahre, was ja auch gut sei in seinem Alter. Na ja, und dann hat sie jedenfalls Mirko gesehen und gedacht, »Ach, das ist wohl der Mirko aus der IT, der hat wohl das mit dem Bus nicht mitbekommen«, und dann hat sie einfach angehalten und ihn mitgenommen, sie hat ihn sozusagen gerettet, nicht wahr? Mirko lächelt so, wie man um fünfzehn Minuten nach sieben und zehn Minuten nach einer Existenzkrise lächeln kann. Der Geruch des Wagens, die Wärme der Standheizung, die lilaroten Haare der Fahrerin, den deutlich sichtbaren grauen Ansatz übersieht man gerne, wirken beruhigend. Hier ist kein Platz für Wut, der silberne Pensionärs-Corsa ist ein Ort, an dem alles so bleibt, wie es ist, weil alles gut so ist, wie es ist.

Die letzten Reste von Mirkos Wut versickern in den Windungen seines Gehirns, der unbedingte Wille, sofort alles zu verändern, ist genauso schnell verschwunden, wie er gekommen war. Macht doch sowieso alles keinen Sinn, wahrscheinlich ist alles exakt so, wie es sein sollte. Passt ja auch, Mirko hat einen sicheren Job, eine warme Wohnung, mehr hat man vom Leben nicht zu verlangen. Selbstverwirklichung ist etwas für Rapsongs und Menschen mit über zwanzigtausend Followern. Nichts für achtundzwanzig Jahre alte ITler aus Gütersloh. Das passt schon alles so, er wird schon durchkommen, es ist schließlich Mittwoch. Nur noch zwei Tage bis Wochenende. Bergfest. Und Bryan Adams hat ja auch ein paar gute Songs.

Dreizehn Minuten und eine halbe Ewigkeit später biegt der Opel Corsa auf den Firmenparkplatz ein und findet kurz nach halb acht problemlos einen Parkplatz. Mirko weiß jetzt über jedes noch so kleine Detail des Privatlebens der Fahrerin Bescheid, weiß jetzt, dass ihr Rücken Probleme macht, die schon erwachsenen Kinder dafür aber immerhin nicht mehr, dass ihr Mann bei der Sparkasse Gütersloh-Rietberg arbeitet und gerne im Garten Fisch räuchert, und Mirko weiß außerdem, dass die Schlaglöcher in der Wagenfeldstraße ja eigentlich seit drei Jahren gefüllt werden sollen, aber sich die Anwohner ständig über den Baulärm beschweren und dass man gar nicht weiß, was man dazu noch sagen soll, früher hätte man nicht so viel gemeckert. Mirko hat immer noch keine Ahnung, wie die gute Frau heißt, aber das ist auch irgendwie egal, das wird er schon noch irgendwie herausfinden. Gemeinsam überqueren sie die Straße und betreten das Foyer ihres gemeinsamen Arbeitsplatzes.

»Frohes Schaffen!«

»Frohes Schaffen.«

Die Fahrerin verschwindet nach rechts, irgendwo Richtung Vertrieb und Buchhaltung, Mirko fällt siedend heiß ein, dass er vergessen hat, sich zu bedanken, egal, zu spät, dann wendet er sich nach links. Dritter Stock Controlling, zweiter Stock Innendienst, erster Stock Standortverwaltung und Qualitätskontrolle und IT.

IT.

Spricht man von IT, ist immer eine verheißungsvolle Zukunftsbranche gemeint. »Deutschland muss digitaler werden!« heißt es dann und dass Deutschland dringend mehr »gut ausgebildete junge Menschen in den MINT-Bereichen« benötige. »MINT« steht für »Mathematik, Informatik, Naturwissenschaft und Technik« und ist eine dieser Abkürzungen, die sich irgendeine Behörde ausgedacht hat und die ausschließlich von ihr benutzt wird. »Mach doch was im MINT-Bereich«, sagte deshalb der Berufsberater in der neunten Klasse und Mirko machte was im MINT-Bereich. Der Schnitt seiner mittleren Reife war leicht überdurchschnittlich, die Empfehlung des Berufsberaters eindeutig, eine Ausbildung zum Fachinformatiker (IHK) würde ihm bestmögliche Chancen bieten, ein Job mit Zukunft sei das, und ohnehin, die jungen Leute würden sowieso so viel vor dem Computer sitzen, da sei das ja ein Klacks, haha.

Mirko bewarb sich also bei einem dieser ortsansässigen »Mittelstandschampions«, die Politiker jeder Partei in jedem Wahlkampf so energisch stärken wollen. Als in seiner leichten Überdurchschnittlichkeit perfekt geeigneter Bewerber wurde Mirko wenig überraschend zum Bewerbungsgespräch eingeladen, saß dann in Jeans und weißem Hemd vor einer vierköpfigen Hydra aus Recruitern, die den Siebzehnjährigen mit Fragen löcherte. »Wo sehen Sie sich in fünf Jahren?«, fragten sie und beachteten seine Antwort kaum, schickten ihn dann aus dem Raum, nachdem sie ihm mit einem Lächeln zu wissen gegeben hatten, dass sie sich »bald bei ihm melden« würden.

Sie meldeten sich und dann fing alles an, die endlosen Nachmittage in den immer zu warmen Klassenzimmern der Berufsschule, die ersten Wochen in den fensterlosen Bürofluren des Firmengebäudes, in denen er die Tage damit verbrachte, Schilder zu laminieren, Kabel zu ordnen und so zu tun, als wäre er beschäftigt. Endlos die Meetings, in denen er ganz still saß, um nicht aufzufallen, nie etwas sagte, weil er nichts zu sagen hatte. Dann drückte man ihm ein Zeugnis in die Hand, beglückwünschte ihn und schickte ihn ins »Service Department«, so stand es auf den Visitenkarten, die er zum Einstand bekam.

Mirko Mihalic

Helpdesk Advisor

IT Service Department

Main Campus

Acht Jahre waren seitdem vergangen. Acht Jahre, in denen er darauf hoffte, dass er die Schüchternheit des Berufsanfangs irgendwann ablegen würde, sich irgendwann dank gewonnener beruflicher Autorität trauen würde, in den endlosen Meetings das Wort zu ergreifen, doch der Tag kam nicht. Vielleicht noch nicht. Wahrscheinlich wird er aber erst kommen, wenn der nächste Neue eingestellt wird.

Nach fast einem Jahrzehnt in der Abteilung ist Mirko immer noch »der Neue«, immer noch derjenige, der sich erst einarbeiten muss, der die ganzen Prozesse noch gar nicht so richtig kennt. Diese Stellung ist Fluch und Segen zugleich, einerseits traut niemand Mirko irgendetwas zu, andererseits verlangt niemand etwas von Mirko. Er muss keine Systeme warten, keine Server updaten, keine Operationen am offenen Herzen der digitalen Infrastruktur der Firma durchführen. Mirko muss nur morgens zur Arbeit kommen und abends wieder gehen und dazwischen das machen, wofür es das IT Service Department gibt: Menschen helfen, die unfähig sind, ihr wichtigstes Arbeitswerkzeug zu bedienen.

Mirkos IT-Job existiert fernab der schillernden Verheißungen des digitalen Zeitalters, fernab von Produktionssteigerung und Automatisierung, weit entfernt von der unaufhaltsam stampfenden Maschine des Fortschritts, inmitten der Tristesse des Anwenderfehlers. Sobald er nach Betreten des Bürogebäudes nach links abbiegt und sich manchmal per Treppe, meist aber mit dem Aufzug in den ersten Stock begibt, wartet auf ihn ein höhenverstellbarer Schreibtisch, ein leidlich ergonomischer Stuhl und ein Fenster voller »Service-Tickets«, die es abzuarbeiten gilt. Hinter jedem Service-

Ticket, an guten Tagen sind es fünf, an schlechten sind es mehr, verbirgt sich ein Computer, dem vom User ein Problem attestiert worden ist. Das Ticket muss auf einer eigens dafür angelegten Website im firmeninternen Intranet angelegt werden, die Problemhabenden müssen dafür eine kurze Beschreibung des zu lösenden Problems angeben, es einem Fehlercode zuordnen und an das »Global Helpdesk Service Center« schicken, einem externen Dienstleister, der die Koordinierung der IT-Service-Anfragen aller weltweit sieben Standorte des Unternehmens übernimmt. Beim Global Helpdesk Service Center wird das Ticket von einem Algorithmus dem sowohl zeitlich als auch räumlich am besten verfügbaren IT-Helpdesk-Mitarbeiter zugeordnet. In der Gütersloher Niederlassung ist diese Person immer Mirko. Ausnahmslos jedes Ticket wird ihm zugeordnet, wem denn auch sonst. Dem vor drei Jahren eingeführten System wurde erst letztes Jahr der firmeninterne Preis für effizienzsteigernde Innovation verliehen, es ersetzte ein archaisches Konstrukt, das daraus bestand, einfach anzurufen, wenn man ein Problem hatte. Mirko könnte sich selbstverständlich darüber aufregen, könnte so wie alle anderen auf den neuen Prozess schimpfen, auf diesen »Digitalisierung« genannten Rückschritt, diese elende realitätsfremde Streamlining-Diktatur. Doch Mirko weiß, dass dieser Kampf verloren ist.

Also setzt er sich jeden Morgen an den Schreibtisch, stellt den leer gewordenen To-go-Becher neben sich, fährt den Computer hoch, loggt sich ein, checkt die E-Mails, löscht die Firmennewsletter und fängt an, die aufgelaufenen Tickets abzuarbeiten.

Ticket No.:
56T728Z981 VT

Code:
000 SONSTIGE

Name of Creator:
Angela Bauer

OrgCode of Creator:
Finance & Accounting

Location of Creator:
Main Campus
Gütersloh
Room 304

Detailed Description:
16:00 kann ich dich mit nach Hause nehmen ;-)
Lg Angela

Zum zweiten Mal an diesem Tag krümmen sich Mirkos Lippen zu einem Lächeln, dieses Mal nicht aus distanzierter Höflichkeit, sondern aus ehrlicher Freude. Die

kurzfristige Lösung seiner noch kurzfristiger entstande-
nen Mobilitätsprobleme heißt also Angela Bauer und
arbeitet, wie es ihm seine leise Ahnung eingeflüstert hat,
in der Buchhaltung, wie könnte sie auch nicht? Jemand,
der so spricht, aussieht, sich gibt wie Angela, so jemand
muss in der Buchhaltung arbeiten, etwas anderes wäre
gar nicht vorstellbar. Mirko sieht sie genau vor sich,
Angela, für Freunde vielleicht Angie, wie sie in einem
der Büros im rechten Flügel des Hauptgebäudes sitzt,
an deren Wänden diese ausgedruckten Witzbilder hängen, die durch Tausende sonnige Tage nicht mehr als
Farbdrucke zu erkennen sind. Die gute Angie, die seit
Jahrzehnten hier arbeitet, die sich seit Jahrzehnten um
Abrechnungen und Bilanzen und Rechnungskorrektu-
ren und um die richtige Stimmung bei der Weihnachts-
feier kümmert. Angie, die immer einen nicht besonders
originellen, aber lustigen Spruch auf den Lippen hat,
die immer Zeit für ein Pläuschchen hat. Angie aus der
Buchhaltung, eine verlässliche Konstante dieser Firma,
untrennbar verbunden mit dem Arbeitsplatz, eins geworden mit dem Schreibtisch. Sofort zu erkennen als
jemand, der in der Buchhaltung arbeitet. Ob das bei
Mirko auch eines Tages so wird?

Oder ist es vielleicht sogar längst so?

Die Mischung aus kochender Wut und Fluchtreflex
kriecht aus den Gehirnwindungen, in denen sie versi-
ckert war. Doch in der Wärme des Büros lässt sie sich
einfacher ignorieren. Selbstverwirklichung ist etwas für

Til-Schweiger-Filme und Parfümwerbungen, nichts für ambitionslose IT-Service-Mitarbeiter. Mirko markiert Angelas Small-Talk-Ticket als »solved«. Gut für seine Erledigungsquote, da kann er sich am Monatsende bestimmt wieder ein bedeutungsloses Lob seines Chefs abholen. »Gute Arbeit, Mirko, du kommst bei uns immer besser rein!«

Mirko setzt seinen Arbeitstag mit dem üblichen Herumgeklicke auf den Prokrastinationswebseiten fort, die die deutsche Wirtschaft jährlich wohl Millionen Arbeitsstunden kosten. Kicker.de, Sportbild, kurz Spiegel-Online, etwas länger Bild.de, dann schnell wieder zurück zu den Sportnachrichten. Aktualisieren, runterscrollen, runterscrollen, runterscrollen, irgendwo muss doch irgendetwas Interessantes sein, irgendetwas, was Mirko noch nicht gelesen hat. Doch die hohe Frequenz seiner Besuche auf den Webseiten senkt die Wahrscheinlichkeit, irgendwo auf noch unkonsumierten Content zu stoßen. Für das Umgehen der Browsersperre zu den Websites mit dem spaßigen Content ist er heute zu faul.

Seufzend macht sich Mirko an die Erledigung des nächsten Tickets, Herr Reddigg aus dem technischen Innendienst beklagt, dass »sein Word sich verstellt hat«, die Seiten würden jetzt viel zu klein angezeigt, das könne kein Mensch mehr lesen. Mirko verdreht die Augen, wer kennt sie nicht, die sich selbst verstellenden Computerprogramme. Der vorgeschriebene Prozess sieht vor, dass Mirko jetzt einen Videocalltermin vereinbart, bei dem er das Problem per Fernzugriff auf Martins Computer behebt. Das ist effizienter als ein Termin vor Ort. In der Theorie ein schlauer Gedanke, doch wie soll ein Innendienstler, der es noch nicht einmal schafft, die Ansicht bei Word zurückzusetzen, es schaffen, einen Videocall anzunehmen und die Gerätefreigabe zu erteilen? Reinste Controllerscheiße, die nichts bringt. Mirko könnte sich über so etwas stundenlang aufregen, wenn es denn etwas bringen würde.

ʼStattdessen steht er auf und nimmt den Trampelpfad jenseits der vorgeschriebenen Prozesswege. Ein Stockwerk hoch, »Moin, Herr Reddigg, haben Sie mal kurz ʼne Minute, ich hab gesehen, Ihr Word hat sich verstellt, sehen Sie mal, das ist ganz einfach, hier gibtʼs so eine Zoomfunktion, da sind Sie vielleicht versehentlich draufgekommen, zack, kein Problem, schönen Tag noch!«, ein Stockwerk runter, zurück am Schreibtisch. 8.23, zwei erledigte Tickets, gar kein schlechter Schnitt, vielleicht gar kein so schlechter Tag, anderen geht es viel schlechter als ihm, kindisch, wie er sich beklagt. Selbstverwirklichung ist etwas für Kinder reicher Eltern, die nach dem Abi nach Bali fliegen, braucht kein Mensch und Mirko erst recht nicht, das wird schon alles werden. Heute ist schließlich schon Mittwoch. Vielleicht bedeutet Erwachsensein nun mal fünf Tage, die man auszuhalten und mit zwei Tagen Freude auszugleichen hat, vielleicht ist das eine dieser Wahrheiten, die für alle feststehen und die trotzdem jeder für sich selbst herausfinden muss.

Eine wiederhergestellte Druckerverbindung, eine ausgetauschte Maus und eine Tasse Kaffee später meldet sich kurz vor zehn Mirkos Verdauung. Die ganze Welt, sogar sein eigener Körper, scheint ein einziges Uhrwerk zu sein, Mirkos Aufgabe besteht lediglich darin, den Ablauf so wenig wie möglich zu behindern.

Mirko verschließt die Tür der Herrenklokabine hinter sich und macht es sich gemütlich. Das eigentliche Geschäft nimmt den geringsten Teil der Zeit ein, die er regelmäßig hier verbringt. Ein Meter auf zwei Meter, ein abgetrennter Raum der Ruhe, das kleinste und kargste Spa der Welt. Hier lässt sich herrlich ausblenden, warum er acht Stunden am Tag, vierzig Stunden die Woche und ungefähr zweitausend im Jahr in diesem Gebäude festsitzt. Workflows, Tickets, Serviceanfragen, Erledigungsquoten, all die Meetings, Meetings, Meetings, sie verschwinden hinter der grauen Pressspantür der Kabine, hören auf zu existieren, sobald das Drehschloss klickt und die Farbe des kleinen Sichtfensters außen auf Rot wechselt.

My boss makes a dollar,

I make a dime,

that's why I poop on company time

Schwer stützen sich Mirkos Ellbogen auf seine Oberschenkel, der Oberkörper ist nach vorne gebeugt. Wenn er sich in ein paar Minuten wieder aufrichtet, werden zwei rote Druckpunkte in der Größe eines Eurostücks seine weißen Oberschenkel zieren. Sofort heften sich seine Augen auf den Bildschirm. Ein paar private Nachrichten aus irgendwelchen WhatsApp-Gruppen, weg damit. Pushbenachrichtigungen irgendwelcher Nachrichtenseiten, eh schon gelesen, weg damit. Keine der drei Dating-Apps, die er installiert hat, meldet neue Matches, das war zu erwarten, die Demütigung, sie dennoch zu öffnen, spart er sich. Sind die Neuigkeiten abgearbeitet, stürzt sich Mirko in den endlosen Strudel des Contentkonsums. Er öffnet Instagram und lässt sich treiben, willenlos von einem Fetzen multimedialen Inhalts zum nächsten, das Uhrwerk läuft und er stört es dabei nicht.

Video: Ein Hund mit einem Blumenkostüm um den Kopf läuft freudig auf die Kamera zu. Süß, aber schon tausendmal gesehen, Mirko wischt weiter.

Bild: Eine ihm entfernt bekannte Frau lachend am Strand, sie hält die Hand ihres Freundes. Strategischer Like, vielleicht ist es ja irgendwann vorbei, Mirko wischt weiter.

Bild: irgendein kultiges Fußballerzitat, nicht wert, gelesen zu werden, Mirko wischt weiter.

Werbung: Ein Lieferdienst, der nicht zu Mirko liefert, wirbt dafür, dass aufgegebene Bestellungen schon in fünfzehn Minuten da sind, Mirko wischt weiter.

Video: Ein muskelbepackter Mann tanzt zu Musik, für die man den Ton anschalten müsste, und erklärt die großen Fehler der Ernährung in der Massephase, Mirko speichert den Post ab, man kann ja nie wissen, vielleicht geht er doch demnächst mal wieder ins Fitnessstudio, Mirko wischt weiter.

Bild: ein Infopost, »Warum redet niemand über die Situation in ...«, Mirko wischt weiter.

Video: Eine braun gebrannte Frau nennt fünf Gründe, warum sie »Vanlife liebt«. Na klar, nichts Geileres, als in einem Scheiß-Wohnwagen zu leben. Mirko wischt weiter.

Video: Ein Hund schlabbert aus einem Fressnapf und fällt dabei um. Mirko hat dieses Video schon hundertmal gesehen, ein Klassiker. Mirko wischt weiter.

Werbung: nachhaltige Sportklamotten aus Plastik, das aus dem Meer gefischt wurde, Mirko wischt weiter.

Bild: irgendein Meme, »Dieser Moment, wenn du Wochenende hast ...«, Mirko wischt weiter.

Video: noch ein süßer Hund, Mirko wischt weiter.

Bild: Ein öffentlich-rechtlicher Radiosender teilt einen Witz. Er ist nicht lustig.

Video: Ein Mann mit zerzausten grauen Haaren grillt ein Wagyu-Steak auf einem Grill, Mirko wischt weiter.

Werbung: Die CDU Gütersloh lädt zum Angrillen ein.

Noch ein Bild.

Werbung.

Noch ein Video.

Infopost.

Meme.

Urlaubsselfie.

GENESIS EGO.

Goldene Lettern auf schwarzem Grund, angenehm simpel gehalten. Mirkos rechter Daumen hält in seiner Wischbewegung inne, sein Blick bleibt an dem Post hängen. Keine Bildunterschrift, keine Beschreibung, nur die goldenen Buchstaben auf dem schwarzen Grund, der auf den zweiten Blick doch nicht ganz schwarz ist, sondern ein samtenes Dunkelgrau, das eine kaum wahrnehmbare Struktur noch edler wirken lässt.

GENESIS EGO.

Erst jetzt bemerkt er, dass auch dieser Post eine Werbung ist. Das sie schaltende Profil heißt »krach_consulting«, einen Hinweis auf das beworbene Produkt gibt es nicht. Mirkos Neugier ist geweckt, er tippt auf den Namen und ruft den Account auf.

Krach_Consulting.
157 Beiträge   122k Follower   0 gefolgt
Krach Consulting by Maximilian Krach
DISZIPLIN. MINDSET. EGO.
Werde zum Wolf.

Mirkos rechter Daumen fängt wieder an zu wischen, schnell scrollt er durch den gesamten Account, um sich einen Überblick zu verschaffen. Ein Männerarm mit teuer aussehender Uhr vor einem Lenkrad mit Porsche-Logo, Champagnerflaschen in einem Kühler im Inneren eines Privatjets, ein Blick aus der Glasfront eines

Wohnzimmers auf einen Pool, dazwischen immer wieder die dunkelgrauen Flächen mit der goldenen Schrift, die mantrahaft drei Worte wiederholen.

MINDSET.
DISZIPLIN.
EGO.

Mirko scrollt weiter, sieht Luxusautos, Zigarren, Kristallgläser mit verheißungsvoll dunklem Whisky, geöffnete Laptops auf Betten in wunderschönen Hotelzimmern, immer wieder Männer in nobel geschnittenen Anzügen und eleganten weißen Sneakern, die sich für ein Gruppenfoto in einem Konferenzraum nebeneinandergestellt haben. Sie alle sehen ähnlich aus, teilen sich Frisur, Anzugschnitt und Körperbau. Nur einer sticht hervor, nimmt das ganze Bild ein, macht die um ihn stehenden Männer zu Staffage. Seine Frisur sitzt irgendwie akkurater, seine Haltung ist irgendwie gerader, sein Blick ist irgendwie stechender, seine Autorität scheint durch das Displayglas zu greifen und Mirko direkt zu packen. Ist das Maximilian Krach?

Mirko öffnet den Internetbrowser seines Handys und beginnt, nach »Maximilian Krach« zu suchen. Gleich das erste Suchergebnis führt ihn zu krach-consulting. de, wo ihn dieselbe goldene Schrift auf dunkelgrauem Grund empfängt.

GENESIS EGO
By Krach Consulting

Eine exklusive Seminarreihe für erfolgsorientierte Menschen, die mehr haben wollen in sämtlichen Bereichen des Lebens und sich dabei gegenseitig unterstützen.

Besuche eines der exklusiven Seminare in deiner Nähe und werde zum Wolf.

Mirko scrollt weiter, an der Tabelle mit den Seminarterminen vorbei, bis er bei einer Porträtaufnahme ankommt.

MAXIMILIAN KRACH
ist Entrepreneur, anerkannter Finanzexperte, Lifestyle-Coach, Success-Advisor und Gründer von KRACH CONSULTING. Nach seinem kometenhaften unternehmerischen Aufstieg hat er es sich zur Aufgabe gemacht, den Schlüssel zum Erfolg mit aufgeschlossenen Menschen zu teilen. Maximilian Krachs Seminare erfreuen sich größter Beliebtheit bei Tausenden Teilnehmern überall im deutschsprachigen Raum und stellen die Grundprinzipien MINDSET, DISZIPLIN und EGO in den Vordergrund.

Zum Wolf werden also. Mirko stößt verächtlich Luft aus seiner Nase und schließt die Website. Wölfe und Schafe, was für ein Unsinn. Er spült, verlässt die Kabine und kehrt zurück in seinen Arbeitstag.

Mirko löst Ticket um Ticket, entscheidet sich in der Kantine zur Feier des Bergfests für die Scheibe Fleischkäse mit Kartoffelsalat und steigt pünktlich um sechzehn Uhr in Angelas silbernen Opel Corsa, wo sie ihn, während der Rushhour-bedingt längeren Fahrt, über die Schwierigkeiten mit dem neuen Abrechnungssystem aufklärt und mit einem »Bis morgen, sieben Uhr!« an der Bushaltestelle in seinen Feierabend entlässt. Mirko ist jetzt Teil einer Fahrgemeinschaft und morgen ist schon Donnerstag, Vize-Freitag.

Seinen Feierabend verbringt Mirko in seinem dunklen Schlafzimmer, das Gesicht nur beleuchtet vom Bildschirm und den bunten LEDs der Computertastatur, die Rollos seiner Wohnung sind seit Ende November durchgängig geschlossen, es lohnt sich nicht, sie zu öffnen. Ein Vollzeitjob raubt vierzig Stunden wöchentlich und jede Berührung durch Tageslicht zwischen Oktober und April. Seine außerberuflichen sozialen Kontakte sind Usernamen in Chatfenstern, körperlose Stimmen, mit denen er sich jeden Tag unterhält, ohne je ihre Gesichter gesehen zu haben. Wenn er in beiläufigen Kantinengesprächen von dieser Form des Soziallebens erzählt, kassiert Mirko immer Blicke, die irgendwas zwischen Entsetzen und Mitleid ausdrücken sollen.

Er würde schon noch Freunde im echten Leben finden, sagen sie dann, als würde das echte Leben nicht längst auf Computerbildschirmen stattfinden.

Kurz nach ein Uhr nachts fällt Mirko dann ins Bett, öffnet ein letztes Mal an diesem Tag den Browser seines Handys und verrichtet zu den fleischfarbenen Zuckungen nackter Körper auf dem Display die letzte Notdurft seines Körpers. Wie jede Nacht schläft er traumlos, sein Gehirn hat keine neuen Eindrücke, die es in Form seltsamer Projektionen nachts zu verarbeiten hat. Heute war wie gestern und morgen wird wie heute sein.

DÜDÜDÜ-DüDüDü-düdüdü-DÜDÜDÜ-Dü-DüDü-düdüdü-DÜDÜDÜ-DüDüDü-düdüdü-DÜDÜDÜ-DüDüDü-düdüdü-DÜDÜDÜ-Dü-DüDü-düdüdü-DÜDÜDÜ-DüDüDü-düdüdü

Snooze, erneutes Klingeln, aufstehen, duschen, Zähne putzen, Kaffee, Bushaltestelle, Opel Corsa, Angelas Mutter bekommt bald eine künstliche Hüfte, »Frohes Schaffen!«, Ticket, Ticket, Bild.de, Kaffee, Verdauung, ab auf die Toilette, Augen aufs Handy, Werbung, Fitnesstipp, Kochrezept, jemand seiner alten Freunde ist auf Bali, Werbung, süßer Hund,

DU BIST EIN VERSAGER.
ENTFESSLE DEIN POTENZIAL.
WERDE ZUM WOLF.

Schon wieder die goldene Schrift auf edlem Grund, schon wieder Krach Consulting. Der Algorithmus hat sein gestriges Interesse registriert, irgendeine Variable in einem Rechenmodell, das längst niemand mehr durchblickt, hat sich aufgrund seines Klicks geändert. Doch dieses Mal ist es nicht die Verheißung kryptischer Worte, die Mirkos Interesse weckt, dieses Mal ist es die Gewalt der direkten Beleidigung, die ihn in seiner Toilettensitzhaltung bis ins Mark erschüttert.

So wie Mirko gerade dasitzt, über das Handy gekrümmt, sein Tagesablauf nur daraus bestehend, seinen Blick von einem Bildschirm zum nächsten zu bewegen, an einen Job gefesselt, der zu gut ist zum Jammern und zu schlecht für alles andere, so ist Mirko wirklich ein Versager. Er wird genauso enden wie Angela, schrullig, ambitionslos, untrennbar mit dem eigenen Zahnrad im Uhrwerk verbunden, sich stetig selbst einredend, dass die eigene Aufgabe wichtig sei, nur um sich eines Tages unausweichlich eingestehen zu müssen, dass die Zeit, die er hatte, an ihn verschwendet worden war. Die unheimliche Wut, die ihm gestern Morgen an der Bushaltestelle in die Glieder gefahren war, steigt wieder hoch, hämmert ihm von innen gegen die Schläfe, versetzt jeden seiner Muskel in Bereitschaft für einen Kampf, der niemals kommen wird.

Mirko sitzt immer noch mit heruntergelassener Hose auf der Kloschüssel. Seine Wut verraucht in dem Moment, in dem er sich dessen bewusst wird.

Ein wütender Mann beim Scheißen, wie peinlich, wie unendlich peinlich. Mirko wischt ab, spült, wäscht sich die Hände und die Tränen der Wut aus den Augenwinkeln, versucht, seine Frisur wieder in die angemessene Form des kontrollierten Chaos zu bringen, und macht sich ans nächste Ticket. Heute, so hat der Morningshow-Moderator erklärt, ist immerhin schon Donnerstag, der kleine Freitag. Und vielleicht sollte er diesem Krach-Consulting-Typen doch mal folgen, kostet ja nix.

Sofort mischen sich zwischen die Hundevideos, Fitnesstipps und Sportnachrichten auf Mirkos Instagram-Feed die Inhalte von Maximilian Krach. Jedes Mal, wenn er Instagram öffnet, wird er damit bombardiert, gerät in den algorithmischen Strudel. Mirko saugt begierlich alles auf, die Jachten, auf denen Maximilian Krach Urlaub macht, die zerwühlten Hotelbetten, in denen er aufwacht. Die Uhren an seinem Handgelenk. Die Autos, die er steuert. Die mühelose Selbstverständlichkeit, mit der er all das in Szene setzt, als wollte er mit dem Luxus, in dem er schwelgt, nicht angeben, sondern nur seinem Publikum ein Ziel vor Augen setzen. Unter jedes Bild setzt er einen Untertitel, den Mirko unweigerlich mit Bedeutung aufzuladen hat.

»Es ist immer zu früh, um aufzugeben.«

»Sei stärker als deine stärkste Ausrede.«

»Wölfe fressen, Schafe werden gefressen.«

»Die Tat unterscheidet das Ziel vom Traum.«

»Ein Diamant ist ein Stück Kohle, das Ausdauer hatte.«

»Es ist besser, wie ein Wolf zu sterben, als wie ein Hund zu leben.«

»Nichts ist unerreichbar, wenn du deinen inneren Wolf entfesselst.«

Wolf. Mirko muss ein Wolf werden, so viel hat er verstanden. Die Stagnation seines Lebens mag ein Naturgesetz sein, doch er kann es aus eigener Kraft überwinden, alles, was er dafür braucht, ist Durchsetzungsvermögen, Disziplin und Selbstbewusstsein.

MINDSET. DISZIPLIN. EGO. So muss es sich anfühlen, wenn einem ein Licht aufgeht. Interessant.

Als er sich am Freitagnachmittag aus Angelas Auto ins Wochenende verabschiedet, ist er euphorisch. Endlich was zu tun, endlich passiert etwas. Die Wochenenden waren eigentlich leere Stunden, in denen sich Mirko in seinem dunklen Schlafzimmer vor den Computer pflanzte, Stunden, in denen nichts passierte außer dem Üblichen. Ab und zu besuchte er seine Eltern. Ab und zu unternahm er was mit den alten Freunden, die es geschafft hatten, nach Schule und Ausbildung doch noch rudimentären Kontakt mit ihm zu halten. Ab und zu hatte er ein schlechtes Date, einen Spaziergang durch das Stadtzentrum von Gütersloh, wobei er den Mund kaum aufbekam und sich danach schreckliche Vorwürfe dafür machte. Doch in der Regel waren Wochenenden leere Räume, bei denen es Mirko nicht gelang, sie zu füllen.

Doch heute ist anders. Heute treibt ihn die Euphorie einer anzugehenden Aufgabe von der Bushaltestelle zurück in die Wohnung, heute ist der erste Tag, an dem alles anders sein würde. Mirko zieht die Jalousien hoch, entkalkt die Kaffeemaschine, entfernt die Schicht aus Staub und Flusen mittels eines ebenso verstaubten Staubsaugers vom Teppichboden seines Schlafzimmers, bringt Ordnung in den Wust aus Dokumenten, der sich in den Schubladen seines Schreibtischs angesammelt hat, und bekämpft mit einem in den Augen beißenden Putzmittel die Kalkränder in seiner Dusche. Als er kurz nach Mitternacht müde ins frisch bezogene Bett sinkt, ist es ein Schlaf der Erholung. Was für ein wunderbarer Tag, morgen wird er in einer sauberen Wohnung aufwachen, in der es sich lohnt, seine Zeit zu verbringen.

»Nur wer sauber wohnt, kann sauber abliefern«, dieser verdammte Krach hat recht. Mirko kann es kaum erwarten, aufzuwachen und sein Leben, das so kontrolliert schien und ihm dabei doch längst entglitten war, endlich wieder selbst in die Hand zu nehmen. Alles, was es dafür braucht, ist

MINDSET.

DISZIPLIN.

EGO.

Als Mirko am Montag in Angelas Auto steigt, ist er kein neuer Mensch, sondern nur die bessere Version der Person, die am Freitag ausgestiegen ist. Es sind keine großen Veränderungen, der Hoodie ist einem Hemd gewichen, die sorgsam zerzausten Haare sind jetzt noch sorgsamer gescheitelt. »Dress for the job you want, not for the job you have.« Dass Mirko nicht genau weiß, welchen Job er will, ist vorerst egal, Rom wurde nicht an einem Tag erbaut und ein neues Leben erst recht nicht, die Fundamente sind gelegt.

»Guten Morgen!«

Heute ist es Mirko, der Angela mit seiner guten Laune überfährt.

»Guten Morgen, Mirko! So gute Laune an einem Montag?«

»Ab jetzt immer!«

Sie lacht etwas zu laut, als hätte er einen Witz gemacht, bei dem sie keinesfalls den Eindruck erwecken möchte, ihn nicht verstanden zu haben, und fährt los. Im Büro angekommen, nimmt Mirko die Treppe in den ersten Stock und begrüßt beinahe überschwänglich alle ihm entgegenkommenden Kollegen.

»Samma Mihalic, bisse auf Drogen oder verliebt? HAHAHAHA, das Lächeln vergeht dir noch, sobald du mal ein bissje länger hier arbeitest.«

Scheißegal, denn Mirko sitzt schon an seinem Schreibtisch, eilt von einem Ticket zum nächsten, schon kurz vor zehn Uhr hat er sein Tagwerk vollbracht und kann sich seinem neuesten Projekt widmen: Ambition zeigen. »Nur wer sich zeigt, kann wahrgenommen werden«, auch da hat Maximilian Krach einfach recht. Noch vor der Mittagspause hat Mirko den längsten

Text seit seiner letzten Deutschklausur vollendet, triumphierend klickt er auf den »Senden«-Button der E-Mail-Maske, für den befriedigenden Soundeffekt des Absendens hat er sogar absichtlich die Stummschaltung seines Computers aufgehoben.

Swoooosh.

Mirko kann die Antwort kaum abwarten, muss sich zurückhalten, nicht minütlich den »Aktualisieren«-Button des Mailprogramms zu drücken. »Nur Geduld«, sagt er zu sich selbst, »nur Geduld.« Wölfe sind nicht die schnellsten Tiere, sondern die ausdauerndsten. Nach einem ereignislosen Nachmittag, an dem Mirko kaum etwas zu tun hat, blinkt endlich die erlösende »1« hinter der jetzt fett markierten Zeile »Posteingang« auf.

RE: Vorschläge Prozessoptimierung IT Helpdesk

Hi mirco
Danke für deine vorschläge wir werden das beim nächsten quartalsmeeting gern besprechen

Gruß
Michael

Gesendet von meinem iPhone

Gesendet von seinem iPhone. Mirkos Blick bleibt gebannt an dieser Zeile hängen. Gesendet von seinem iPhone. Sein Chef hat sich noch nicht einmal die Mühe gemacht, diese Zeile zu löschen. Seine ellenlange Mail voller Verbesserungsvorschläge wurde zwischen Tür und Angel gelesen, wahrscheinlich nur achtlos überflogen, und halbherzig beantwortet, vielleicht im Auto, vielleicht auf dem Klo, vielleicht wartend vor der Kaffeemaschine. Respektlos, hat er die guten Vorschläge überhaupt gesehen? Die grandiosen Ansätze, gewachsen aus jahrelanger Praxiserfahrung, Mirkos rohes, unerschlossenes Potenzial scheint nicht mal ein aufmerksames Durchlesen wert zu sein. »Eventuell im nächsten Quartalsmeeting«, das ist nicht genug, Mirko braucht JETZT Veränderung, es muss sich JETZT etwas tun. Wieder steigt die Wut in ihm auf, doch dieses Mal ist sie zielgerichtet, konzentriert sich auf das fleischige Gesicht seines Chefs, dessen feistes Lächeln ihn im Profilfenster über der Antwortmail zu verhöhnen scheint. Wölfe jagen mit Ausdauer, Rom wurde nicht an einem Tag erbaut, aber warum braucht es selbst bei einem Scheißjob bei seiner Scheißfirma in Scheiß-Gütersloh so viel Geduld?!

Was ihm Maximilian Krach wohl raten würde?

Er wüsste, was zu tun ist, ganz sicher wüsste er es. Er hätte den perfekten Satz, würde eine Tür in Mirkos Kopf öffnen, von der er vorher gar nicht wusste, dass sie existiert. Gäbe es nur eine Möglichkeit, auch nur einen Tag mit ihm zu verbringen, nur ein paar Sätze mit ihm zu sprechen.

KAPITEL 3

So wie auf die Erfindung des Telefons die Erfindung des Telefonbetrugs folgte, so folgte auf die Erfindung der E-Mail die Erfindung der Spammail. Mehr als 57 % aller weltweit verschickten E-Mails sind Spammails, ein unübersehbar großer Haufen Daten, der unter enormem Energieaufwand täglich durch die Welt geschickt wird, ohne dass irgendjemand ein Interesse an seinem Empfang hat. Spammails sind einfach da, wabern durch die sich stetig weitenden Arterien des Internets, füllen Speicherplatz in Postfächern und verenden zu einem großen Teil in den Fängen der Filter, die in die meisten Mailprogramme längst zu genau diesem Zweck integriert wurden. Nur selten ist es Spammails vergönnt, geöffnet zu werden, noch viel seltener ist es ihnen vergönnt, dass ihr Inhalt in irgendeiner Art und Weise ernst genommen wird. Spammails sind für das auch nur im Ansatz geübte Auge binnen Sekunden als solche zu erkennen. Spammails erwecken den Anschein, dass sie ihre betrügerischen Absichten verbergen wollen, doch in Wahrheit sind ihre reißerischen

Betreffe und ihre kruden Inhalte, die meist entweder eine Vergrößerung des Kontostands oder des männlichen Glieds versprechen, eine möglicherweise unbeabsichtigte, ganz sicher aber effektive Maßnahme zur Zielgruppenfokussierung.

Ob gewollt oder ungewollt, filtern Spammails mit ihrer haarsträubenden Grammatik, den wilden Übersetzungsfehlern, den absurden Versprechungen und misslungenen Schlüpfrigkeiten diejenigen Empfänger heraus, die nicht verzweifelt genug sind, um ihre Hoffnung auf Reichtum oder sexuelle Potenz in eine zufällig zugesandte Mail zu stecken. Das unseriöse Layout, das leichte Danebengreifen in der Wortwahl, das weite Streuen verheißungsvoller, aber gänzlich unzusammenhängender Buzzwords wirken wie ein Auswahlverfahren, das auf genau die Menschen zugeschnitten ist, die bereit sind, für einen Hauch materiellen oder körperlichen Glücks alles oder doch wenigstens die Kreditkartennummer aufzugeben. Auf diejenigen, die dazu nicht bereit sind, wirkt dieses Verhalten leichtsinnig oder sogar dumm. Wer auf Spammails hereinfällt, der hat den Spott verdient, der hat es verdient, ausgelacht zu werden, der hat es verdient, Geld zu verlieren, wie dumm muss man sein, zu glauben, dass es den nigerianischen Prinzen, der Unsummen überweisen will, wirklich gibt oder dass »dieser einmalige Trick« wirklich von der Bundesregierung verboten wurde, weil er zu viele Menschen reich gemacht hätte.

Das Verhalten der Opfer von Spammailbetrug mag von außen wie Dummheit wirken, in Wahrheit verbirgt sich dahinter die Weisheit, dass die Befreiung von allen materiellen Nöten niemals durch Arbeit und Selfcare kommen wird, sondern nur durch einen göttlichen Wink erfolgen kann, durch die Zufälligkeiten des Internets, durch das Finden irgendeines Schlupflochs durch den grauen Vorhang der Realität. Danach sind natürlich alle schlauer, doch für einen kurzen Moment erscheint es, als ob alle Probleme mit dem Befolgen einfacher Anweisungen lösbar wären. Diesen Moment wird niemals jemand erleben, der Spammails erkennt.

==

Rein dramaturgisch gesehen war der Eintritt des Neuen gut getimt, argumentativ gesehen sogar absolut perfekt. Nichts könnte die Macht Maximilians nach seiner kurzen Auseinandersetzung mit dem Schaf besser demonstrieren als dieser unverhoffte Mitgliederzuwachs. Pünktlichkeit ist zwar sicherlich eine der absolut unerlässlichen Eigenschaften eines Wolfes, doch der wichtigste Moment im Leben eines Mannes soll nicht ausfallen, nur weil er zehn Minuten zu spät erscheint. Maximilian muss ein Grinsen unterdrücken, als er den noch vor der geöffneten Tür stehenden Neuen mit einer Handbewegung anweist, sich einen Platz zu suchen, so stolz ist er darauf, dass ihm dieses »Du warst noch nie richtiger« einfach so eingefallen ist, genial, er hat es einfach drauf.

Der Neue bewegt sich durch den Raum nach hinten, wird von den Augen der Anwesenden bei jedem seiner Schritte verfolgt und macht Anstalten, sich auf einem einsamen Platz in der letzten Stuhlreihe niederzulassen, aber wird sofort von einem der Anzug-Sneaker-Brigadisten davon abgehalten. Der Neue gehört jetzt zu ihnen und wer zu ihnen gehört, der sitzt nicht allein. Maximilian gefällt das. Wölfe halten zusammen. Zeit, dem Rudel den Weg zu weisen.

Die Augen einiger sind noch auf den Neuankömmling gerichtet, als Maximilian mit dem nächsten seiner Tagesordnungspunkte beginnt. Unauffällig drückt er auf den »Next«-Button der Fernbedienung in der Tasche seines Sakkos, der Beamer wechselt mit einem einigermaßen dezenten Übergangseffekt das Bild, die Projektionsfläche zeigt nun das Foto eines jungen Mannes in der komplett durchnässten Dienstkleidung der Pizzalieferkette Domino's. Er steht vor der verspiegelten Wand eines Aufzugs, in der Hand ein Smartphone, auf dem Rücken ein riesiger schwarzer Rucksack in der Form eines Würfels, im Gesicht eine nasse Haarsträhne, überall an ihm fließendes, tropfendes Wasser, das im reflektierten Blitzlicht glitzert und seine von Domino's gestellte Regenjacke wie ein mit Strass besetztes Ballkleid funkeln lässt.

»Meine Herren.«

Maximilian lässt die Anrede etwas länger als nötig im Raum stehen, wie die Eisenspäne im Physikunterricht an einem Magneten sammelt sich die gesamte Aufmerksamkeit des Raumes wieder an seinen Lippen.

»Dieser Typ«, ausladend zeigt er auf den jämmerlich dreinblickenden Pizzaboten hinter sich, »ist ein komplett hoffnungsloser Versager. Jeden Abend lässt er sich für den Mindestlohn und ein paar Münzen Trinkgeld durch die Straßen irgendeiner hässlichen deutschen Stadt hetzen, damit ein paar faule Arschlöcher nicht ihre warmen Wohnungen verlassen müssen, um sich einen mit Industriemüll belegten Teigfladen in die stinkenden Mäuler stopfen zu können.

Dieser Typ riskiert täglich auf einem Fahrrad sein Leben, fährt in halsbrecherischer Geschwindigkeit über Kreuzungen, fegt bei Eisglätte und Regen durch enge Gassen, um sich beim nächsten Kunden großzügige 1,70 € Trinkgeld abzuholen.

Dieser Typ hetzt Treppen hoch und wieder runter, in Mietshäuser rein und wieder raus, stapelt Pizza auf Pizza auf Pizza auf Vorspeisensalat und zum Dank dafür ziehen sich manche der Leute, denen er warme Pizzakartons in die Hand drückt, noch nicht einmal eine Hose an, wenn sie ihm die Tür öffnen. Er freut sich über jede Schicht, für die er eingeteilt wird, weil er das Geld braucht, um die Miete für eine Wohnung zu bezahlen, in der er die wenigen Stunden seines Lebens verbringt, in denen er nicht darauf hoffen muss, dass ihn die Autofahrer der Stadt gnädigerweise nicht überfahren.

Dieser Typ hat keine Ambition, nichts, wofür sich das Altwerden lohnt, noch nicht mal wirklich etwas, wofür es sich morgens lohnt aufzuwachen.«

»Dieser Typ«, Maximilian freut sich, diese Geschichte endlich mal wieder jemand Neuem erzählen zu können, endlich wieder jemanden dabeizuhaben, für den die bedeutungsschwangere Stille, die er jetzt Millisekunde für Millisekunde genüsslich auskostet, tatsächlich bedeutungsschwanger ist. Natürlich wirken die üblichen Besucher seiner Seminare immer pflichtbewusst abgeholt von seinem Vortrag, doch so wie ein Film am besten ist, wenn man ihn zum ersten Mal sieht, so sind es auch seine Vorträge.

»Dieser Typ war ich.«

Wie jedes Mal an dieser Stelle springen die Blicke des Publikums jetzt abwechselnd zwischen seinem Gesicht und dem des Pizzaboten auf dem Foto hin und her. Klar, der Kiefer ist nicht ganz so markant, die Wangenknochen nicht so edel definiert, die Haut von der Kälte des Regens und der Anstrengung des Radfahrens gerötet, doch die Ähnlichkeit ist unverkennbar. Maximilian, der menschgewordene Erfolg, der Wolf unter den Schafen, war an irgendeinem Punkt das, was er selbst als Versager bezeichnet. Wie schön es jetzt wäre, das erstaunte Gesicht des Neuen zu sehen, vielleicht steht sein Mund ein bisschen offen, vielleicht sind seine Augen weit aufgerissen, ganz sicher aber hat diese Enthüllung irgendeine Form der Reaktion in ihm hervorgerufen. Denn wer auch immer er sein mag, den Neuen hat die Sehnsucht nach der Überwindung der ewig gleichen Muster hierhergebracht. Die sanfte Hoffnung darauf, dass er den ewigen Zyklus aus Schule, Arbeit und Tod durchbrechen könnte, keine Zahl in irgendeinem System sein könnte, keine vergessenswerte Existenz, deren einziges Vermächtnis die Sterbeurkunde ist, die irgendein Verwandter zwischen Feierabend und Abendessen am Standesamt abholen muss. Der Neue ist hier, weil er ein Versager ist und wie Maximilian sein möchte, und Maximilian hat gerade bewiesen, dass er nicht nur Maximilian ist, sondern auch ein Versager wie er war. Den Weg, der vor dem Neuen liegt, hat Maximilian also schon beschritten, der Neue ist tatsächlich zur richtigen Zeit am richtigen Ort, um vom Schaf zum Wolf zu werden.

»Doch wie hab ich es geschafft, vom Schaf zum Wolf zu werden? Was unterscheidet die Person, die ich jetzt bin, von dieser jämmerlichen Figur?«

Stille im Raum, obwohl jeder, wahrscheinlich sogar der Neue, die Antwort erraten könnte. Irgendwas mit Wölfen, irgendwas mit »sein Leben in die eigene Hand nehmen«. Maximilians Programm besteht wie das Beten eines Rosenkranzes aus steter Wiederholung derselben wenigen Sätze, weshalb die Taktik des Spannungsaufbaus durch Sprechpausen keineswegs überstrapaziert werden darf, das hat er mittlerweile gelernt.

Um die Aufmerksamkeitsspanne des Publikums nicht über die Maßen zu beanspruchen, fährt Maximilian deshalb zügig und für seine Verhältnisse untheatralisch fort. Er erzählt, wie sich Frust und Wut in ihm anstauten, wie es jeden Tag ein kleines bisschen mehr auszuhalten gab, wie mit jeder Schicht auf dem Fahrradsattel in ihm die Gewissheit wuchs, dass er nicht dafür geschaffen war, sich mit alldem abzufinden. Sein innerer Druck wuchs, in seinem Kopf hämmerte die Frage, warum anderen das Leben so leichtzufallen schien, während er täglich alles geben musste, um nur so wenig zu bekommen. Am Anfang dachte er, dass es an ihm liege, dass er nicht schlau genug sei, nicht fleißig genug, dass er ES einfach nicht habe und es deshalb nur gerecht sei, sein Dasein als schlecht bezahlter Dienstleister zu fristen, während irgendwelche Typen in gut geschnittenen Anzügen in klimatisierten Büros sitzen und dabei weder Regen noch unachtsame Lkw-Fahrer zu fürchten hatten. Der Unterschied, die soziale Rangordnung, schien naturgegeben, doch war sie es wirklich? Maximilian störte sich an diesem Gedanken, verglich seine Arbeitsdauer mit der von Topmanagern, verglich seine schulischen Leistungen mit denen seiner anscheinend viel erfolgreicheren Klassenkameraden – nirgendwo gelang es ihm, einen substanziellen Unterschied festzustellen. Nach der Auslieferung zweier Salami-Supreme-Pizzen in der Größe L, deren reichhaltige Zusammenstellung durch den Karton fettete, ein Umstand, für den Maximilian absolut nichts konnte und der trotzdem dazu führte, dass der Kunde seine gesamte Wut an ihm ausließ, hatte er eine Eingebung, die noch vor wenigen Hundert Jahren wohl als »göttlich« bezeichnet worden wäre. Der Knall der zugeschlagenen Wohnungstür hallte noch durch das Treppenhaus, als Maximilian einsah, dass sich gesellschaftliche Gewinner und gesellschaftliche Verlierer durch nichts unterschieden als durch diesen einzigen Umstand: ihr MINDSET.

Erfüllt von dieser Epiphanie warf Maximilian sein Lieferantenoutfit in die nächste Mülltonne, blockierte im Smartphone die Kontakte seines Chefs und der Lieferdisposition. Als Zeugnis der Wandlung seines MINDSET machte er sich noch nicht einmal die Mühe, zu kündigen, solcherlei Formalitäten sollten ihm fortan keine Sekunde seiner wertvollen Zeit mehr stehlen. Stattdessen widmete sich Maximilian ab dem folgenden Tag Dingen, die ihn tatsächlich weiterbrachten. Zunächst steckte er das wenige Geld, das er hatte, in das Depot einer Trading-App, auf der es nur ein paar wohlinformierte Investitionen brauchte, bis aus der niedrigen dreistelligen Summe eine hohe vierstellige wurde. Rendite, das wollen die ängstlichen deutschen Sparbuchanleger nicht hören, ist nämlich keine Frage der Berechnung von Supercomputern, nichts, das den Warren Buffetts und Frank Thelens dieser Welt vorbehalten ist, sondern neben Sonnenlicht und Wind die einzige unendlich verfügbare Ressource. Alles, was es dafür braucht, ist etwas Risikobereitschaft. Das Geld liegt auf der sprichwörtlichen Straße, man muss nur in Kauf nehmen, dass man sich ab und zu den Rücken verreißt, wenn man sich danach bückt, so einfach ist es. Mit dem wachsenden Vermögen wuchs auch das Volumen von Maximilians Unternehmensbeteiligungen, schon bald war er ein gefragter Investor mit einigen gelungenen Beteiligungen an kleineren, schnell wachsenden Start-ups in »dynamischen Märkten«. Irgendwann zog er aus der kleinen Einzimmerwohnung in ein größeres Apartment, dann in ein Haus, dann kaufte er es, dann ein zweites, die davorstehenden Autos waren erst geleast, dann sein Eigentum, Maximilian selbst verbrachte dabei den Großteil seiner Zeit in Flugzeugen, Hotels und edlen Restaurants, wo er mit schweren Füllfederhaltern seine Unterschrift unter Verträge setzte und an einem Tag mehr verdiente als früher in einem Jahr. Er war am Ziel und der Weg dorthin begann mit der Entscheidung, sein MINDSET zu ändern, kein Schaf mehr zu sein, sondern ein Wolf zu werden.

Applaus brandet auf im Tagungsraum 1 des Holiday Inn Express in Mülheim an der Ruhr. Was für ein Mann, was für ein unglaublicher Mann.

»Erst gestern«, Maximilian klickt auf die nächste Folie, die nicht mehr ist als das großformatige Bild eines dunkelgrünen Bentley Continental GT, »hab ich mir in

München dieses Auto gekauft. Wisst ihr, warum? Einfach, weil mir nach einem Meeting langweilig war!«

Das erste ehrliche Lachen des Tages kommt auf, dankbar für die Gelegenheit, etwas Anspannung loswerden zu können, lachen die Seminarteilnehmer etwas länger als dem Witz angemessen.

»Und warum einen Bentley? Weil die Verkäufer von VW-Tochtermarken immer ein bisschen netter sind als die anderen!«

Wieder ein Lacher, aber dieses Mal versuchen die anwesenden Männer möglichst viel Zustimmung in ihre Salve zu packen, als wäre »Verkäufer von VW-Tochtermarken sind besonders nett« Teil des Allgemeinwissens, das man sich im Laufe eines Lebens unvermeidlich aneignet. Maximilian nimmt den Lacher mit auf die Zielgerade seines Vortrags.

»Ich müsste nicht hier sein, es kostet mich sogar Geld, in diesem Tagungsraum vor euch zu stehen. Ich bin hier, weil es mir um mehr geht als den finanziellen Erfolg. Ich bin hier, weil ich eine neue Generation Männer formen möchte, die festgefahrene Strukturen überwindet, nicht länger Dienst nach Vorschrift macht, nicht länger nur von scheinbar realistischen Zielen träumt! Ich bin hier, weil ich mein inneres Schaf überwunden habe, ich bin hier, weil ich durch eigene Kraft zum Wolf geworden bin, und ich bin hier, weil ich euch zeigen möchte, dass ihr das auch könnt. Ich bin hier, weil ich mit GENESIS EGO ein Programm konzipiert habe, mit dem mein Erfolg eurer werden kann. Alles, was ihr dafür braucht, ist ...«

»Mindset ... Disziplin ... Ego ...«

Maximilian hätte es besser gefallen, wenn die Seminarteilnehmer aufgesprungen wären und ihm die drei Worte frenetisch entgegengebrüllt hätten, einzig die Stimme des Neuen lässt aufrichtige Begeisterung erkennen. Enttäuschend. Aber der Tag ist ja noch jung.

===

Mirkos Herz rast. Wie einer dieser sündhaft teuren Dyson-Staubsauger, die aussehen, als ob in der übernächsten Neuauflage der Ghostbusters irgendein Geist damit gefangen werden könnte, hat er in den letzten Minuten jedes noch so kleine Fitzelchen in sich aufgesogen, nichts ist ihm entgangen. Seine anfängliche Unsicherheit hat sich in dem Moment gelegt, als ihm bedeutet wurde, sich doch bitte zur Gruppe zu setzen. Mirko fühlt sich wahrgenommen, ein Gefühl, das er nur aus dem Voicechat von Ego-Shootern und dem Beifahrersitz von Angelas Auto kennt. Er gehört hierhin, die Entscheidung, sich heute krankzumelden, war die beste seines Lebens, denn Krachs Lebensgeschichte war der endgültige Beweis dafür, dass Mirko wie Maximilian Krach werden kann, weil Maximilian Krach vor nicht allzu langer Zeit Mirko war, und wenn Maximilian Krach zu Maximilian Krach werden konnte, dann kann auch Mirko zu Maximilian Krach werden. Er muss sich nur an GENESIS EGO halten.

Als der Rest der Gruppe zum Abschluss von Krachs Vortrag nur mit einem lahmen Gemurmel antwortet, statt den begonnenen Satz durch den Dreiklang aus MINDSET, DISZIPLIN und EGO mit der gleichen Begeisterung wie Mirko zu vervollständigen, schämt er sich. Es ärgert ihn, dass er deutlich als »der Neue« zu erkennen war, dass all das für ihn noch besonders ist, dass er noch ein Fremdkörper in diesem Seminarraum ist. Nicht mal sein Outfit passt so richtig zum Rest der Gruppe, ein Problem, das er so bald wie möglich angehen wird. Gleich morgen wird er sich einen dieser eng sitzenden Anzüge bestellen, schon beim nächsten Seminar wird er mit der Gruppe verschmelzen, er wird aussehen wie sie, sich verhalten wie sie, genauso abgeklärt und routiniert sein wie sie. Er wird ein Wolf sein wie sie. Er kann es kaum erwarten, bis es so weit ist.

»Wir kommen zum nächsten Punkt unserer Tagesordnung: Mittagspause!«

Dankbar für die Befreiung aus der Tatenlosigkeit, reiht sich Mirko in den Exodus der Slim-Fit-Anzüge ein, folgt den anderen an Krach vorbei durch die Tür, den Flur entlang zurück in die Lobby. Der wachsgesichtige Mann mittleren Alters hinter dem Rezeptionstresen sieht aus wie jemand aus Mirkos Firma, der »nur aus Interesse« wissen will, wie man den Browserverlauf löscht. Wortlos sieht er dabei zu, wie die Seminarteilnehmer sich an der Tür sammeln und mangels neuer Anweisungen nichts anderes tun können, als sich gegenseitig fragend anzublicken und hilflos mit den Schultern zu zucken, bis Krach eine halbe Minute später endlich nachkommt.

Zielgerichteten Schrittes und ohne Mirko oder irgendeinen der anderen Teilnehmer auch nur eines Blickes zu würdigen, steuert er in Richtung Haupteingang des Hotels, sofort bilden die Seminarteilnehmer eine Schlange aus Zweierreihen hinter ihm, in die sich Mirko sofort einordnet. Sie sind eine Einheit, jederzeit bereit, loszuschlagen.

Wohin Krach sie wohl führen wird? Wird es ein Dreisterneladen, das Hinterzimmer irgendeines edlen Hotels, ein Geheimtipp, den nur Insider wie Krach kennen? Kann sich Mirko das überhaupt leisten? Gibt es in Mülheim überhaupt Restaurants, die ihrer Gruppe würdig sind? Egal, Mirko muss sich nur treiben lassen. Krach wird schon wissen, wohin er will.

==

Als sich die automatische Tür der Hotellobby vor ihm öffnet, hat Maximilian Mühe, das Tempo seines Schrittes beizubehalten. Seinen stechenden, zügigen, aber nicht zu schnellen Gang hat er sich antrainiert, sein Oberkörper ist kerzengerade, die Arme an seinen Seiten schwingen sanft, aber nicht übertrieben mit. Das mit den Armen war am schwierigsten, nie weiß man, was man mit den Armen macht, die Armhaltung beim Gehen ist, wie Blinzeln, erst dann ein Problem, wenn man sich ihrer bewusst wird.

Maximilians Schritt droht langsamer zu werden, weil er nicht weiß, wohin er die Gruppe hinter ihm jetzt führen soll. Die kurzfristig ausgerufene Mittagspause war ursprünglich gar nicht geplant, die Mittagspause ist ein Tagesordnungspunkt, den er nur auf die Agenda setzt, um ihn mithilfe gezielter Überziehungen zu überspringen, »Schafe essen den ganzen Tag, Wölfe nur ein einziges Mal«. Biologisch und ernährungswissenschaftlich mag das nicht ganz korrekt sein, aber es geht auch hier ums Mindset, und wer das richtige Mindset hat, der unterbricht GENESIS EGO nicht, nur um sich irgendeine nährwertlose Mahlzeit ins Maul zu stopfen. Wer das richtige Mindset hat, der ist froh, dass Maximilian keine Pause macht, sondern jede einzelne Minute des Tages mit Inhalten füllt.

Heute aber hat Maximilian es irgendwie gefühlt, dass seine Jungs eine Pause brauchen. Er liebt es, sie »seine Jungs« zu nennen, als wäre er der überambitionierte Trainer einer Jugendfußballmannschaft, »Meine Jungs müssen heute richtig Gas geben«, »Meine Jungs haben heute alles gegeben«, »Meine Jungs müssen sich ein bisschen strecken, um bei den anderen mitzuhalten«, »Meine Jungs haben sich heute auf der Heimfahrt ein Happy Meal verdient« und heute brauchen seine Jungs eine kleine Pause, müssen kurz Luft schnappen, sich vielleicht kurz mit dem Neuen unterhalten, dazu eine Kleinigkeit essen. Mittagspause eben. Bloß wo?

Das »Tagungspaket plus« des Holiday Inn Express hat Maximilian selbstverständlich nicht gebucht. Hotels wie dieses bieten ihren Businesskunden gegen Aufpreis einen »Lunchservice« an, der meist daraus besteht, dass vormittags eine Großbestellung in der nächstgelegenen Backwerk-Filiale aufgegeben wird, die dann in der Hoffnung, dass es niemandem auffällt, auf silberne Tabletts drapiert wird, um sie neben die 0,2-Liter-Orangensaftflaschen, den Kaffee in den Pumpkannen und die 0,7-Liter-Wasserflaschen eines regionalen Mineralwasseranbieters auf einen Büfett-ähnlichen Tisch zu stellen, über den dann die Horde der Tagungsteilnehmer pünktlich zur Mittagszeit herfällt. Nach Kaffee stinkende Mäuler verleiben sich dann die schwitzenden Schnittchen ein, auf denen sich Wurst, Käse und manchmal eine Scheibe Lachs abwechseln. Maximilian schüttelt sich in Gedanken an die Brösel der trockenen Brötchen, die auf die Sakkos herabrieseln. Er kann sich nichts Ekligeres vorstellen als die Frischhaltefolie, mit der die Schnittchenarrangements vor dem Appetit von Insekten beschützt werden sollen und die unmittelbar vor dem Ansturm der hungrigen Bürohengste als feuchte Zellophanmasse auf der weißen Tischdecke landet. Auf gar keinen Fall würde Maximilian für eine solche Widerwärtigkeit auch nur einen Cent ausgeben. Wölfe essen keine Schnittchenplatten.

Auch abseits der Tagungsverpflegungsangebote bietet die Gastronomie der Innenstadt von Mülheim an der Ruhr wenig gastronomische Möglichkeiten für ein repräsentatives Mittagessen. Maximilians schneller Schritt führt sie vorbei an den unvermeidlichen Dönerläden, den Pizzaservices und Backshops, die sich in jeder deutschen Innenstadt aneinanderreihen. Er kann sich kaum vorstellen, dass in ihnen jemand schon mal freiwillig eine Mahlzeit eingenommen hat. Hier ist kein Genuss möglich, nur eine aus der Not geborene Nahrungsmittelaufnahme. Auch die ortsansässige Filiale der Kette »ALEX«, deren Konzept es zu sein scheint, das Essen aus den Kantinen deutscher Möbelhäuser im Ambiente des Eingangsbereichs eines Cinestar-Kinos zu servieren, kann aus Gründen der Repräsentation nicht der Ort sein, an dem Krach Consulting seine Mittagspause abhält.

Maximilians Planlosigkeit führt die Gruppe immer weiter weg vom sogenannten Zentrum Mülheims, immer weniger Läden säumen die Straßen, die eiligen Schrittes abgelaufen werden. Wenn Maximilian jetzt umkehrt, würde die Gruppen wissen, dass er kein Ziel und die Mittagspause nicht geplant hat, seine Autorität würde einen schweren Knacks erhalten, vielleicht würde sogar jemand einen Witz über ihn machen, der von mehreren Seminarteilnehmern registriert und im schlimmsten Fall sogar für lustig befunden werden könnte. An normalen Tagen könnte er das hinnehmen, in Anwesenheit des Neuen ist das ein unkalkulierbares Risiko. In der Hoffnung, seine Unsicherheit zu verbergen, zieht Maximilian das Tempo noch ein Stückchen an, unter Hemd und Sakko bildet sich wieder der feine Schweißfilm, dessen Existenz vor den anderen ebenso geheim zu halten ist wie die Ziellosigkeit ihres Marsches. Maximilian ist in Gedanken bereits dabei, sich eine Erklärung für ihre Rückkehr ins Hotel zurechtzulegen, als sich vor ihm unverhofft der Bürgersteig weitet und in einen Parkplatz übergeht, an dessen gegenüberliegenden Seite der verheißungsvoll antiseptische Bau eines Drogeriemarkts wartet. Rettung.

Sofort biegt Maximilian auf den Parkplatz ein und versammelt die Gruppe im Halbkreis vor sich neben dem Eingang des Drogeriemarktes, bedeutet ihnen wortlos, auf ihn zu warten, und verschwindet in den Laden.

=

Zwanzig Minuten lang war Mirko angeführt von Krach durch die Mülheimer Innenstadt gepprescht, ohne eine Ahnung zu haben, wohin er ihn führen würde. Doch die Ahnungslosigkeit verhieß in der Tristesse Mülheims einen wohligen Nervenkitzel. Weder Wind noch Wetter noch die fortgesetzte Trostlosigkeit seiner Umgebung, die ihn selbst als Bewohner Güterslohs schwer traf, konnten seiner exorbitant guten Laune irgendetwas anhaben. Dank der widrigen Bedingungen erwies sich sogar seine Outfitwahl von heute Morgen als Glücksgriff, in Jeans ließ sich der Marsch ins Ungewisse deutlich besser ertragen als in den dünnen Anzugshosen.

»Nächstes Mal packen wir festes Schuhwerk ein«, sagt einer der anderen und Mirko stimmt in das verlegene Lachen der Gruppe ein, das den eiskalten Parkplatz sofort eine Spur gemütlicher macht. »Cardiotraining für die Woche ist damit erledigt«, schiebt ein anderer nach, das Lachen wird lauter, die Stimmung immer ausgelassener. Mirko fühlt sich bemüßigt, mit den anderen Schritt zu halten. Er macht drei Schritte nach vorne, deutet auf das »Hunde müssen draußen bleiben«-Schild neben dem Eingang der Drogerie und verkündet der kichernden Meute: »... und Wölfe auch!«

Die erwartete Lachsalve bleibt aus, für einen Moment denkt Mirko, dass er es schon wieder in einer Gruppe verkackt hat, dass er es schon wieder geschafft hat, sich mit einem dummen Witz ins Aus zu katapultieren, dass er zu übermütig war, sein Glück zu sehr strapaziert hat und sich durch den naiven Wunsch, auch ein paar Lacher abzubekommen, durch einen kleinen Fehltritt wieder zum Außenseiter gemacht hat. Noch bevor er anfangen kann, sich selbst zu beschimpfen, bemerkt er, dass nicht Qualität und Timing seines zugegebenermaßen etwas mauen Gags, sondern die Rückkehr Krachs

Ursache für das Abebben der eben noch ausgelassenen Stimmung ist. Sofort nimmt die Gruppe Haltung ein, Mirko reiht sich ein und erwartet in Habachtstellung, dass Krach sich wieder vor ihnen aufbaut.

»Nahrung«, Krach ist kaum bei ihnen, als er ansetzt, »ist eine lästige Notwendigkeit, der man nicht mehr Zeit als unbedingt nötig widmen sollte. Jede Minute, die mit Kochen, Einkaufen und Abspülen verschwendet ist, könnte auch in euch selbst investiert werden. Erfolg ist 99 % Mindset, aber zu einem Prozent eben auch Ernährung! Du bist nicht, was du isst, aber ein Ferrari fährt eben nicht mit Frittierfett. Wenn wir unser komplettes Leben auf maximale Effizienz ausrichten, dann sollte das auch für unsere Nahrung gelten.«

Krach wirft eine Papppalette mit Flaschen voller Flüssignahrung auf den Asphalt zwischen sich und die Gruppe.

»Das Zeug ist Raketentreibstoff.«

Zögerlich greifen die Seminarteilnehmer zu, auch Mirko nimmt sich eine der Flaschen. Das minimalistische Design verspricht ein halbwegs hochwertiges Produkt in der Geschmacksrichtung Vanille, das »100 % vegan« eine »vollwertige Mahlzeit und alle ihre Nährstoffe« ersetzen soll – nur eben ohne das lästige zeitverschwendende Beiwerk der Nahrungsaufnahme. Mirko setzt die Plastikflasche an den Mund und lässt einige Schlucke des darin befindlichen Nährschlamms in seinen Rachen gleiten. Der Geschmack lässt ihn darauf hoffen, bald genug zu tun zu haben, um die Effizienz dieser Mahlzeit schätzen zu lernen.

Zurück im Tagungsraum des Holiday Inn Express, geht es gestärkt in die zweite Hälfte des Seminars, die sich weniger mit dem ideologischen Unterbau von GE-NESIS EGO beschäftigt, sondern mit der praktischen Umsetzung desselben, der EGO-Teil beginnt. Gleich zu Beginn enthüllt Krach auf die ihm eigene dramatische Art, dass mit EGO nicht nur das Ego gemeint sei, sondern auch $EGO, eine gleichnamige Kryptowährung, die Krach selbst geschaffen hat, um die Mitglieder von GENESIS EGO nicht nur ideell, sondern auch finanziell bereichern zu können.

Krypto also, das gefällt Mirko. Die mystische Verbindung aus futuristisch anmutender Technologie, astronomischen Renditegarantien und der Magie der Marktwirtschaft hat ihn schon immer irgendwie interessiert. Ganz verstanden hat er das Prinzip natürlich nicht, es ist schon schwer genug, das Prinzip von Geld zu verstehen, von rein digitalem Geld ganz zu schweigen. Schon der Umstand, dass Mirko wöchentlich vierzig Stunden seiner Arbeitszeit eintauscht, damit seinem Sparkassenkonto am Monatsende eine bestimmte Zahl gutgeschrieben wird, und dass von dieser Zahl im Tausch gegen Wohnraum, Essen und Internetverbindung irgendein Betrag abgezogen wird, nur weil sich alle irgendwie einig sind, dass das ein fairer Deal wäre, beschäftigt ihn immer wieder und hält ihn mit größter Zuverlässigkeit vom Einschlafen ab. Lieber nicht damit beschäftigen, sondern einfach akzeptieren, Geld ist Geld, Dinge sind so, wie sie eben sind. Und deshalb sind Kryptowährungen einfach nur Kryptowährungen. Also so was wie Geld, nur besser, digitaler, unabhängiger, dezentraler, Blockchain, die Zukunft eben. In Science-Fiction-Filmen zahlt schließlich auch niemand mit Münzen. Krypto, das weiß er, beseitigt all die Dinge, die an Geld gruselig sind, das mit der Inflation, der Kontrolle der Zentralbanken, Banken allgemein. So richtig großes Misstrauen hat Mirko in Banken nicht, der Sparkassenberater, den er kennt, seit ihm seine Mutter in der Grundschule das erste Sparbuch eröffnet hat, erscheint ihm nicht wie ein dringend zu eliminierendes Übel, aber kann ja nicht schaden. Banken schlecht, Zentralbanken sowieso und wer könnte jemals etwas gegen Unabhängigkeit, eine dezentrale Organisation und Transparenz haben? Mirko lernt, dass Krachs $EGO eine Kryptowährung ist, die nur Mitglieder von GENESIS EGO kaufen und anderen verkaufen können. $EGO verkörpert die Einheit dieser Gruppe, ist $EGO erfolgreich, sind sie alle erfolgreich, ist $EGO eine Enttäuschung, sind sie alle eine. Es geht bei EGO also einerseits um das eigene Ego, aber auch um $EGO und damit um ihre Gemeinschaft, das mag am Anfang verwirrend klingen, aber spätestens beim nächsten Seminar, da ist sich Mirko sicher, wird er die Sache schon verstehen.

Um sicherzugehen, dass die Gruppe den Unterschied zwischen EGO als Säule von GENESIS EGO und $EGO, der Kryptowährung, auch wirklich begreift, schnalzt Krach jedes Mal, wenn er »$EGO« sagt, dort leise mit der Zunge, wo das Dollarzeichen geschrieben steht.

Um mit $EGO zum gemeinsamen Reichtum zu kommen, ist nicht nur Mirkos finanzielles Investment, sondern in erster Linie seine Begabung als Verkäufer gefragt. Denn noch dümpelt die eigene Kryptowährung von GENESIS EGO bei einem Kurs, der für Laien wie nichts erscheint, für Fachmänner aber beinahe unbegrenztes Wachstumspotenzial offenbart. Als Krach den Kursverlauf des Coins an die Wand projiziert, prangen viele Nullen hinter dem Komma des aktuellen Dollarwerts, 0,000000047 $ oder so, auf eine Null mehr oder weniger kommt es da nicht mehr an. Krach stellt seinem Publikum in Aussicht, dass sich dieser Wert innerhalb kürzester Zeit vertausendfachen, ja sogar vermillionenfachen könnte, wenn die hier Anwesenden Kraft ihres Wolftums die Nachfrage nach $EGO zum Anstieg zwingen würden.

Mirko nickt, als Krach damit fortfährt, ihren gemeinsamen Weg zu unendlichem Reichtum zu skizzieren. Prinzipiell müssten nur alle hier Anwesenden je vier Personen davon überzeugen, mindestens ein paar Hundert Euro in $EGO zu investieren, dann wären sie schon über fünfzig Investoren; wenn die Angeworbenen dann jeweils noch mal je vier Interessenten anwerben könnten, wären sie schon über dreihundert, einen Schritt weiter schon tausend, bald viertausend. Spricht sich das Geheimnis der Wunderwährung $EGO nur weit genug herum, würden innerhalb kürzester Zeit Hunderttausende ihr Geld in sie stecken – und diejenigen, die hier im Raum sitzen, noch reicher machen, als sie sowieso schon sind.

»Wenn ihr diesen Raum heute verlasst, dann dürft ihr keine Gelegenheit mehr verstreichen lassen. Jeden Menschen, den ihr trefft, müsst ihr dazu bringen, wenigstens ein paar Euro in $EGO zu investieren. Das seid ihr mir, aber ganz besonders euch selbst schuldig.«

Die Gruppe applaudiert mit der abebbenden Begeisterung eines Tagungsraums am Nachmittag, eine allgemeine Müdigkeit scheint sich breitzumachen. Mirko selbst ist erschöpft wie schon lang nicht mehr, der erste Tag vom Rest seines Lebens ist ein anstrengender, Stunden der Aufregung und Konzentration fordern ihren Tribut. Als Krach seine Präsentation beendet und den Beamer abschaltet, entfährt Mirko ein leises Stöhnen der Erleichterung, er hatte das laute Surren der Lüftung des Geräts nicht aktiv wahrgenommen und doch ist sein Abschalten eine willkommene nervliche Entlastung. Mirkos müde Augen beobachten Krach dabei, wie er zum ersten Mal heute auf dem Stuhl auf seiner Seite des Raumes Platz nimmt, einen kurzen Blick auf sein Handy wirft und in großer Zufriedenheit mit dem Displayinhalt ein kurzes Lächeln in die Runde wirft.

Die Rollenspiele werden auf die nächste Sitzung verschoben, ab jetzt sei die Zeit für Fragen und offene Diskussion, danach ist Feierabend. Feierabend. Aus Krachs Mund klingt dieses Wort seltsam, Mirko will nicht, dass dieser Tag aufhört und doch sehnt er sich nach seinem Zuhause.

===

14.57, Gott sei Dank, er liegt gut in der Zeit, spätestens in ein bis zwei Stunden kann er auch diesen Seminartag für beendet erklären und sich auf den Weg nach Hause machen. Er war zäh in den Tag gestartet, hatte seine Panikattacke aber ebenso gut überwunden wie die Planlosigkeit der Mittagspause. Ab jetzt würde er sich einfach nur noch den Fragen der Seminarteilnehmer stellen müssen, aber das ist seine leichteste Übung, er ist schließlich Consultant und ein Consultant hat zu consulten, das ist ja der eigentliche Sinn der Sache.

Die Fragen, die ihm gestellt werden, sind die gleichen wie immer. In den allermeisten Fällen geht es weniger darum, eine tatsächliche Frage zu stellen, vielmehr darum, den eigenen Erfolg auf möglichst charmante Art zur Schau zu stellen.

»Ist gerade eine gute Zeit, um ein Penthouse in München zu kaufen?«

»Lohnt sich ein Lamborghini Huracán EVO, wenn man schon einen Ferrari Roma hat?«

»Sind PATEK die neuen ROLEX?«

»Wirken Manschettenknöpfe protzig oder beweisen sie Stil?«

»Goldene oder silberne Uhrengehäuse?«

»Hausmeisterei für die vermieteten Wohnungen fest anstellen oder von einem Dienstleister übernehmen lassen?«

»Wochenendhaus in Italien oder Südfrankreich?«

Keine dieser Fragen bedarf einer ernsthaften Antwort und doch werden sie leidenschaftlich diskutiert, denn auch die Antwortenden möchten zeigen, wie sehr sie mit den jeweiligen Lebenssituationen vertraut sind. Zu jedem noch so speziellen Thema scheinen alle irgendeine Anekdote zu haben und Maximilian lässt sie nur allzu gerne gewähren. Das als Diskussionsrunde getarnte Schaulaufen tut der Gruppendynamik gut, wenn die Stimmen lauter werden, greift er mit einem Machtwort ein. Nur der Neue hält sich mit Diskussionsbeiträgen zurück, meldet sich kein einziges Mal zu Wort und verhält sich auch ansonsten recht unauffällig. Immer wieder schaut er in Maximilians Richtung, um sofort wegzuschauen, sobald sich ihre Blicke treffen.

Vor den Fenstern des Tagungsraums mindert aufziehender Nebel das ohnehin schwache Tageslicht, die Leuchtstoffröhren an der Zimmerdecke müssen das immer spärlicher werdende Tageslicht unterstützen, um die Szenerie zu beleuchten, in der gerade leidenschaftlich über die Möglichkeit der Wertanlage in einer hauseigenen Whisky-Bar diskutiert wird, als Maximilian gelangweilt sein Handy aus der Tasche nimmt, um ziellos darauf herumzuscrollen. Seine offen vorgetragene Langeweile wird bemerkt, nach und nach verstummt der Raum. Als endlich Stille herrscht, grinst Maximilian belustigt in die Runde und erhebt sich wieder von seinem Stuhl.

»Meine Herren, es ist Zeit, den heutigen Tag zu beenden, vor mir liegen noch einige Stunden Autobahn, vor einigen von euch, wie ich weiß, sogar noch eine Flugreise ... lasst uns also die Fragen mal mitnehmen oder aufs nächste Seminar verschieben ... vielen Dank für euer Kommen, Termin und Ort des nächsten Seminars werden bekannt gegeben, sobald ich mir ein bisschen Zeit im Kalender freigeschaufelt habe, die Märkte waren selten so volatil wie jetzt, aber das muss ich euch ja nicht erzählen. Bis bald!«

So euphorisch und perfekt inszeniert der Auftakt des Tages auch war, so ernüchternd und unterwältigend ist sein Ende. Kaum effektvoller als nach dem Ende einer Unterweisung über Bürosicherheit erheben sich die Seminarteilnehmer aus ihren Stühlen und verlassen einer nach dem anderen den Seminarraum. Der Tag ist vorbei, das Werk vollbracht. Bis zum nächsten Seminar in einigen Wochen wird die Kommunikation mit seiner Gruppe ausschließlich digital und damit deutlich kontrollierbarer ablaufen als der heutige Tag.

Der letzte Seminarteilnehmer verschwindet im Flur, die Tür fällt hinter ihm zu, Maximilian erlaubt sich ein tiefes Seufzen und seinem Körper das Annehmen einer bequemen Haltung. Fünf Minuten entspanntes Checken seiner Social-Media-Kanäle gönnt er sich und seinen bis gerade eben noch bis zum Zerreißen gespannten Nerven, dann packt er seine Sachen zusammen, den Laptop in die Tasche, bringt die Stühle wieder in ihre ursprüngliche Anordnung, blickt ein letztes Mal durch den Raum und macht sich auf den Weg. Zurück in den RE 6, zurück nach Gütersloh.

Als die AirPods wieder in Maximilians Ohren stecken und die Rollen seines Koffers wieder durch den weichen Teppich der Lobby pflügen, bedeutet ihm der Rezeptionist, doch bitte kurz stehen zu bleiben. Betont widerwillig kommt Maximilian dieser Bitte nach. Das Anliegen des Rezeptionisten ist ein professionelles, die Rechnung für die ganztägige Nutzung des Tagungsraums muss beglichen werden. Aus seiner Jackentasche kramt Maximilian sein SlimWallet hervor, ein Produkt, das die klobigen Geldbeutel vergangener Tage durch ein exakt kreditkartengroßes Case ersetzt, in dem sich Platz für Scheine, Karten, aber eben nicht für Kleingeld befindet. Ausgestreckt zwischen dem Zeige- und Mittelfinger seiner rechten Hand, hält Maximilian dem Rezeptionisten eine seiner Kreditkarten entgegen, die dieser dankend annimmt, um sie mit dem Rechnungsbetrag in Höhe von 219,95 € zu belasten.

Das folgende empörte Piepen des Kartenlesegeräts überrascht Maximilian deutlich weniger als den Rezeptionisten. Belastung nicht möglich, Karte bitte entfernen. Mit einem entschuldigenden Blick entfernt dieser die Karte, wischt mit dem Daumen über den goldenen Chip und versucht erneut, das Lesegerät und Maximilians Karte zur Kooperation zu überreden, nur um vom Warnton des Geräts, der jetzt irgendwie beleidigter klingt als beim ersten Mal, erneut darüber informiert zu werden, dass diese Karte nicht belastbar ist. Für den Rezeptionisten ist das unerklärlich, Maximilian sieht nicht aus wie jemand, dessen Karte abgelehnt wird, dafür aber wie jemand, der mindestens ein weiteres Zahlungsmittel zur Verfügung hat.

Auch die nächste und übernächste Karte werden vom laut protestierenden Gerät abgelehnt, der Fall ist klar, das Gerät muss defekt sein. Ein Zweifel an Maximilians Zahlungsfähigkeit verbietet sich, niemand, dessen Karten nicht belastet werden können, trägt eine PATEK am Handgelenk. Der Rezeptionist startet das Gerät der Form halber neu, bemüht sich dann geflissentlich um eine alternative Zahlungsmethode, bietet dem immer noch wortlosen Maximilian erst halbherzig eine Barzahlung, interpretiert dessen Schweigen dann aber zu Recht als kategorische Ablehnung. Wölfe zahlen nicht mit Scheinen.

»Rechnung dann? Machen wir hier eigentlich ungern, aber ...«

=

Mirko war unsicher, ob es überhaupt erlaubt war, nach dem Seminar noch im Hotel zu bleiben. Die Aussicht auf eine private Audienz bei Krach war aber zu verlockend, um der Müdigkeit nachzugeben und den Versuch bleiben zu lassen. Als die anderen die Lobby verließen, ließ er sich etwas zurückfallen und nahm Platz auf einer der unbequem aussehenden Sitzgelegenheiten im Eingangsbereich.

Als Krach nach ein paar Minuten endlich aus dem Gang in die Lobby tritt, kommt in Mirko das Kribbeln zurück. Die weißen Sneaker, die schmal geschnittene Anzughose, darüber der schwarze Mantel, der aufrechte Gang, Krach ist weniger eine Person als eine transzendente Personifizierung von allem, was Mirko jemals auch nur träumen könnte zu sein. Komplett schamlos beobachtet er Krach deshalb quer durch die Lobby bei seiner Interaktion mit dem Rezeptionisten, wird zum ehrfürchtigen Zeugen seiner wortlosen Kommandos, niemals hätte Mirko eine derart brenzlige Situation mit einer derartigen Ruhe bestreiten können. Schon bei der Ablehnung der ersten Karte wäre Mirko in Panik verfallen, spätestens bei der zweiten hätte er begonnen, an sich selbst zu zweifeln, wahrscheinlich hätte er angeboten, schnell zum nächsten Geldautomaten zu sprinten, um dem Rezeptionisten das Geld in die Hand zu drücken, vermutlich würde er sich dabei auch noch entschuldigen. Krach hingegen? Krach schenkt der Situation keinerlei Beachtung, kein Verziehen seiner Miene, keine einzige Reaktion. Das Problem der abgelehnten Kreditkarten ist ein Problem des Hotels, nicht seins, Wölfe kämpfen nur die Kämpfe, die es sich zu kämpfen lohnt. Mirko freut sich über diesen Gedanken, ist er da selbst drauf gekommen oder hat er ihn mal bei Krach gelesen?

Mit dem Umschlag in der Tasche eilt Krach an Mirko vorbei nach draußen, ob er ihn nicht wahrgenommen hat oder absichtlich ignoriert, ist Mirko egal. Er schließt sich ihm an und durchschreitet mit ihm gemeinsam die automatische Schiebetür des Hotels.

Krach muss ihn bemerkt haben, doch er macht keinerlei Anstalten, seinen Schritt zu verlangsamen oder ihm gar Aufmerksamkeit zu schenken. Warum auch, Mirko ist schließlich nur der Neue, Krachs Zeit wäre an ihm bestimmt verschwendet, Mirko ist zufrieden, solange er im Abstand von fünf bis zehn Metern hinter Krach laufen darf. Er wird sich schon noch umdrehen, er kann ihn nicht ewig ignorieren.

Nach hundert Metern gemeinsamen Weges ignoriert ihn Krach noch immer.

Zweihundert. Noch immer kein Umdrehen.

Dreihundert, so langsam könnte er sich jetzt wirklich mal umdrehen, Mirkos Keuchen und der Klang seiner Schritte muss für Krach deutlich hörbar sein.

Vierhundert, hat er vielleicht Kopfhörer drin?

Vierhundertfünfzig, nein, sieht nicht so aus. Werden Krachs Schritte gerade schneller?

Fünfhundert. Mirko hätte Krach so viel zu sagen, warum dreht er sich denn nicht um, ist Mirko ein Niemand für ihn? Krachs Schritte werden definitiv schneller.

Sechshundert. Natürlich ist Mirko ein Niemand für ihn, was sollte er denn sonst sein, er ist nur Mirko, ein IT-Service-Mitarbeiter aus Gütersloh, warum sollte jemand wie Krach ihm seine wertvolle Zeit schenken?

Siebenhundert. Vielleicht sollte Mirko mal husten, sich räuspern, um Krach auf ihn aufmerksam zu machen, das hilft bestimmt.

Achthundert. Mirko räuspert sich. Krach ignoriert ihn.

Neunhundert. Krach dreht sich hektisch um, er muss Mirko gesehen haben, es ist unmöglich, dass er ihn nicht gesehen hat.

Tausend, sie müssten jetzt beinahe am Bahnhof sein, warum läuft Krach überhaupt zum Bahnhof? Mit irgendeinem seiner Autos wird er doch heute bestimmt hierhergefahren sein.

Tausendeinhundert, Krach biegt in ein Parkhaus ein, natürlich, was sonst, er kann ihn anscheinend doch ewig ignorieren. Mirko hat die Chance vertan, vielleicht kann er beim nächsten Seminar mit Krach sprechen. Und bis dahin gibt es immer noch das Internet. Zeit, nach Hause zu fahren.

=

Dass eine Karte abgelehnt wird, kann passieren, dass alle drei seiner Kreditkarten durch den Check des Lesegeräts fallen, kam selbst für Maximilian überraschend. In Schockstarre musste er dabei zusehen, wie der Rezeptionist eine Karte nach der anderen in den Schlitz des Geräts steckte. Maximilian hätte so gern irgendetwas gesagt, sich verteidigt, dem Gerät unterstellt, es sei kaputt, dem Rezeptionisten vorgeworfen, er sei zu dumm, doch sein Kiefer wollte sich nicht lösen, die Zunge sich nicht bewegen. Nach all den Hindernissen, die er heute unbeschadet überstanden hatte, würden sie ihn doch noch kriegen, merken, dass seine Karten gesperrt waren, vielleicht würde der Rezeptionist es seinen Freunden erzählen, sie würden seine Posts kommentieren und irgendwann würde jemand diese Kommentare lesen und irgendwann wüssten es alle, dass Maximilian Krach keine Rechnung über 219,95 € bezahlen konnte, dass Maximilian Krach nichts ist, dass Krach Consulting, genau wie GENESIS EGO, die Erfindung eines nicht mal besonderes raffinierten Lügners war, bei dem es nicht mehr als einen hartnäckigen Rezeptionisten brauchte, um ihn aufzudecken.

Maximilians Erzählung seines eigenen Untergangs wird unterbrochen, als der mit dem Briefkopf des Holiday Inn Express in Mülheim an der Ruhr bedruckte Umschlag in sein verschwimmendes Sichtfeld geschoben wird. Die Rechnung, natürlich, man kann Dinge per Rechnung bezahlen, der zu begleichende Betrag ist ein Problem für den Maximilian der Zukunft, keines, um das er sich jetzt kümmern muss. Darum kämpfend, seine Erleichterung zu verbergen, verstaut Maximilian den Briefumschlag in einer Innentasche seines Mantels und macht sich auf, um die Hotellobby so schnell wie möglich zu verlassen. Zwei Mal wäre er heute fast über sich selbst gestolpert, zwei Mal war es mehr Glück als Verstand, dass er doch nicht fiel. Alles, was er jetzt braucht, ist der Filzbezug der Sitze des RE6 unter sich. Wenn er den nächsten Zug erwischt, kann er schon in weniger als zwei Stunden sein Gesicht in die Kissen seines Bettes drücken und sich mindestens zehn Stunden in ihnen vergraben.

Noch bevor er die Lobby des Hotels verlassen kann, hört er Schritte hinter sich, ein gespielt beiläufiger Blick nach hinten bestätigt seine düstere Vorahnung. Der Neue hat die Verfolgung aufgenommen.

Sollte er auf irgendeine mystische Weise Schulden beim Universum gehabt haben, so müssten sie spätestens jetzt beglichen sein. Der Neue hat auf ihn gewartet, seine frische Begeisterung schmeichelt Maximilian natürlich, doch kein Streicheln seines Egos könnte die Belastungen ausgleichen, die es bedeuten würde, heute noch mit ihm reden zu müssen. Vielleicht kann er ihn einfach ignorieren? Wenn er ihn keines Blickes würdigt und einfach gar nicht reagiert, muss er ihn irgendwann in Ruhe lassen, dann muss er merken, dass Maximilian gerade weder Zeit noch Lust auf ein Gespräch mit ihm hat. Maximilian beschleunigt sein Schritttempo und kämpft sich Meter für Meter näher Richtung Bahnhof.

Mit sinkender Entfernung zu seinem Ziel steigt Maximilians Angst, dass er und der Neue dasselbe Ziel haben könnten, als er in die letzte Straße Richtung Bahnhof abbiegt, wird sie zur Gewissheit. Fieberhaft wägt Maximilian seine Optionen ab, sucht mit Blicken die rund hundert Meter Straße ab, die noch zwischen ihm und dem Bahnhof liegen, und findet nichts außer Dönerläden, Bankfilialen und der gähnenden schwarzen Leere einer Parkhauseinfahrt.

Ein Parkhaus.

Zum zweiten Mal am heutigen Tage wird Maximilian von der eigenwilligen Stadtplanung der Mülheimer Innenstadt gerettet.

=

Als Krach vor der Parkhauseinfahrt stehen bleibt, hält sich Mirko für ein bisschen dumm. Fast hätte er gedacht, sie würden gemeinsam zum Bahnhof gehen, fast hatte er sich Hoffnungen gemacht, dass sie vielleicht beide in den RE6 steigen und noch mehr gemeinsame Zeit hätten, peinlich, wie unendlich naiv sein Unterbewusstsein noch immer ist. Maximilian Krach fährt selbstverständlich nicht mit der Bahn und natürlich erst recht nicht mit dem RE6. Stattdessen biegt er jetzt ab in das Parkhaus, in dessen Tiefen irgendwo der BENTLEY

CONTINTENTAL GT steht, den er vorhin in seiner Präsentation gezeigt und gestern erst gekauft hat.

Krach verschwindet in den Tiefen des Parkhauses, Mirko ruft ihm ein verhallendes »Gute Fahrt und bis zum nächsten Mal« hinterher. Er hatte bestimmt einfach keine Zeit für ihn, es ist bestimmt nichts Persönliches. Die Fertignahrung rumort in Mirkos Magen, als er in den nächsten Zug nach Hause steigt. Er könnte nicht beseelter sein.

==

Vor vierzig Minuten hatte ein junger Mann im Anzug das Parkhaus durch den mit dem Kameraquadranten A1 abgedeckten Haupteingang betreten, hatte die Parkebene 1 durch die Quadranten A2 und A4 durchquert und das hintere Treppenhaus betreten. Sekunden später tauchte er wieder im Quadranten B4 der zweiten Parkebene auf, wo er in nun gegensätzlicher Richtung suchend an den parkenden Autos vorbeilief und schließlich auf einem der vielen freien Parkplätze etwas ausbreitete, was in der pixeligen Auflösung der Securitykameras wie ein Stofftaschentuch aussah, sich mit angezogenen Knien daraufsetzte, das Gesicht in den Händen vergrub und sich so lange nicht mehr bewegte, dass ihn die Bewegungsmelder der Tiefgarage vergaßen, woraufhin die Beleuchtung deaktiviert und die Securitykamera in den Nachtmodus versetzt wurde.

Die internen Vorschriften der Wachmannschaft des Parkhauses sehen vor, dass »herumlungernden Personen ohne Aufenthaltsberechtigung im Parkhaus Mülheim (Ruhr) Bahnhof« nach spätestens zehn Minuten persönlich nahegelegt werden soll, zu gehen, doch angesichts des emotionalen Zustands und der ausnehmend ordentlichen Kleidung der betreffenden Person entscheidet sich der diensthabende Wachmann Jürgen Kellner dafür, noch ein paar Minuten zu warten und dann noch ein paar, es hat ja keine Eile.

Nach vierzig weiteren Minuten ist die Beleuchtung der Parkebene 2 noch immer nicht wieder angegangen. Jürgen erhebt sich schwerfällig von seinem Bürostuhl, nimmt die neongelbe Warnweste, die ihn als den Aufseher dieser Parkplatzanlage ausweist, vom Haken und macht sich auf Richtung Kameraquadrant C4, wo auf Parkplatz C307 noch immer bewegungslos der zusammengekauerte junge Mann sitzt. Jürgens chronischer Husten hallt von den geweißelten Wänden des vorderen Treppenhauses wider, als er sich schwer atmend auf den Weg nach unten macht, um nach dem Rechten zu sehen, Ärger muss er bei seinem kleinen Ausflug wohl keinen erwarten.

Im Licht der anspringenden Leuchtstoffröhren der Parkebene 2 nähert sich Jürgen dem herumlungernden Subjekt, im sicheren Abstand von zwei Metern spricht er ihn dann an.

»Sie müssen leider raus, Parkhausvorschrift.«

Das zusammengekauerte Bündel reagiert nicht, bewegt sich keinen Zentimeter, Jürgen probiert es noch einmal.

»Echt nicht böse gemeint, aber Sie müssen hier wirklich weg, sonst bin ich nämlich am Arsch.«

Jürgen nähert sich dem Mann, bei dem er nun sicher ist, dass keine Gefahr von ihm ausgehen wird, und lässt sich trotz des lauten Protests seiner Kniegelenke in die Hocke sinken, ganz nah sind sich die beiden nun, Jürgen kann die Mischung aus Schweiß und Parfüm, die den Mann umgibt, jetzt riechen. Zaghaft legt er ihm eine Hand um die Schultern, die mit seiner Berührung schluchzend anfangen zu beben. Eine Mischung aus Mitgefühl und längst verdrängt geglaubten Erinnerungen steigt in Jürgen hoch und eruptiert in einer eigenen Träne, als der unbekannte Mann seinen Kopf an seine Schultern lehnt.

Als Jürgen wenige Stunden später seine Schicht beendet, notiert er im Diensttagebuch keine besonderen Vorkommnisse.

KAPITEL 4

Aufstieg und Niedergang der Menschheit sind untrennbar mit der Evolution der Uhr verbunden. Den weitaus längsten Teil der Menschheitsgeschichte war die genaue Uhrzeit komplett egal, später wurde sie ein begrenzt verfügbares Gemeingut, verwaltet von den Sonnenuhren irgendwelcher Tempel, noch später von den Turmuhren an Kirchen und Rathäusern. Läutende Glocken holten die Bauern vom Feld, eine schrillende Klingel entließ Schüler in die Pause, die dröhnende Werkssirene bedeutete Beginn und Ende einer Schicht. Viele Menschen, eine Uhr.

Mit der Massenproduktion immer kleinerer Uhrwerke wurde es immer einfacher, seine eigene persönliche Uhrzeit zu besitzen. Als Standuhr im Wohnzimmer, als an einer Kette befestigte Taschenuhr in einer Weste, am Handgelenk, als einfallsloses Geschenk zur Konfirmation. Erst analog, dann digital, schließlich überall. Auf jedem der unendlich vielen Bildschirme, mit denen sich die Gewinner der globalen Geburtenlotterie täglich umgeben, ist irgendwo die Uhrzeit angegeben.

Vom Display des Backofens über den Home-Bildschirm des SmartTVs bis zum ständig piependen Interface der Smartwatch findet sich überall die Uhrzeit, sekundengenau, synchronisiert mit irgendeiner sich irgendwo befindenden, vielleicht aber auch nur virtuellen Atomuhr.

Die Welt läuft noch immer im Gleichschritt, doch das Kommando dazu kommt nicht mehr von einer zentralen Stelle, jeder bekommt es jetzt über das knappe halbe Dutzend Endgeräte mitgeteilt, das jeder von uns jederzeit am Körper trägt. Wir schauen auf die kleinen Ührchen, die uns mitteilen, dass in irgendeinem digitalen Kalender vermerkt ist, wo wir wann zu sein haben, und wir fühlen uns so schrecklich modern, so fürchterlich fortschrittlich, so entsetzlich futuristisch und dann vibriert die Smartwatch an unserem Handgelenk und lobt uns dafür, dass wir heute schon artig unsere zehntausend Schritte gelaufen sind.

=

Der Kaffee aus dem Vollautomaten schmeckt wie jeden Tag dünn und wird es wie jeden Tag trotzdem schaffen, ihr zwanzig Minuten nach Einnahme eine Ladung kalten Koffeinschweißes auf die Oberlippe und unter die Achseln zu treiben. Der Small Talk mit Hannes war wie jeden Tag unendlich lang, dafür aber eine Spur weniger unangenehm als sonst, was wohl eher ein Ausreißer als der Beginn einer dauerhaften Verbesserung sein dürfte.

Yasmin nimmt wieder Platz am Tresen an der Rezeption und beginnt den achtstündigen Kampf. Den Kampf gegen die mal mehr, mal weniger aufdringlichen Blicke der an ihr vorbeihuschenden Hotelgäste, den Kampf gegen die Flirtversuche der Auscheckenden, den Kampf gegen die aus den Fingern gesaugten Beschwerden. Man könnte meinen, die Gäste seien angesichts der Tatsache, dass ohnehin jeder Cent ihrer Geschäftsreise von ihrem Arbeit- oder Auftraggeber bezahlt wird, etwas weniger streng, doch nichts könnte falscher sein. In einer Art kompensatorischer Budgetierungswut, auf der Jagd nach einer lobenden Erwähnung bei der nächsten Teamsitzung wird um den Preis jedes zusätzlich gebuchten Komfortpakets gekämpft, jeder noch so kleine Mangel beanstandet, jedes Freigetränk aus der Minibar mit einem verbalen Messer zwischen den Zähnen errungen. An der Rezeption ergibt sich dann eine Gesprächssituation, in der beide Parteien nicht freiwillig sind. Sowohl Yasmin als auch ihr Gegenüber wären gerne irgendwo anders, am liebsten zu Hause, doch der finanzielle Zwang, den dieses Zuhause bedeutet, bringt sie beide dazu, in der Lobby des Holiday Inn Express in Mülheim an der Ruhr zu verhandeln, ob ein nicht funktionierender Föhn einen Nachlass auf den Zimmerpreis oder nur eine Entschuldigung im Namen des Hauses wert ist.

Nach der morgendlichen Welle des Auscheckens brechen über Yasmin die Wogen der Langeweile herein, die jeder Job kennt, dem an einem Schreibtisch nachgegangen wird. Das wirkliche Schlimme dabei ist nicht die Langeweile selbst, sondern der Umstand, dass man sie nicht mit allen Mitteln bekämpfen darf, weil man jederzeit noch den Anschein erwecken muss, dass man eben doch arbeitet. Ein Scrollen am Handy geht okay, vielleicht sogar das Öffnen irgendeiner halbwegs unterhaltsamen Website am Rezeptionscomputer, mehr aber geht auf keinen Fall, zu groß das Risiko, dass ihr Chef doch mal vorbeikommt. Dass heute so ein Gast wie gestern auftauchen könnte, fürchtet sie nicht, der Blitz schlägt schließlich nicht zwei Mal hintereinander ins selbe Haus ein. Ein Mensch von so ausnehmender Ekelhaftigkeit ist wie der Halley'sche Komet, sein Auftauchen ist an sich unvermeidbar, aber derart selten, dass es keine Relevanz für die Alltagsplanung haben muss.

Es ist ein lahmer Tag, nicht auf die gute Weise lahm, sondern so quälend langweilig, dass sich die Zeit zu teilen scheint. So lahm, dass es sich anfühlt, als würden jede Sekunde unendlich viele Paralleluniversen entstehen, deren Unendlichkeiten Yasmin einzeln durchleben muss. Während in ihren Ohren die Hosts eines True-Crime-Podcasts etwas zu genussvoll einen brutalen Mord etwas zu unterhaltsam inszenieren, greift Yasmin auf der händeringenden Suche nach Beschäftigung zum äußersten Mittel und klickt sich durch die Buchungsdaten der Gäste. Datenschutzrechtlich mag das längst keine Grauzone mehr sein, das Unterhaltungspotenzial überwiegt das Abmahnungsrisiko jedoch bei Weitem. Die Datensätze verraten wenig, aber genug, um eine wenigstens ungefähre Ahnung von der Person zu haben, die sie preisgegeben hat.

Tobias Herrmann aus Weiden in der Oberpfalz stellt sich Yasmin beispielsweise als jungen Familienvater vor, der sich auf dem für Stadtbewohner unvorstellbar großen Grundstück seiner Eltern ein eigenes Haus gebaut hat, das er mit seiner Frau, die er seit der Schule kennt, und seinen zwei Kindern bezogen hat. Tobias Herrmann pendelt täglich mindestens eine Stunde einfachen Weges mit dem Auto und trägt, obwohl es keinen offiziellen Dresscode gibt, gerne Anzug im Büro. Er rechnet sich eine baldige Beförderung auf den Posten seines Chefs aus, der mit einigem Glück bald frühverrentet werden könnte, und reist, um sein Engagement und seine aufopferungsvolle Arbeit für die Firma zu unterstreichen, aber auch um seinen familiären Verpflichtungen möglichst oft zu entkommen, gern zu Geschäftspartnern, obwohl man Meetings dieser Art längst per Videocall erledigen könnte. Tobias Herrmann war ein bisschen frustriert, dass die Dienstreisenrichtlinie seiner Firma ihm leider nur ein Zimmer im biederen Holiday Inn Express gestattet, gerne hätte er etwas nobler übernachtet, schon allein aus Wertschätzungsgründen. Außerdem ist Tobias Herrmann definitiv mit dem Auto angereist, Zug wäre ihm nicht selbstbestimmt genug, der Kurzstreckenflieger wiederum für die Reiserichtlinie zu teuer.

Stefan Kirner aus Königs Wusterhausen hat hingegen die Vibes eines liebenden Familienvaters, der sich mit einiger harter Arbeit und dem Glück der frühen Geburt zur Rente endlich den Traum eines kleinen Hauses hinter der Berliner Stadtgrenze erfüllen konnte. Aus den Zahlungsdaten liest Yasmin, dass Stefan Kirner seine Übernachtung hier selbst gezahlt hat, vielleicht hat er eines seiner Kinder besucht, das sein familiäres Glück hier in Mülheim gefunden hat, aber wollte weder seinem Kind noch seinem Rücken zumuten, auf irgendeiner Couch in einer zu engen Wohnung zu übernachten, weshalb er eines der günstigeren, aber nicht zu günstigen Hotels der Stadt gebucht hat.

Yasmins Blick verlässt den Rahmen des Computerbildschirms und schweift ab, während im Podcast in ihren Ohren gerade von der Zerstückelung einer Leiche zum Sponsor der heutigen Folge übergeleitet wird, einer Steuererklärungs-App, deren Funktionalität es sei, eine »schwierige Aufgabe in kleine handliche Pakete zu zerteilen«. Hahahaha. Yasmin ist sich sicher, dass diese Anmoderation das Schlimmste war, das der besprochenen Leiche jemals angetan wurde.

Was würde Yasmin wohl denken, wenn sie ihren eigenen Datensatz lesen würde? Was würde sie über »Yasmin Kara aus Mülheim an der Ruhr« denken, wie würde sie die Person hinter Namen und Wohnort mit Leben füllen? Welchen Job würde sie sich geben, welchen familiären Hintergrund? Wäre sie fair zu sich selbst oder würde sie sich eine ihrer verächtlichen Geschichten ausdenken, sich darüber lustig machen, dass sie einen dieser Jobs ohne Perspektive, dafür aber leider mit Kundenkontakt hat? Würde sie hinter Namen und Adresse irgendeine tumbe Person vermuten, die mit alldem zufrieden ist, aber nicht auf die Art, wie Yasmin damit zufrieden ist, sondern auf eine Art, bei der man mit dem gesellschaftlich zugewiesenen Platz zufrieden ist, statt ihn und die Ruhe, die er bedeutet, als Chance für alles außerhalb des Berufs zu begreifen? Wäre das dann nicht internalisierte Misogynie, vielleicht sogar internalisierter Rassismus? Ziemlich sicher sogar, wir leben in einer Gesellschaft.

Yasmin konzentriert sich wieder auf ihren Versuch, sich abzulenken, und öffnet die Daten der nächsten Buchung.

Maximilian Krach
Reutlinger Straße 31
33333 Gütersloh

Krach! Der Wichser von gestern. Der, der ihr den Kopfhörer aus dem Ohr geschnipst hat, nach dem sie, als er endlich weg war, in würdelos gebückter Haltung den Boden absuchen musste. Das kleine dreckige Arschloch mit seinen widerlichen Anzugfreunden, die alle aussahen wie er, sich verhielten wie er und sie genauso abschätzig musterten, wie er es tat.

Während die Polizei im Podcast natürlich den Nachbarn mit dem libanesischen Nachnamen des Mordes verdächtigt, was die Hosts mit einem »Da waren sie wohl auf der falschen Fährte« abtun, haha, lustig, das ist sicherlich noch nie vorgekommen, siegt Yasmins Neugier über ihre Abscheu und lässt sie den Namen »maximilian krach« in die Suchleiste der Instagram-App auf ihrem Handy eingeben. So jemand hat garantiert ein repräsentatives Profil, vielleicht mit Fotos seiner Urlaube, vielleicht mit Fotos von dem, was er Arbeit nennt, ganz bestimmt aber etwas, womit sich die nächsten paar Minuten verbringen lassen und sich ihre Abneigung weiter schärfen lässt.

Der Suchalgorithmus schlägt ihr eine Reihe von Maximilian Krachs vor, die aus irgendeinem Grund alle dunkelblonde Allerweltsgesichter haben, denen man mit ihrem aufgesetzten Selfielächeln unter ausdruckslosen Augen die Zerstückelung einer Leiche absolut zutrauen würde, die aber leider genau der Typ Mensch sind, der Polizist wird und dann den libanesischen Nachbarn verdächtigt. Trotz der scheinbaren Klonhaftigkeit ist unter den Suchvorschlägen nicht der Maximilian Krach, den Yasmin sucht. Der einzige vielversprechende Treffer trägt den Namen »krach_consulting«, das Öffnen und Erkunden des Profils wird durch einen verspätet auscheckenden Gast, es ist kurz nach elf, um wenige Minuten verzögert.

Als der True-Crime-Podcast mit einer erneuten Erinnerung an den Rabattcode für die Steuererklärungs-App endet, hört Yasmin nicht mal mehr mit einem halben Ohr zu. Der Unterhaltungswert des Instagram-Profils von Maximilian Krach übertrifft jede ihrer Erwartungen. Es ist ein über alle Maßen befriedigendes Gefühl, sich eine negative Voreingenommenheit durch tieferes Kennenlernen bestätigen zu lassen. Yasmins erster Eindruck von Maximilian Krach, als dieser in ihre Lobby trat, war fürchterlich, der zweite noch schlimmer, der dritte, den sie jetzt auf Instagram von ihm erhält, wird zum theoretischen Überbau für den praktischen Hass auf Maximilian Krach.

Maximilian Krach aus Gütersloh war einer dieser neureichen Consultingtypen, die es geschafft haben, andere Typen, die auch gerne neureich wären, davon zu überzeugen, dass sie von ihnen lernen könnten, wie man wird wie sie. Maximilian Krach glaubt, er würde ein Erfolgsrezept vermarkten, in Wahrheit vermarktet er sich selbst, seinen durchtrainierten, aber nicht zu durchtrainierten Körper am Pool, seine sich abzeichnenden Muskeln im zu eng geschnittenen Anzug, die Adern seiner Hände am Lenkrad eines Porsches. Homoerotik für homophobe Männer.

Was genau Maximilian Krach seinen überraschend vielen, aber erstaunlich wenig interagierenden Followern verkauft, kann Yasmin nicht auf Anhieb erkennen. Unaufhörlich wechseln sich Motivationssprüche, deren Aussagekraft auf einem Niveau mit dem »Cappuccino«-Wandtattoo in der Küche ihrer Mutter liegt, mit Fotos von Maximilian Krach und den Insignien seines Wohlstands ab. Der Satz »Geld macht nicht glücklich« ist natürlich kompletter Quatsch, aber bei der ernsten Miene, die Maximilian Krach auf jedem seiner Fotos macht, könnte man fast glauben, er wäre wahr. Für jemanden, dessen einziger Lebensinhalt der materielle Erfolg ist, hat er erstaunlich wenig Freude daran. Jede Tätigkeit, bei der sich Krach ablichtet oder ablichten lässt, scheint in seinem Gesicht eine religiöse Feierlichkeit auszulösen, über die auch das angeknipste Lächeln, das er manchmal trägt, nicht hinwegblicken lässt.

Yasmin scrollt noch ein wenig durch Maximilian Krachs Profil, grinst über die sich ständig wiederholenden Wolfvergleiche, schüttelt den Kopf über das eine, verzieht das Gesicht über das andere. Dass es dieser Typ geschafft hat, überhaupt eine Handvoll Leute ins gottverdammte Holiday Inn Express in Mülheim an der gottverdammten Ruhr zu schleppen, ist bemerkenswert, verachtenswert und vielleicht auch ein bisschen bemitleidenswert. Wie ausweg- und freudlos muss ein Leben sein, damit man von einem Seminar im deprimierendsten aller Tagungsräume dieser Welt eine irgendwie geartete Verbesserung erwartet? Doch es fällt Yasmin schwer, Maximilian Krach und seine Mitstreiter als Opfer irgendwelcher Umstände wahrzunehmen, zu real ist die für sie bestehende Gefahr, die von einer solchen Männergruppe ausgeht, zu befreiend das Gefühl, über Maximilian Krachs Instagram-Profil lachen zu können, während sie ihre Faust in der Jackentasche um ihren Hausschlüssel ballen würde, wenn sie ihm auf der Straße begegnete.

Irgendwann versiegt ihr Interesse. Als sie den Blick von ihrem Handy hebt, hat der Rezeptionscomputer bereits den Bildschirmschoner aktiviert, der das Holiday-Inn-Logo von einem Bildschirmrand in den nächsten prallen, es aber auf so wundersame wie bedauernswerte Weise niemals in einer Ecke enden lässt.

Das Intro der nächsten Folge des True-Crime-Podcasts ertönt, noch drei Stunden sechsundzwanzig Minuten bis Feierabend, genug Zeit für mindestens zwei weitere zerstückelte Leichen.

=

»Richtig schön, dass es morgens immer früher heller wird«, sagt Angela am Frühstückstisch über das röchelnde Aufkochen der Filterkaffeemaschine hinweg. Ihr Ehemann Egon stimmt ihr grunzend zu, blättert etwas zu umständlich die Seiten seiner Zeitung um und beschäftigt sich wie jeden Morgen anstandshalber mit Politik und Finanzen, bevor er es endlich vor sich selbst vertreten kann, zum Sportteil zu blättern.

»Trotzdem aber immer noch ganz schön frisch da draußen.«

Jetzt ist Angela an der Reihe, grunzend zuzustimmen, während sie den Kaffee aus der Kanne in auf der Küchenanrichte bereitgestellten Tassen verteilt und einen großzügigen Schluck Kaffeesahne dazugibt. Egon bekommt zwei Teelöffel Zucker dazu, sie zwei Tabletten Süßstoff, das fühlt sich gesünder an, ob es das auch ist, weiß sie nicht. Wie immer bleibt ein kleiner Schluck Kaffee in der Kanne übrig, den sich Egon nachher einschenken wird, um ihn in einem hastigen Schluck zu trinken. »Mein Power-Espresso« nennt er diesen Zusatzschluck Kaffee und Angela muss jedes Mal ehrlich lachen, wenn er das sagt, weil es irgendwie putzig ist, wie er da steht in seinem zu weiten Hemd mit der zu weiten Hose und der Krawatte, die nicht aus der Mode gekommen ist, weil sie nie Mode war, und sich über seinen kleinen Schluck Extrakaffee freut. Dann packt er wie immer seine Jacke und die kleine Aktentasche, von der er vermutlich nicht mal selbst weiß, was sich darin befindet, gibt ihr wie immer einen routinierten, aber nicht leidenschaftslosen Kuss auf die Stirn und verlässt das Haus. Das Letzte, was Angela jeden Morgen von ihm hört, ist das Klimpern der Hausschlüssel, die er vom Schlüsselbrett nimmt, und das Starten des Motors seines Audi A4. Dann ist es still im Haus. Seitdem auch die Tochter ausgezogen ist, beklemmt Angela diese Stille ein bisschen. So viele Zimmer für nur zwei Menschen, die immer älter und älter werden, die all diesen Platz ja eigentlich gar nicht brauchen, während sich in den Städten die Leute an die Gurgel gehen, um auch nur einen Besichtigungstermin zu bekommen, das ist schon eine seltsame Welt, in der sie da leben, eine ganz seltsame.

Normalerweise würde sie jetzt in verhältnismäßiger Ruhe ihren Kaffee austrinken und das Frühstücksgeschirr in die ebenfalls zu groß gewordene Spülmaschine räumen, aber der temporäre Ausfall der Linie 203 hat ihre Morgenroutine aufgebrochen. Deshalb nimmt sie nun ihrerseits klirrend den zweiten Autoschlüssel vom Schlüsselbrett und setzt sich in den silbernen Opel Corsa.

Gestern informierte sie ein lautes »Ping!« ihres Handys und ein eigentlich ja illegaler Blick aufs Display an einer roten Ampel darüber, dass Mirko, den sie neuerdings immer von der Bushaltestelle mitnahm, krank zu Hause bleiben musste. Heute blieb ihr Handy stumm, was sie nicht recht zu deuten weiß. Heißt das, dass er noch krank ist, oder heißt es, dass er heute wieder mitfährt? Schwierig zu verstehen, vielleicht hätte sie nachfragen sollen? Sicherheitshalber bleibt sie an der Bushaltestelle stehen und ist einigermaßen erleichtert, als Mirko kaum eine Minute später aus der Seitenstraße tritt, auf ihr Auto zusteuert, die Tür aufreißt und sich ein Schwall tatsächlich immer noch ganz schön frischer Luft in ihrem Auto platziert.

»Morgen!«

»Guten Morgen, Angela!«

»Na, wieder fit?«

»Hatte es nur ein bisschen im Magen, vielleicht was Falsches gegessen, bin wieder auf dem Dampfer!«

»Na, das freut mich zu hö...«

»Sag mal, Angela, sorgst du eigentlich für die Rente vor?«

Für die Rente? Klar sorgt sie für die Rente vor, also eigentlich ist das Egons Aufgabe, der arbeitet bei der Sparkasse, das ist praktisch sein Fachgebiet, jedes Quartal sitzt er mit jeder Menge Unterlagen um sich herum am Küchentisch und rechnet ihr und vor allem sich selbst vor, wie es denn jetzt mit der Rente aussieht. Da ist eigentlich alles im Griff, warum fragt Mirko das denn, seit wann interessiert er sich überhaupt für Finanzen, was ist das denn für ein Gesprächsthema am frühen Morgen?

Und dann setzt Mirko zu einem Vortrag an, der nicht so richtig zu dem schüchternen jungen Mann passen will, den sie seit einigen Tagen an der Bushaltestelle einsammelt. Klar, er hat sich irgendwie verändert, hat die wirre Ansammlung an Haaren auf seinem Kopf zu einer richtigen Frisur geformt, trägt jetzt passende Klamotten und hat sich dankenswerterweise insgesamt in eine Richtung entwickelt, die ihn nicht mehr wie den ersten Verdächtigen für einen firmeninternen Amoklauf aussehen lässt. Mittlerweile kommen ja auch echte Gespräche mit ihm zustande, bei den ersten Fahrten noch undenkbar. Dass sein unverhofft erwachter Lebensgeist sich jetzt aber ausgerechnet dieses Thema ausgesucht hat, ist etwas zu viel des Guten. Als er davon zu reden beginnt, dass »in volatilen Märkten konservative Finanzplanung ausgedient hat« und dass zur »Wohlstandssteigerung Risiko gefragt ist«, verabschiedet sich Angela gedanklich aus dem Gespräch und konzentriert sich auf das angenehm gleichförmige Brummen des Motors.

Als sie den Opel Corsa auf dem Firmenparkplatz zum Stehen bringt, macht Mirko keine Anstalten, auszusteigen, sondern redet weiter. Darüber, dass man den Banken auf keinen Fall trauen dürfe, erst recht nicht den Zentralbanken. Darüber, dass man sein Leben selbst in die Hand nehmen müsse. Darüber, dass Angela ihr Geld innerhalb kürzester Zeit nicht nur verdoppeln, sondern verdreifachen, Quatsch, verzehnfachen könne, wenn sie nur in eine Angelegenheit namens »Egocoin« investieren würde.

»Ach, Mirko, das klingt mir alles viel zu kompliziert, vor meiner zweiten Tasse Kaffee will ich wirklich gar nichts von Finanzen hören und erst recht nichts von deinen Internet-Sperenzchen.«

»Das sind keine Internet-Sperenzchen, das ist die Zukunft! Nicht nur deine und meine, sondern die der ganzen Menschheit! Wir sehen doch, dass es so nicht mehr weitergehen kann, das Konzept Fiat-Geld ist komplett überholt, wir leben im 21. Jahrhundert!«

Mirko ist sichtlich getroffen von ihrem Desinteresse

und will wütend die Autotür aufreißen, ist aber wegen des eng stehenden Nachbarautos gezwungen, sie vorsichtig und nur halb zu öffnen und sich anschließend umständlich hinauszuzwängen, was ihn noch mehr wie ein trotziges Kind wirken lässt. Schweigend betreten die beiden nebeneinander das Firmengebäude. Angela wünscht Mirko ihr übliches »Frohes Schaffen!«, er stapft heute wortlos davon. Angela grinst, irgendwie ist das putzig. Irgendwie mag sie ihn.

Angelas Arbeitsplatz sieht aus wie eine dieser Lkw-Fahrerkabinen, in denen die armen Männer zwei Drittel ihrer Lebenszeit fristen müssen und deshalb alles dafür geben, um aus der lebensfeindlichen Umgebung ihres Arbeitsplatzes einen wenigstens halbwegs erträglichen Ort zu schaffen. Auf ihrem Schreibtisch tummeln sich Figürchen und Postkarten, um den Bildschirm ist eine Lichterkette gewickelt, darunter steht ein ganzes Bataillon lustiger Glücksschweinchen. Zusätzlich hat Angela noch Platz für ein Arsenal an Bürozubehör gefunden. Notizzettelchen, Stiftebecher, Klammerhefter, Locher, Radiergummis und Spitzer kämpfen auf dem überbesetzten Tisch um das bisschen Daseinsberechtigung, das ihnen der digitalisierte Arbeitsalltag noch lässt.

Mit einem Klick ihrer ergonomischen Maus lässt Angela den Computer zum Leben erwachen. Der grüne Hügel des Windows-XP-Startbildschirms, den sie sich aus Nostalgie- und Gewohnheitsgründen beim erzwungenen Wechsel auf Windows 10 erhalten hat, begrüßt sie auch heute wieder zu einem neuen Arbeitstag. Guten Morgen.

Angela arbeitet in der Buchhaltung des Standorts, in ihrer Stellenbeschreibung steht, dass sie sich um die Buchung und Abrechnung der in der Gütersloher Niederlassung anfallenden Kosten kümmert und diese verursachungsgemäß auf die jeweiligen Kostenstellen verteilen soll, in Wahrheit ist ihr Job aber ein deutlich komplexerer. Sie ist eine Institution der Firma, ein echtes Original, niemand arbeitet hier länger als sie, niemand kennt diese Räume ohne sie. Sie hat direkt nach der Realschule hier angefangen, als das Werk noch ein richtiges Werk war, als hier noch richtig gearbeitet wurde, und hat sich zur Bürokauffrau ausbilden lassen. Fast vierzig Jahre ist das jetzt her, sie hat noch Steno gelernt und Maschinenschrift, braucht man heute alles nicht mehr, aber Angela selbst wird noch gebraucht, und das sogar dringender denn je.

Abseits der KPIs in den bunten Exceltabellen irgendwelcher Controllingabteilungen sind es die nicht messbaren Leistungen von Angestellten wie Angela, die eine Firma wirklich in Gang halten. Angela organisiert Weihnachtsfeiern und Firmenabschiede, den Umtrunk zur Verrentung und die Feier zur unbefristeten Übernahme eines Azubis. Egal ob Geburt, Beerdigung, Geburtstag oder Hochzeit, Angela bekommt es mit, organisiert eine Karte, auf der sie alle unterschreiben lässt, und einen Umschlag voller Geldspenden noch dazu.

Rein formell mag Angela keine große Entscheidungsgewalt haben, doch die Fäden der Firma laufen allesamt bei ihr zusammen. Sie ist die Herrscherin über den kurzen Dienstweg, ohne sie läuft hier nichts.

»Die Julia hat heute Geburtstag!«, zischt sie deshalb jeder ihr in den Bürofluren begegnenden Person entgegen, damit sie der Julia heute gratulieren können, falls sie der Julia heute begegnen. Um Punkt elf Uhr bestellt sie dann beim üblichen Lieferdienst, dessen Flyer an der Pinnwand neben ihrem Schreibtisch von vielen tausend Sonnenstunden längst zur Unlesbarkeit verblichen ist, fünf Familienpizzen, zwei Spezial, eine Margherita, zwei Salami, für zwölf Uhr und reserviert vorsorglich per Outlook den mittleren Besprechungsraum. Heute wird Geburtstag gefeiert.

Die zwei Stunden bis zum offiziellen Beginn der inoffiziellen Feier sind Angela zu schade zum Arbeiten, dafür hat sie den Rest der Woche ja auch noch Zeit. Also gießt sie die Pflanzen auf der Etage, obwohl es dafür eigentlich einen externen Dienstleister gibt, füllt das Papier in den Druckern auf und zwingt jedem noch so missmutig gelaunten Kollegen eines ihrer fröhlichen und etwas zu persönlichen Gespräche auf, die allen das Gefühl geben, dass sie einen besonders guten Draht zu ihr hätten.

Pünktlich um zwölf sind sowohl die Pizzen als auch die geladenen Gäste im mittleren Besprechungsraum versammelt, nur Geburtstagskind Julia lässt ein paar

Minuten auf sich warten. Als sie schließlich den Raum betritt, wird sie von einem durchaus leidenschaftlich gesungenen »Happy Birthday« in Empfang genommen, direkt danach wird das provisorische Pizzabüfett eröffnet und die Gäste mischen sich, in der Hoffnung, heute endlich mal ein Gesprächsthema zu finden, das weder Arbeit noch Wetter ist, untereinander.

Angela ist wie immer der Mittelpunkt des belebtesten Gesprächskreises, auch Jubilarin Julia hat sich der Tatsache gefügt, dass es mehr braucht als einen Geburtstag, um die Aufmerksamkeit der Gruppe Angelas Gravitationsfeld zu entreißen. Für Angela ist alles eine erzählenswerte Story, die Terrassenfugen, die wegen der Eiseskälte im Januar geplatzt sind, die mittelmäßigen Uninoten ihres Sohnes, die neue Frisur ihrer Tochter, die ja nun wirklich so schöne lange Haare hatte. Heute erzählt sie von Mirko, dem Neuen aus der IT, den alle nur vom Sehen kennen und der angeblich, sie war selbst erstaunt, schon seit zehn Jahren in der Firma arbeitet, ist das zu fassen? Jedenfalls nimmt sie den jetzt jeden Morgen von der Bushaltestelle mit, weil ja die 203 ausfällt, seit Jahren fahren sie im selben Bus, aber irgendwie haben sie nie auch nur ein einziges Wort gewechselt, hat sich irgendwie nicht ergeben, ihr kennt ja den Mirko beziehungsweise eigentlich kennt ihn ja niemand so richtig.

Und in letzter Zeit, erzählt Angela, in letzter Zeit, da hat sich Mirko irgendwie verändert. Nicht schrittweise, sondern ganz plötzlich. Plötzlich war Mirko nicht mehr Mirko. Die ausgebeulten Klamotten sind verschwunden, die Haare waren jetzt gescheitelt, die Haltung aufrechter, der ganze Mensch nicht wie neu, sondern wie grundgereinigt, als hätte man eine alte Waschbetonterrasse endlich mal ordentlich gekärchert und würde jetzt erst sehen, wie schön man es die ganze Zeit hätte haben können. Der pizzaessende Kreis um sie herum lacht ein bisschen pflichtbewusst, kärchern könnten sie ihre Terrassen auch mal wieder.

Jedenfalls, fährt Angela fort, mache sie sich seit heute Morgen ein bisschen Sorgen um Mirko. So schön es wäre, wenn Mirko endlich sein Leben etwas mehr in den Griff bekäme, so seltsam war es, als er heute Morgen versucht hat, ihr irgendeine Altersvorsorge zu verkaufen. Irgendwas aus dem Internet sei das gewesen, keine Ahnung, was das genau war, aber er war richtig sauer, als sie ihm sagte, dass sie davon nichts wissen wolle.

»Deutsche Vermögensberatung«, sagt einer der Umstehenden, »klingt ganz eindeutig nach der Deutschen Vermögensberatung. Da ist man schnell drauf reingefallen, die locken dich mit irgendwelchen Profitversprechen und dann haben sie dich am Sack, wenn du nicht genug verkaufst, den muss man so schnell wie möglich da wegholen, das ist wie 'ne Sekte bei denen.«

Beipflichtendes Gemurmel, die Geburtstagsstimmung hat eine scharfe Wendung genommen. Wichtig in solchen Fällen, so der Gruppenkonsens, wäre ja ein stabiles soziales Umfeld, das sei am allerwichtigsten, damit der Junge mal auf andere Gedanken kommt, es geht schließlich nicht immer nur ums Geld, und überhaupt soll der Kerl mal ein bisschen weg von seinen Computern und raus ins echte Leben, das wäre das Gescheiteste, was man mit so jemandem machen könne. Zum Glück kann man ihn vielleicht nicht zwingen, aber doch wenigstens zum Rausgehen.

»Lad ihn doch einfach mal am Freitag ein, schaden tut's auf keinen Fall und notfalls repariert er einfach irgendeinen Computer.«

Auf die Salve des Gelächters folgt das nächste Stück Pizza und ein Wechsel zu einem erquicklicheren Thema, bei dem Angela ungewöhnlich still bleibt, so sehr ist sie in Gedanken an Mirko versunken.

Vielleicht muss man ihn ja wirklich retten.

Und vielleicht sollte sie ihn wirklich einladen.

Kann ja nicht schaden.

=

Mirkos morgendliche Wut auf Angelas Ignoranz verrauchte wenige Minuten nach Arbeitsbeginn, sie ist ja einfach nur irgendeine Arbeitskollegin, und die Arbeit hier, das hatte Mirko verstanden, ist nicht sein Lebensmittelpunkt, Mirko ist zu Höherem bestimmt. Acht Stunden, die er heute, morgen, übermorgen, jeden Tag bis auf absehbare Zeit hier wird verbringen müssen, die nicht sein Leben bedeuteten. Wie ein Gefängnisinsasse, der einen sicheren Ausbruchsplan in der Tasche hatte, konnte er sein Tagwerk mit einer neuen Gelassenheit bestreiten. Das hier ist nicht mehr als ein notwendiges Übel, der eigentliche Mirko existiert nur außerhalb der Gemäuer dieses Bürogebäudes, der hier anwesende Pöbel ist seiner nicht gewachsen, eine Schafherde, die den Wolf nicht erkennen würde, wenn er ihnen in den Hals bisse.

Mit dem Beschluss, besser als sie zu sein, wurde er besser als sie.

MINDSET.

Mit der Entschlossenheit, besser zu werden, wird er immer besser als sie sein.

DISZIPLIN.

Nur bei EGO hat Mirko wirklich Nachholbedarf, das als kleine Fingerübung geplante Verkaufsgespräch mit Angela heute Morgen hat ihn sowohl Selbstbewusstsein als auch eine potenzielle Investorin gekostet. Seine Sorge, dass seine ungehaltene Frustration das Verhältnis zwischen ihm und Angela irgendwie belastet haben könnte, erweist sich jedoch in dem Moment als unbegründet, in dem er am Feierabend den Eingangsbereich des Bürogebäudes betritt, in dem sie fröhlich mit der Frau am Empfang plauschend auf ihn wartet.

»Endlich Feierabend!«, ruft sie ihm entgegen.

»Endlich Feierabend!«, ruft er ihr entgegen.

Das Gespräch auf dem Weg nach Hause ist angenehm beiläufig, irgendeine Julia hatte heute Geburtstag, Mirko klagt über einen Systemfehler, der ihn ein Ticket nicht lösen lässt und sich deshalb negativ auf die Lösungsquote auswirkt, ein lästiges, aber letztlich völlig unerhebliches Problem. Die Februarsonne scheint und lässt Mirkos Haltestelle beinahe freundlich aussehen, als Angela ihn, kurz bevor er die Autotür öffnet, noch kurz aufhält.

»Mirko, eine Sache noch kurz, hast du am Freitag schon was vor? Weil bei uns Schützenfest ist, ich weiß nicht, ob das so dein Ding ist, aber komm doch vorbei, wenn du Zeit hast, ich und die anderen würden uns wirklich freuen.«

»Mal schauen.«

Mirko steigt aus, schließt die Tür des Opel Corsa, nickt Angela freundlich mit dem Kinn zu, als sie davonfährt, und zeigt ihr, sobald sie außer Sichtweite ist, mit erhobenem Arm den Mittelfinger. Dumme Kuh.

Wie kann man ihn ansehen und denken, dass er auf ein Schützenfest gehöre?

Mirko gehört auf Podiumsdiskussionen, in die feinsten Restaurants der Welt oder wenigstens Güterslohs, aber doch um Himmels willen nicht auf ein gottverdammtes Schützenfest, wo sich die dümmsten der Dummen, die Schafe unter den Schafen, besoffen grölend in den Armen liegen, um zu degeneriertem

Schlager die eigene Existenz zu feiern, als ob es an ihr irgendetwas zu feiern gäbe. Eine Zumutung, ein Armutszeugnis, für Angela, aber ganz besonders für ihn, der trotz aller Bemühungen noch nicht für alle als der Wolf erkennbar ist, der er ist.

Sie werden es schon noch merken.

Ganz bestimmt werden sie das.

===

Die Ereignisse des Seminartages hatten Maximilian mitgenommen. Schon im Zug nach Hause war er nicht mehr als ein Häufchen Elend im Slim-Fit-Anzug. Beinahe hätte er die Haltestelle Gütersloh verpasst, nur mit Mühe konnte er sich nach Hause schleppen, wo er es gerade so hinbekam, seinen Anzug auszuziehen und ordentlich aufzuhängen, bevor er über dem Bett zusammenbrach. Der tiefe Schlaf bedeutete kaum Erholung, Maximilian gelingt es nur mit Mühe, sich aufzurichten und das Bettzeug in seine militärisch strenge Ausgangsposition zu bringen. Wach, aber zu welchem Preis?

Maximilians Tag scheint heute nicht wie üblich eine Leinwand zu sein, die ihm unendliche Gestaltungsmöglichkeiten bietet, sondern ein ihm mindestens eine Gewichtsklasse überlegener Wrestler, gegen den es sich so lange zu wehren gilt, bis der gnädige Kampfrichter endlich ein Einsehen hat und das Ringen für beendet erklärt. Sieg durch technischen K.o.

Noch aber sind es einige Stunden, die es in der Hoffnung, dass morgen ein besserer Tag werden könnte, totzuschlagen gilt, für große Projekte fehlt ihm jede Energie. Früher wäre er deshalb sauer geworden, hätte seinen Körper und die in ihm wohnende Psyche dafür verflucht, dass sie ihn zur Untätigkeit verdammen. Mittlerweile weiß er, dass man sich diese Pausen gönnen muss, Wölfe ruhen nach der Jagd manchmal bis zu zwanzig Stunden; wenn die Natur ruft, muss man auf sie hören, daran führt kein Weg vorbei.

Die Zeit der Regeneration füllt Maximilian mit leichten Aufgaben, für die er sich kaum aus seinem spartanisch eingerichteten Zimmer bewegen muss. Am aufgeklappten Macbook auf dem ansonsten leeren Schreibtisch bestückt er seine Website mit aktualisierten Seminardaten, plant die nächsten Instagram-Posts, legt E-Mails ab. Digital Selfcare für einen geschundenen Geist, letztlich kaum mehr als eine Beschäftigungstherapie. Die anstrengendste Aufgabe des heutigen Tages ist, zu ausführliche Gedanken an die abgelehnten Kreditkarten zu vermeiden, das wird sich schon irgendwie regeln, es regelt sich immer irgendwie.

Die Gnade der fortschreitenden Uhrzeit ereilt Maximilian auch heute, ohne großen Energieaufwand erreicht er den Nachmittag, die früh einsetzende Dämmerung erlöst ihn von der Verpflichtung, auch nur so zu tun, als wäre er produktiv. Der Laptop wird vom Werkzeug zur Unterhaltungsmaschine, Maximilian öffnet die

Website eines Streamingdienstes und schaut den Film, den er immer schaut, wenn es ihm so geht wie heute.

WOLF OF WALLSTREET.

Der beste Film aller Zeiten.

Als der Film 2014 in die Kinos kam, war Maximilian ein unbedarfter Teenager ohne große Ängste, vor allem aber ohne den Hauch irgendeines Traums. Was er werden wollte, das musste Martin Scorsese ihm erst ins Gehirn pflanzen. Atemlos saß er beim ersten Sehen mit ein paar Freunden, beim zweiten Durchgang allein im Saal und folgte Jordan Belfort, verkörpert von Leonardo DiCaprio, dabei, wie er von einem kleinen Aktienbroker zum Wolf der Wallstreet wurde, wie er dem Spießertum des alten Geldes entkam und seinen Weg in den grenzenlosen Hedonismus fand. Von vielen als angeblich antikapitalistische Gesellschaftssatire verkannt, wird der Film nur von wenigen als das verstanden, was er ist. Tatsächlich geht es in Wolf of Wallstreet nämlich nicht darum, dass grenzenloses Gewinnstreben zwangsläufig in der Katastrophe endet, vielmehr darum, dass es einfacher ist, erfolgreich zu werden, als erfolgreich zu bleiben. Jordan Belforts Imperium implodiert, als sein Drogenkonsum überhandnimmt, als sein ausschweifendes Sexleben zu ausschweifend wird. Hätte Jordan Belfort all diesen Versuchungen widerstanden, wäre er heute der reichste Mann der Welt. Und Jordan Belfort hätte all diesen Versuchungen widerstanden, wenn er tatsächlich ein Wolf wäre. DISZIPLIN.

Maximilian kann jedes Wort mitsprechen, die bekannten Muster aus Bild und Ton beruhigen ihn, es ist ein würdiger Ausklang eines würdelosen Tages. Vielleicht noch mal Social Media checken, aber dann muss es das für heute gewesen sein. Instagram vermeldet keine nennenswerten Nachrichten, ein paar Kommentare von Sexbots, ein paar Nachrichten irgendwelcher Scambots, nichts, worauf es sich lohnt zu reagieren, der verwaiste Facebook-Account, den er nur noch aus Routine öffnet, bietet ein ähnliches Bild. Auch in der WhatsApp-Gruppe von Krach Consulting scheint heute nicht besonders viel los gewesen zu sein, von den achtzehn Mitgliedern wurden heute nur vierzehn Nachrichten geschrieben, die Tage nach den Seminaren sind meistens etwas ruhiger, das Treffen im echten Leben mindert den digitalen Kommunikationsdrang.

Ein Großteil der neuen Nachrichten entfällt auf die Begrüßung des Neuen in der Gruppe, dann die üblichen Links zu irgendwelchen Autos und Uhren und dann eine Nachricht, die Maximilians Müdigkeit davonfegt und die Wut in Form eines Energieschubs in ihm aufsteigen lässt. Sofort tippt er die Telefonnummer des Neuen an und wählt die Option ANRUFEN. Zeit, dem schwächsten Mitglied der Herde zu zeigen, was es bedeutet, ein Wolf zu sein.

=

Die Aufnahme in den Gruppenchat von Krach Consulting bedeutete Mirko viel. Er war jetzt ein wirklicher Teil der Gruppe, ein echtes Mitglied. Hier wussten alle, wer er war, hier wurde er als der Wolf erkannt, den seine blinden Arbeitskollegen immer noch nicht sehen wollten. Er haderte kurz mit sich, ob die Gruppe wirklich der richtige Ort war, um den Frust darüber, dass seine Arbeitskollegin denkt, er sei der Typ, der gerne auf ein Schützenfest geht, wirklich ungefiltert loszuwerden, doch die Zeiten, in denen er seinen Frust in sich hineinfraß, sollten endgültig vorbei sein.

Er tippt eine kurze Nachricht:

»Gerade von einer Arbeitskollegin zu einem scheiß Schützenfest eingeladen worden, als ob Wölfe sich mit so was abgeben würden. Diese Leute checken wirklich nicht, wer ich bin. Scheiß Schafe«

Auch Minuten später reagiert niemand auf seine Nachricht, Mirko befällt dieselbe Mischung aus Scham und Selbsthass wie bei seinem Gag vor dem Supermarkt. Er wirft sein Handy aufs Bett, als könnte er die Nachricht damit ungeschehen machen. Peinlich, was für eine elende Witzfigur er ist. Als einige Stunden später das aufleuchtende Display seines Handys einen anonymen Anruf ankündigt, hat Mirko seinen Fauxpas längst vergessen. Mehr aus Reflex als aus tatsächlichem Willen nimmt er den Anruf an und meldet sich mit einem fragenden »Hallo«.

Niemals hätte er am anderen Ende der Leitung Maximilian Krach erwartet, noch weniger hätte er erwartet, was er ihm zu sagen hatte. Nach nicht mal sechzig Sekunden ist das Telefonat vorbei, Mirko muss sich ein paar Minuten hinsetzen, um den Schock zu verarbeiten. Die zischende Stimme von Maximilian Krach hat ihn gerade in wenigen Sätzen bedroht, beschimpft, erniedrigt und zutiefst beleidigt, ihm vor allem aber zwei Dinge sehr eindringlich zu verstehen gegeben.

Jede Gelegenheit ist eine Gelegenheit, um die eigenen Verkaufsfähigkeiten zu trainieren.

Wer sich für die Schafe zu fein ist, hört auf, ein Wolf zu sein.

Niemals wird Mirko diese beiden Lektionen vergessen können.

KAPITEL 5

Der walisische Frühsozialist Robert Owen prägte 1817 mit der Formel »acht Stunden arbeiten, acht Stunden schlafen, acht Stunden Freizeit« eine der ältesten Forderungen der Arbeiterbewegung. Seitdem sind ein paar Dinge passiert, das zarte Pflänzchen der Industrialisierung begann durch die Elektrifizierung zu wuchern, immer komplexere Maschinen konnten immer komplexere Arbeitsschritte durchführen, die gespenstische Ahnung, dass bald alle Jobs von Maschinen durchgeführt werden könnten, begann die Runde zu machen, doch immer fand sich noch mehr Arbeit, die von Menschenhand erledigt werden musste. Die stets als Drohkulisse inszenierte Utopie einer Welt ohne menschliche Arbeit scheint sich nicht so recht einstellen zu wollen.

Mehr als zweihundert Jahre nach Robert Owen arbeiten wir immer noch acht Stunden am Tag. Zweihundert Jahre des technischen Fortschritts und der Automatisierung zogen spurlos an uns vorbei, verbesserten unsere Leben gewiss an der ein oder anderen Stelle, doch sie nahmen uns keine Minute Arbeit ab. Acht Stunden am

Tag, fünf Tage die Woche, abzüglich der in Deutschland üblichen dreißig Urlaubstage ergibt sich daraus eine Summe von eintausendsechshundertachtzig Stunden, die jeder von uns jährlich an seinem Arbeitsplatz verbringt, siebzig Tage am Stück, die wir einer Tätigkeit nachgehen müssen, die wir meist nicht freiwillig machen. Die Industrialisierung brachte uns einen zerstörten Planeten, die komplette Entfremdung von unseren Mitmenschen und eine unübersichtlich große Auswahl an Puddinggeschmacksrichtungen, doch sie ersparte uns keine einzige Minute Arbeit.

Fast könnte man meinen, man sollte all das hinter sich lassen, sollte sich den nächstbesten Stock nehmen, um im nächstbesten Wald zu hausen, sich von allem abzukapseln. Vielleicht hatte der Unabomber doch recht, vielleicht waren die industrielle Revolution und ihre Folgen wirklich eine Katastrophe für die Menschheit, vielleicht sollte man die wenigen Jahrzehnte, die noch bleiben, damit verbringen, in einer Hütte Rohrbomben zu basteln. Doch was kann ein System zerstören, das die Möglichkeit bietet, selbst aus der Geschichte des Unabombers noch ein Produkt zu machen, das sich als bequem konsumierbare Thrillerserie auf Netflix in die letzten Windungen unserer kaputt konsumierten Gehirnwindungen frisst?

=

Was zieht man zu einem Schützenfest an?

Mirko weiß zu wenig über die Veranstaltung, um sich seiner Outfitwahl sicher zu sein, das Wort »Schützenfest« projiziert ihm düstere Bilder aus dem tiefsten Bayern in den Kopf, von Männern in Lederhosen, von Frauen in Dirndln, die fünfzehn Maßkrüge auf einmal an die Biertische tragen, von Suff und Schlager, von Bäuerlichkeit und Lebkuchenherzen, auf denen »Spatzl« steht, ambitionslose Orte voller blökender Schafe. In Anbetracht der Tatsache, dass dieses Schützenfest irgendwo jenseits der Grenzen Güterslohs stattfindet, ist ein etwas geringerer Bajuwaren-Faktor zu erwarten, vielleicht weiß die kühle ostwestfälische Mentalität einen allzu hohen Schunkelanteil zu verhindern, vielleicht wird die immer noch kalte Februarluft ihr Übriges tun und die ausgelassene Stimmung, vor der es Mirko so graust, auf ein Minimum begrenzen.

Aus freien Stücken würde er niemals diesen Ort besuchen. Niemals würde er sich freiwillig in die Fänge dieses dörflichen Exzesses begeben. Trotz Krachs überdeutlicher Ansage widerstrebt es ihm noch immer zutiefst. Er ist enttäuscht davon, dass er sich überhaupt dazu herablassen muss, sich die Frage zu stellen, was man auf einem Schützenfest anzuziehen hat, eigentlich ist Mirko längst zu gut dafür. Dass sein Chef im Büro das nicht erkennt, ist geschenkt, das kann der gar nicht sehen, dafür ist er viel zu sehr Schaf. Aber dass Krach nicht sieht, was in ihm steckt, das trifft Mirko im

Innersten und bremst die Euphorie darüber, jetzt Teil einer kleinen elitären Gruppe zu sein, die zu Größerem bestimmt ist, schmerzhaft ab. Andererseits ist er ja erst seit Kurzem dabei, vielleicht müssen alle mal klein anfangen, vielleicht muss sich jeder irgendwann beweisen, vielleicht muss Mirko nur als Aufnahmeritual sein Verkaufstalent auf einem Schützenfest beweisen, um schon bald in der Hierarchie von Krach Consulting aufzusteigen und sich unvermeidlicherweise auch bald Gedanken darüber machen zu können, ob er lieber einen Bentley oder einen Porsche fahren möchte. Alles, was es dafür braucht, ist MINDSET. DISZIPLIN. EGO. Und daran muss er wohl schlicht und einfach noch arbeiten, kein Grund, jetzt so versteckt wütend zu sein, Hochmut kommt vor dem Fall, Demut vor dem Triumph. Offen würde er seine Unzufriedenheit ohnehin niemals zeigen, zu einschüchternd war Krachs schneidende Stimme am Telefon, zu groß die Angst, den Zugang zur ersten Gruppe seit dem Kindergarten zu verlieren, zu der er sich tatsächlich zugehörig fühlt.

Mirko wählt statt Hemd ein etwas legereres Poloshirt zur Jeans, etwas mehr Casual als Business. Immer noch seriös und unbedingt ernst zu nehmen, aber auch mit der offensichtlichen Bereitschaft, sich etwas zu entspannen. Natürlich sind Polohemden nicht das eleganteste Kleidungsstück, fühlen sich aber in Konferenzräumen ebenso wohl wie auf Rooftop-Partys, auf der Bühne einer Keynote genauso wie auf einer Jacht im Mittelmeer, im Büro wie auf einem Schützenfest. Mirko will ein menschliches Polohemd werden, nirgends fehl am Platz wirken, immer dem Anlass angemessen, nie zu verkrampft, nie zu entspannt, einfach wie ein Polohemd. Vielleicht wird das, was für Steve Jobs der schwarze Rollkragenpulli war, für Mirko das Polohemd, ein universales Fashion-Statement, das untrennbar mit dem Werk der Person verbunden ist, die es geprägt hat.

Diese Vorstellung versöhnt Mirko ein wenig mit der Misslichkeit seiner Lage. Er zieht die funktionalere seiner beiden Winterjacken an und macht sich auf den Weg zur Bushaltestelle. Angela reagierte gestern mit der ihr eigenen Begeisterung auf seine Ankündigung, ihre Einladung zum Schützenfest annehmen zu wollen, und war auch auf der feierabendlichen Rückfahrt ganz außer sich vor Freude, dass er heute kommen würde. Ihr Plan war, dass er einfach direkt von der Arbeit mit ihr zum Ort der Festivität fahren könne, sie müsse da noch ein bisschen was vorbereiten, er könne ja vielleicht sogar mithelfen, Mirko war einigermaßen einverstanden. Angesichts seiner Outfitwahl und der ihm durch GENESIS EGO eigen gewordenen mentalen Stärke fühlt er sich gewappnet, beinahe sogar gut vorbereitet auf die ihm bevorstehende Prüfung. Als sich der Feierabend nähert und Angela ihn überbordend gut gelaunt in der Eingangshalle in Empfang nimmt, kommt bei Mirko sogar beinahe so was wie Vorfreude auf.

Angela passiert die Bushaltestelle, an der sie Mirko normalerweise absetzt, und fährt weiter. An der Endhaltestellte der Linie 203 nimmt Angela eine Hand vom Lenkrad und bedeutet Mirko, dass sie »dahinten«, irgendwo zwischen den ordentlichen Hecken dieser ordentlichen Vorstadt in einem höchstwahrscheinlich außerordentlich ordentlichen Haus, wohne. Als sie das Ortsschild Güterslohs passieren, gibt Angela Gas, der Motor des Opel Corsa heult ob der ungeahnten Drehzahlen auf und beschleunigt rund 740 Kilogramm Stahl und Plastik und geschätzt 150 Kilogramm Mensch auf knapp über 100 km/h. Die flache Landschaft Ostwestfalens zieht an ihnen vorbei, graue Felder, grauer Himmel, ab und zu ein graues Dorf, dessen Name klingt, als wäre er aus einem englischsprachigen Fantasybuch schlecht eingedeutscht worden. Bornholte, Österwiehe, Krukenhorst, vielleicht muss Mirko hier in der Dorftaverne nach einem einäugigen Zauberer fragen, der ihm dabei hilft, einen Drachen zu besiegen, und der seine Geheimnisse erst preisgibt, nachdem er mit ihm noch drei Erdtrolle aus dem benachbarten Wald vertrieben hat.

Mirkos Gedanken werden unsanft zurück ins schmerzhaft unzauberhafte Ostwestfalen befördert, als Angela auf der Hauptstraße irgendeiner dieser seltsamen Ortschaften anhält, einen entgegenkommenden Traktor passieren lässt und nach links auf einen Schotterweg einbiegt, an dessen Ende sich ein frei stehender

Siebzigerjahrebau samt großzügiger Parkfläche abzeichnet. Sie sind da. Angela hebt einen schweren Korb voller Partydeko aus ihrem Kofferraum und drückt ihn Mirko in die Hand, er hat ja den jüngeren Rücken, der hält das schon aus.

Die dunkelbraune Holzvertäfelung des Vereinsheims frisst das wenige Licht, das durch die Fenster dringt, vollständig auf. Kein Putzmittel der Welt wird jemals den Geruch schalen Bieres aus diesem Raum entfernen können. Der Rauch von Zigaretten, deren Marke längst nicht mehr erhältlich ist, wird in diesem Saal hängen, bis das Vereinsheim eines Tages einem Immobilienprojekt zu weichen hat. Kein Raumspray, kein aromatisierter Luftbefeuchter und kein neuer Farbanstrich wird dagegen helfen, aber das ist auch gar nicht nötig, es ist die olfaktorische Signatur eines Ortes, an dem alle, die hierherkommen, gerne sind.

Angela stürzt sich sofort in die Arbeit, verteilt im Versuch, den Raum weniger wie eine Höhle erscheinen zu lassen, mit bunten Steinchen gefüllte Kerzengläser auf den langen Tischen des Raumes und weist den orientierungslosen Mirko an, es ihr gleichzutun. Anschließend wird in sich langsam einspielender Zusammenarbeit über der Theke des Ausschanks eine Girlande aufgehängt, deren goldene Lettern »JUBILÄUM« buchstabieren, danach überlässt es Angela Mirkos junger Lunge, die beiden silbernen Luftballons in Form einer Sieben und einer Fünf aufzublasen, während sie hinter die Theke tritt und sich ein kleines Glas Bier zapft, es ist schließlich nur knapp vor vier und außerdem ja auch Freitag. Angela fragt, ob Mirko auch ein Bier will, der lehnt aber zwischen zwei tiefen Lungenstößen mehr oder weniger dankend ab. Wüsste Angela, dass er ein Wolf ist, hätte sie niemals auch nur daran gedacht, ihm Alkohol anzubieten, Alkohol nimmt ihm all das, was ihn zu einem Wolf macht. Den Willen, den Fokus, die bedingungslose Konzentration. Spontan kann sich Mirko an mindestens fünf Instagram-Posts erinnern, in denen Krach über die schädliche Wirkung von Alkohol geredet hat. Der Verzicht auf Alkohol fällt Mirko leicht, mangels eines Soziallebens im sogenannten Reallife sind die Gelegenheiten, bei denen sich der Konsum von Alkohol anbietet, bei ihm ohnehin rar gesät, das erste und letzte Mal richtig betrunken war er bei der Feier zu seinem Ausbildungsabschluss, aber das ist keine Erinnerung, auf die er besonders stolz ist.

Statt des Bieres wird Mirko eine Flasche Apfelschorle in die Hand gedrückt, deren durch das Kondenswasser abgelöstes Etikett er mit den Fingern zerknibbelt, während Angela ihn mit den anderen mittlerweile eingetroffenen Helfern bekannt macht.

Vorgestellt wird ihm eine sechsköpfige Ansammlung von Jensen und Annemaries, von Brigitten und Thomassen, deren korrekte Namen Mirko selbst dann nicht zuordnen könnte, wenn man ihm eine Waffe an den Kopf halten würde. Alle freuen sich angeblich, ihn kennenzulernen, und Mirko erwidert die gespielte Freude, es ist eine dieser Begegnungen, bei denen sich alle im Klaren darüber sind, dass man einander nie wiedersehen wird und das auch nicht allzu sehr bedauert. Gleichgültigkeit, aber von der freundlichen Sorte.

Trotz des warmen Willkommens fühlt sich Mirko unwohl, er gehört nicht hierher und hätte auch vor seiner Wolfwerdung nicht hierhergehört, er ist ein von Angela eingeschleppter Fremdkörper, der toleriert wird, aber nicht vermisst, wenn er dann wieder verschwunden ist. Während sich die anderen emsig darum kümmern, die letzten Vorbereitungen für das in wenigen Stunden beginnende Schützenfest zu treffen, besteht Mirkos einzige Aufgabe darin, möglichst wenig im Weg zu stehen. Ständig wird ihm bedeutet, dass er sich doch bitte hinsetzen und entspannen möge, alle paar Minuten wird ihm ein Getränk angeboten, aber Mirko bleibt stehen, um sich in der wuseligen Betriebsamkeit um ihn herum nicht allzu faul und unnütz zu fühlen.

In seiner Deplatziertheit flüchtet er sich an den Ort, an den er sich immer flüchtet. Die braun-orangen Fliesen am Boden der Herrentoilette scheinen keinen Tag jünger zu sein als das Gebäude selbst, Mirko nimmt Platz auf der noch sauberen Brille und holt das Handy aus der Tasche. Zehn Minuten Ruhe sind hier locker drin, zehn Minuten kann er hier den mentalen Akku aufladen, bevor er sich in den Abend stürzt.

Am oberen Rand seines Handydisplays werden drei von fünf Balken Empfang bei Edge-Qualität angegeben, die Übertragungsgeschwindigkeit ist der ungeheuren Datenmenge aus Videos und Bildern, die ein einziges Scrollen durch Instagram bedeutet, nicht ansatzweise gewachsen. Ohne adäquate Internetverbindung wird das Smartphone in seinen Händen zu einem nutzlosen Puck aus Metall, Glas und Plastik, aus dem sich nicht mal für einen kurzen Aufenthalt auf der Toilette Unterhaltung pressen lässt. Mirko versucht noch ein paarmal, Instagram zu aktualisieren, und muss dann sein Schicksal akzeptieren. In seiner verzweifelten Suche nach einem Hauch Zerstreuung scrollt er durch Messenger-Apps, die Fotogalerie und schließlich sogar seine SMS, am 13. Dezember hat er wohl eine Paypal-Zahlung in Höhe von 17,80 € an DOMINO'S PIZZA GÜTERSLOH freigegeben. Nur Menschen, denen keine Internetverbindung zur Verfügung steht, können eine solche Information auch nur ansatzweise interessant finden. Mirko beendet seinen erfolglosen Erholungsaufenthalt auf dem Vereinsheimklo und kehrt in den Festsaal zurück, wo ihm die nach wie vor überbordend gut gelaunte Angela eine Schürze und ein Geschirrtuch in die Hände drückt.

»Na, wir dachten schon, du wärst ins Klo gefallen! Kurzfristiger Ausfall in der ersten Schicht, die Theresa ist krank, zapfen kannste, oder? Ach, das wird schon, ich zeig's dir!«

Als gegen achtzehn Uhr die ersten feierwütigen Schützen den Festsaal betreten, steht Mirko hinter dem Tresen und schüttet bereits in den ersten Minuten mehr Stresshormone aus als in den letzten zehn Jahren seines Berufslebens zusammen. Ohne auch nur eine winzige Chance auf Gegenrede zuzulassen, hatte Angela ihn ersatzweise an ihrer Seite für die erste Schicht am Ausschank eingetragen. Die Arbeitsaufteilung ist schnell gefunden, Angela kümmert sich ums Bierzapfen und den Small Talk, Mirko um den ganzen Rest. Mirko soll abkassieren, die wenigen nicht alkoholischen Getränke nach Bestellung aus den Kühlschränken nehmen und für deren stete Neubestückung sorgen, vor allem aber soll er abspülen, abspülen und abspülen. Drei Minuten dauerte Angelas Einweisung, vier Stunden lang soll seine Schicht gehen. Mirko war hergekommen, um seine Grenzen zu testen, doch statt $EGO zu verkaufen, wird seines gebrochen.

Bier 2,90 €
Radler 2,50 €
Apfelschorle 2,10 €
Wasser 2,00 €
Spezi 2,20 €
Schnäpse 2,00 €

Das ist wohl das, wovon die Leute reden, wenn sie meinen, dass auf dem Dorf die Welt noch in Ordnung sei.

In der ersten Stunde muss Mirko noch regelmäßig auf die Preisliste schauen, was von den Gästen mit einem höhnischen »Na, da hast du aber einen angeschleppt« in Angelas Richtung quittiert wird, ein Vorwurf, dem Angela mit einem Schlag auf Mirkos Rücken und einem »Der macht das schon« begegnet. Der Saal ist mittlerweile voll besetzt, den Durst der knapp hundertfünfzig Gäste scheint kein Zapfhahn der Welt stillen zu können. Ununterbrochen lässt Angela Bier in Gläser laufen, ständig stecken Mirkos Hände in der kleinen Kasse oder im immer schmutziger werdenden Spülwasser, das seine Finger aufquellen und jeden noch so kleinen Riss an ihnen schmerzen lässt. Einige der Gesichter, die ihm eine Getränkebestellung entgegenbrüllen, grüßen ihn mit Namen und freuen sich offenbar, ihn hier zu sehen, wahrscheinlich sollte er sie aus dem Büro kennen, doch für ihn waren sie nur Tickets und jetzt sind sie für ihn drei Bier und zwei Apfelschorle, das macht 12,90 €, »Mach 14«, oh, vielen Dank.

Kurz nach neunzehn Uhr scheint der größte Andrang überwunden zu sein, Mirko stützt sich erschöpft mit den Ellbogen auf die komplett von Bier und Spülwasser bedeckte Edelstahloberfläche der Schanktheke und zuckt zusammen, als Angela ihm ein Schnapsglas mit irgendeiner klaren Flüssigkeit hinstellt.

»Auf uns!«, prostet sie ihm zu. Mirkos Widerstand ist längst durchbrochen, wozu noch Zurückhaltung, wenn er hier ohnehin höchstens lebend rauskommt. Ohne zu zögern, kippt er die Flüssigkeit in seinen Rachen und lässt ihn sich vom kaum trinkbaren Schnaps verätzen. Mirko hustet, mit tränenden Augen tastet er nach seiner Flasche Apfelschorle, die hier noch irgendwo stehen muss. Als sich der Schleier vor seinen Augen wieder lichtet, sieht er Angela ein zweites Glas in seine Richtung schieben.

»Gut, ne? Hat mein Schwiegervater gebrannt, ist Mirabelle.«

In einem fatalistischen Impuls stürzt Mirko auch das zweite Glas. Noch drei Stunden bis zum Schichtwechsel. Während seine Fingerspitzen zu kribbeln beginnen, formiert sich auf der Bühne am Kopfende des Saals der offizielle Teil des Abends. Ein rotgesichtiger Mann, dessen lichter Bart den Kampf gegen die augenscheinlichen Symptome seines Bluthochdrucks verliert, baut sich hinter einem hölzernen Rednerpult auf und bemüht sich, mittels einiger Schläge auf etwas, das aussieht wie eine Kuhglocke, um Ruhe. Nach und nach ebbt die Lautstärke der durchweg gut gelaunten Gespräche ab, beim vierten Schlag kehrt endlich das Maß an Ruhe ein, das sich der Mann am Pult erwartet. Feierlich erhebt er seine Stimme.

»Wir haben uns heute hier versammelt, um das fünfundsiebzigjährige Bestehen unseres Schützenvereins gebührend zu feiern! Dazu darf ich als erster Vorstand ganz herzlich unseren Gemeindebürgermeister Herrn Doktor Markus Lang begrüßen.«

Applaus aller Anwesenden, auch Mirko klopft mit den Knöcheln seiner Faust auf den Tresen. Es wird noch eine ganze Reihe Dorfprominenter vorgestellt und mit Applaus bedacht, doch Mirko kann längst nicht mehr folgen, die Mirabelle beginnt, in seinem Kopf Schaden anzurichten. Zu jedem einzelnen der Ehrengäste hat Angela einen kleinen gehässigen Kommentar, den sie Mirko ins Ohr flüstert.

»Der ist nur da, weil man hier saufen kann.«

»Der ist auch nur zweiter Bürgermeister, weil ihn seine Frau aus dem Haus haben will.«

»Schreckschraube!«

Mirko muss über jede einzelne Bemerkung ein bisschen lachen.

Als der zweite Redner des Abends hinters Pult beordert wird, lässt auch die Aufmerksamkeit des Publikums nach, langsam steigt der Getränkbedarf wieder. Sein Thekendienst geht ihm immer einfacher von der Hand, längst hat er die Preise im Kopf, längst weiß er, wie man die Glaskrüge besonders effektiv über die Flaschenbürsten im Spülbecken zieht. Angelas anerkennendes Nicken löst in seinem alkoholvernebelten Hirn ein diffuses Gefühl von Stolz aus. Zwei aus dem Getränkelager geschleppte Kisten Apfelschorle später verlangt es in Mirko nach einem tiefen Schluck Bier, den ihm Angela sofort ins Glas lässt.

Er ist angekommen.

Es folgen ein paar weitere Redebeiträge, denen nur

diejenigen Aufmerksamkeit schenken, die keine andere Wahl haben. Der Rest der Anwesenden verliert sich in der schwierigen Aufgabe, sich nicht allzu respektlos anderweitig zu unterhalten. Still wird es erst wieder, als das letzte noch lebende Gründungsmitglied zum Rednerpult gerufen wird. Die Frau, die aussieht, als hätte sie zum Zeitpunkt des Urknalls gerade ihre Ausbildung fertig gemacht, spricht ihrem Alter angemessen kraftlos, ihre Stimmbänder bringen kaum mehr als ein Flüstern zustande. Sie sei achtzehn gewesen, als der Schützenverein gegründet wurde, Mirko rechnet gegen den Wust aus Schnaps und Bier in seinem Kopf an und schätzt ihr Alter schließlich auf irgendwas über neunzig und unter hundert. Es sei unerhört gewesen, dass eine Frau Mitglied wurde, aber irgendwie habe sie es nun mal auf die Mitgliedsliste geschafft. Bis in die Achtzigerjahre sei sie die einzige Frau gewesen und auch heute seien kaum Frauen Mitglied im Verein, worüber man sich bei den Mannsbildern, die da unterwegs seien, ja auch nicht zu wundern brauche. In der Hoffnung, dass es sich dabei um einen Witz gehandelt hat, lacht die Menge verhalten. Die Frau beendet ihre Rede mit einem Appell, dass es mehr Frauen in Schützenvereinen brauche, die nicht immer nur für den Abwasch und die Salate beim Grillfest zuständig sind, sondern ihre Mitgliedschaft auch auf den Schießständen ausüben, was von ein paar Männerstimmen mit »Jawohl!« bekräftigt wird. Während der Vorstand der sichtlich müder gewordenen Frau zu Ehren ihrer fünfundsiebzigjährigen Mitgliedschaft eine Fantasiemedaille samt Blumenstrauß überreicht, lehnt sich Angela zu Mirko.

»Vielleicht ist ein Verein voller bewaffneter Männer einfach kein guter Ort für Frauen.«

Mirko prustet in sein Bier und ist sich gar nicht sicher, warum er diesen Witz so lustig findet. Mit dem Handrücken wischt er sich das aus ihm hervorgequollene Bier vom Gesicht. Langsam versteht er, warum alle Welt ständig dieses Getränk in sich hineinschüttet, nicht so schmerzhaft wie Schnaps, aber mit derselben, wenn auch zeitverzögerten Wirkung, die ihn von all den lästigen Gedanken befreit. Noch eine Stunde Schicht. Angela schenkt ihm noch mal einen Schnaps ein, der dieses Mal kaum noch brennt und sogar ein kleines bisschen gut schmeckt. Endspurt.

Zum Höhepunkt des Abends führt eine Gruppe von Mitgliedern eine Art Mischung aus Sketch und Theaterstück auf, bei der es wohl um die Geschichte des Schützenvereins gehen soll. Beeinflusst durch die Mitteilung, dass Angelas Mann, Mirko weiß nicht genau, welcher der Laiendarsteller gemeint ist, mitspielt, ist Mirko von der Darstellung hellauf begeistert und stimmt begeistert in das Lachen des Publikums ein, obwohl die allermeisten Gags wohl nur für Insider zu verstehen sind. Die Kombination aus steigendem Alkoholpegel und tatsächlicher Begeisterung sorgt am Ende des Stücks für tosenden Applaus, vereinzelt wird sogar gepfiffen. Die überkochende Stimmung kühlt schnell ab, als der rotgesichtige Vorstand wieder das Pult einnimmt, sich an ein paar halb garen Gags versucht, daran scheitert, schließlich den freiwilligen Helfern dankt und dann den gemütlichen Teil des Abends einläutet. Knöchel klopfen erneut auf Tische, Handflächen klatschen ineinander, jetzt kann endlich entspannt gefeiert werden. Angela schenkt in der geübten Voraussicht einer Gelegenheitsthekenkraft schon mal ein paar Biere ein.

Angela und Mirko kämpfen sich auch durch den nächsten Ansturm an Getränkebestellungen, als mittlerweile eingespieltes Team bewältigen sie die üblichen Bier- und die sich häufenden Schnapsbestellungen. Als Mirkos durchs mittlerweile vierstündige Stehen hervorgerufener Rückenschmerz beginnt in seinen Kopf auszustrahlen, ist es zweiundzwanzig Uhr. Zwei grobschlächtige Männer, die in den letzten Stunden zu seinen besten Kunden zählten, stellen sich mit der Lässigkeit zweier kurz vor dem Einsturz stehender Jenga-Türme zu Mirko und Angela hinter die Theke und kündigen mit einer Mischung aus Grunzen und dem Wort »Feierabend« den Schichtwechsel an. Mirko legt Schürze und Geschirrtuch mit der gleichen Widerwilligkeit ab wie ein suspendierter Polizist in einer Vorabendserie seine Waffe und Dienstmarke. Hinter der Theke war er jemand, eine Autorität. Jemand, den die Leute sahen. Jemand, dessen schmerzende Hände

Gläser reinigten, dabei halfen, die Getränkeversorgung aufrechtzuerhalten, zu dem Menschen aufsahen, weil sie seinetwegen einen guten Abend haben konnten. Er war kein Held, ganz sicher nicht, aber er hat einen verdammt guten Job gemacht. In dem Moment, in dem er vor die Theke tritt, wird aus ihm ein ganz gewöhnlicher Besucher eines Schützenfestes irgendwo in Ostwestfalen. Und ein ziemlich besoffener noch dazu.

Mirko flüchtet auf die Herrentoilette, der man deutlich ansieht, dass sie seit vier Stunden von den biertrinkenden Besuchern eines Schützenfests heimgesucht wird. Der Boden klebt an manchen Stellen wegen der verschütteten Flüssigkeiten, von denen man nur hoffen kann, dass es sich nur um Bier handelt. Mirko lässt die versifften Urinale links liegen und betritt die Kabine, die im krassen Gegensatz zum Rest der Toilette geradezu klinisch rein ist. Sitzpinkler sind Wölfe, Stehpinkler sind Schafe.

Um besser fokussieren zu können, schließt Mirko das linke Auge, als er sich auf dem Klo sitzend davon überzeugt, dass sein Handy nach wie vor ein nutzloser Klumpen seltener Erden ist. Ein paar Minuten bleibt er sitzen und versucht mit sich auszumachen, ob der alkoholbedingte Kontrollverlust angenehm oder peinlich ist, bevor er sich darauf festlegt, dass dieses Schützenfest wohl der einzige Ort auf dieser Welt sein muss, an dem es wirklich niemanden interessiert, wie er sich präsentiert. Früher als geplant verlässt Mirko seinen Safe Space, stellt sich vor das Waschbecken, in dessen Abfluss Zigarettenstummel und vollgesogene Papierhandtücher gerade eine unheilvolle Allianz zur Auslösung einer sanitärtechnischen Katastrophe eingehen, und betrachtet den Schaden, den der heutige Abend in seinem Gesicht hinterlassen hat.

Zu seiner eigenen Überraschung fällt die Zwischenbilanz gar nicht so übel aus. Aus dem Spiegel blickt ihm ein müder, etwas derangierter, aber immer noch geordnet wirkender junger Mann entgegen, der aussieht, als könnte ihn sich eine Großmutter als Verlobten ihrer Enkelin wünschen. Der Kragen seines Polohemds bedarf eines korrigierenden Handgriffs. In der Hoffnung, dass sich damit der Alkoholrausch wegwaschen ließe, schlägt sich Mirko noch etwas kaltes Wasser ins Gesicht. Seine Selbstinspektion wird durch zwei Schützen unterbrochen, die sich auf dem Weg zum Klo gegenseitig Halt geben. »Herr Thekenmann, ich grüße Sie«, meint der eine lallend im Vorbeigehen und Mirko schlägt in die ihm angebotene Hand ein. Der Thekenmann zu sein ist immer noch besser, als niemand zu sein.

Zurück im Festsaal, blickt Mirko über die sich lichtenden Reihen und entdeckt Angela, die gänzlich unberührt von der Belastung der vier Stunden im Schankdienst und der nicht unerheblichen Menge Alkohol, die sie währenddessen konsumiert hat, bereits wieder der Mittelpunkt einer kleinen Gruppe ist. Als sich Mirko dazusetzt, erholt sich Angelas Publikum gerade von einer schallenden Lachsalve, die eine ihrer zotigen Geschichten ausgelöst hat. Mirko wird ein Bier in die Hand gedrückt, dann stoßen sie alle an.

»Auf Mirko.«

»Auf Mirko!«

Noch bevor sich Mirko dafür schämen kann, dass er in das »Auf Mirko!« eingestimmt hat, wird er von den Umsitzenden ausgiebig befragt. Wie es ihm denn hier gefalle, ob er so was aus der Stadt überhaupt kenne, ob er öfter kommen könne, gute Leute am Ausschank könne man immer gebrauchen, ob er schon mal geschossen habe, ob er auch einen Schnaps haben wolle, und dann steht die neue Runde auf dem Tisch und dann wird angestoßen und Mirko hat auf keine der Fragen antworten können, aber das ist egal. Als das mittlerweile nur noch sanfte Brennen des Schnapses seine Speiseröhre hinunterrinnt, schlägt die Pranke seines Sitznachbarn beim Versuch eines kumpelhaften Tätschelns auf Mirkos Rücken ein.

»Du bist ein Guter.«

Mirko hustet und trinkt hastig einen Schluck Bier, die Pranke versucht, ihm durch weitere Schläge auf den Rücken zu helfen, und prügelt dabei Mirkos Wirbelsäule einige Zentimeter in Richtung Brustbein.

»Siehste, hier ist es viel schöner als bei deinem Kult.«

Sein Kult? Mirko hält inne und schaut den Mann mit der Pranke fragend an. Sein Kult? Krach Consulting ist doch kein Kult, Krach Consulting ist das Gegenteil eines Kultes, bei Krach Consulting geht es nicht um einen Gott, bei Krach Consulting geht es um den Menschen selbst, es geht darum, sich selbst zu optimieren, selbst zum Wolf zu werden, der über den Schafen steht, was für ein Unsinn, das ist doch kein Kult. Und überhaupt, woher weiß dieses Pfannkuchengesicht, dieses blökende Schaf, überhaupt von Krach Consulting, was fällt ihm ein? Noch bevor Mirko zu einer Erklärung ansetzen kann, beugt sich der Prankenmann zu ihm und flüstert so leise, wie ein angetrunkener Schützenfestbesucher flüstern kann: »Deine Sekte!«

Der gut gemeinte Versuch, diskret zu sein, scheitert. Das Gespräch des restlichen Tisches erstirbt sofort, die gesamte Aufmerksamkeit der vernebelten Gehirne konzentriert sich auf Mirko, dessen Körper in dieser Stresssituation den Alkoholgehalt in seinem Blutkreislauf kurzfristig ignoriert, in eine Art Panikmodus schaltet und sicherheitshalber das Gesicht schamesrot färbt, kann ja nicht schaden. Mirko befindet sich in der unangenehmsten aller Gesprächssituationen. Streitet er zu vehement ab, dass er in einer Sekte ist, macht ihn das erst verdächtig, reagiert er zu entspannt, wirkt es wie eine indirekte Bestätigung. Mirkos Gehirn ist längst zu behäbig geworden, um sich unfallfrei durch die unruhigen Gewässer dieses Gesprächs zu manövrieren, hilflos sucht er nach Möglichkeiten, das Ruder im letzten Moment doch noch herumzureißen. Er wird nicht fündig.

Für Nüchterne einen Sekundenbruchteil zu langsam,

für Besoffene im richtigen Moment zwingt sich Angela deshalb zu einem lauten Lachen, in das der Rest des Tisches nach und nach einstimmt. Mit jeder Sekunde Lachen erscheint es absurder, dass Mirko Teil einer Sekte sein könnte. Was für ein irrationaler Gedanke, wie kommt man denn auf so was. Die letzten Ausläufer des Lachens verklingen, als Angela zu einer Erklärung ansetzt. Mirko habe ja versucht, ihr diese Internetsache da anzudrehen, und das habe sie den anderen erzählt, weil ihr das irgendwie seltsam vorkam, und dann meinte Jürgen, sie zeigt auf den Prankenmann, dass er vielleicht in einer Sekte wäre und dringend Geld bräuchte, und dann hat sie ihn hierher eingeladen, um ihn mal auf andere Gedanken zu bringen, schrecklich peinlich sei ihr das jetzt. Mirko lacht noch mal, die Krise ist bewältigt, seine Gesichtsfarbe normalisiert sich, die warme Umarmung des Rausches empfängt ihn wieder. Klar nimmt er noch ein Bier, ein Schnaps dazu kann auch nicht schaden, Prost, Wohlsein. Angela erzählt auf der anderen Seite des Tisches aus den wilden Zeiten ihrer Ausbildung, als sie aus der Disco direkt in die Berufsschule gestolpert sei, so was halten die jungen Leute heute gar nicht mehr aus, wer saufen kann, der kann schließlich auch feiern, so isses doch.

Mirko wähnt sich in seiner bequemen Position am Rande des Tisches in Sicherheit, eine Beteiligung am Gespräch wird von ihm nicht erwartet. Alles, was er tun muss, ist im richtigen Moment lachen und ab und zu zur Bestätigung des Gesagten sein Bierglas heben. Bereitwillig lässt er sich im Strom treiben, die Flucht in den Rausch scheint ihm mehr und mehr wie eine rationale Entscheidung, die alle Menschen eines gewissen Alters im Grunde alternativlos zu treffen haben. Auch Jürgen begnügt sich damit, Mirko der sich beruhigenden See seiner trägen Gedanken zu überlassen. Nach Mitternacht verlassen auch immer mehr Mitglieder der Gruppe um Angela das Schützenvereinsheim. Als es ein Uhr wird, bleiben im gesamten Festsaal nur noch Mirko, Angela, ihr Mann, der Prankenmann und ein Karohemdträger, mit dem Mirko heute noch kein Wort gewechselt hat.

Als Mirko aufsteht, um aufs Klo zu gehen, folgt ihm der unbekannte Mann in die nach Pisse stinkende Kloake, die noch vor wenigen Stunden eine veraltete, aber immerhin saubere Schützenvereinstoilette war. Von jedem kohärenten Gedanken befreit, verzichtet Mirko auf die vertraute Privatsphare der Klokabine. Mit der einen Hand an der gefliesten Wand Halt suchend, mit der anderen Hand der Zielvorgabe des Pissoirs so gut es geht nachkommend, nimmt es Mirko komplett gleichgültig hin, dass sich das Karohemd direkt neben ihn stellt.

»Samma, was wolltste denn der Angela verkaufen?«

Mirkos Gehirn entscheidet, dass gerade nicht die Zeit für Multitasking ist, und reagiert erst mal gar nicht auf die Frage. Doch sein Pissnachbar lässt nicht locker.

»So was mit Bitcoin, oder?«

Abschütteln, Hose zu, die Boxershort muss sich um ein paar Tropfen zu viel kümmern, auch egal jetzt. Mirko bleibt vor dem Waschbecken stehen, in der Mitte des Spiegels klebt mittlerweile ein Sticker mit der Aufschrift »Kaunitzer Schützenjungs – gut gekotzt ist halb gefrühstückt« und verhindert erfolgreich, dass Mirko Augenkontakt zu sich selbst aufnehmen kann.

»Kennste dich damit aus? Mit so Kryptozeugs?«

Halb will Mirko nicht antworten, halb lässt sein Alkoholpegel es nicht zu. Nach einem kurzen Händewaschen, das kaum mehr als ein kurzes Benetzen seiner Hände mit Wasser ist, steuert er auf den Ausgang des Toilettenraums zu.

»Siehst irgendwie aus, als ob du davon 'nen Plan hättest ...«

Mirko hält inne. Was soll das heißen? Er sieht aus wie jemand, der Ahnung von Krypto hat? Ist das gut? Also für Mirko ist das ein Kompliment, aber aus dem Mund des Karohemdes klingt das wie eine Beleidigung, so als ob er Mirko nicht ernst nehmen würde, in ihm nur einen dieser seltsamen Nerds sehen würde, deren digitaler Quatsch niemals irgendetwas bringen wird. Hat er ein Problem mit ihm? Ist Mirko für ihn nur irgendeine Witzfigur?

Halbherzig dreht sich Mirko zu dem sich mittlerweile die Hände waschenden Mann um und will zur Gegenrede ansetzen, will ihm sagen, dass er sich schon mit

»diesem Kryptozeugs« auskenne, aber noch viel mehr als das sei. Mirko ist kein schüchterner ITler, Mirko ist so viel mehr als das, Mirko könnte ein Visionär sein, und wer weiß, vielleicht wird er sich eines Tages daran erinnern, wie er mit DEM Mirko einmal gemeinsam pinkeln war.

»Hast da was ...«

Auf Mirkos Hose und Polohemd prangen ein paar feuchte Flecken, vielleicht vom Händewaschen, wahrscheinlich aber eher nicht. Peinlich. Mirko fängt an, daran herumzurubbeln, der Mann im Karohemd lächelt.

»Lass gut sein, Großer, sieht eh keiner.«

Komplett unbeeindruckt vom Hygieneangebot des Waschbeckens, schiebt sich der Mann zurück in den Festsaal, verfolgt wird er von einem vor Scham erneut roten Mirko, der sehr darauf bedacht ist, das Bild, das der Karohemdmann von ihm hat, so schnell und energisch wie möglich zu korrigieren.

Zurück am Tisch, fängt Mirko endlich an zu reden, minutenlang redet er von Mindset, Erfolg, Potenzial und dessen Maximierung, mentaler Stärke, von Wölfen und Schafen, darüber, dass er zu Höherem bestimmt ist als dem Job im IT-Service, darüber, dass die Welt für alle alles zu bieten hat, wenn man sich nur entsprechend anstrengen würde, und Anstrengung ist nicht das Einzige, man muss es mit der richtigen Art Anstrengung machen, mit der richtigen Geisteshaltung, mit dem richtigen Mindset. Mit der weisen Ruhe eines Vaters, der weiß, dass sein Kind sich einfach gerade in einer dieser Phasen befindet, hört der Karohemdmann einfach nur zu, nickt ab und zu, nimmt ab und an einen großen Schluck Bier und überlässt Mirko seinem Rederausch.

Hellhörig wird er erst, als sich Mirkos zielloser Redefluss seinen Weg in Richtung Maximilian Krach bahnt, irgendetwas an der Erwähnung von dessen Erfolg, seiner Autos, Villen, Urlaube und Luxushotels macht ihn neugierig. Statt einfach nur mehr oder weniger verständnisvoll zu nicken, beginnt er, Rückfragen zu stellen. Womit dieser Krach denn sein Vermögen verdient habe, möchte er wissen, wie er es so schnell so weit gebracht habe und ob Mirko vielleicht weiß, wo dieser Maximilian Krach steuerrechtlich gemeldet ist. Mirko versucht, der überraschenden Frageflut gerecht zu werden, wird aber von der über die Köpfe der verbleibenden Tischgemeinschaft hinweg rufenden Angela gerettet.

»Pass bei dem bloß auf, Mirko, der is beim Finanzamt!«

Gelächter am Tisch, der Thekendienst richtet den wenigen im Festsaal verbliebenen Feiernden aus, dass es jetzt die allerletzte Runde sei, noch einmal wird Schnaps in Gläser und dann in nach Entlastung schreiende Mägen gefüllt, die die Sünden des heutigen Abends morgen mit Sodbrennen strafen werden. Angela steht auf, verkündet ihren Abschied und Mirko, dass er sich ihr anschließen soll.

Zehn Gehminuten, eine hochgestolperte Treppe und einen Lachanfall Angelas über sein Stolpern später liegt Mirko vollständig bekleidet auf dem nach altem Weichspüler riechenden Bett im Gästezimmer von Angelas Schwiegereltern und versucht ein letztes Mal, mit seinem Handy doch noch irgendeine Internetverbindung herzustellen. Zu seiner eigenen Überraschung kündet der obere Rand des Displays von fünf Balken und LTE. Jeder Zurückhaltung beraubt, beginnt Mirko eine Sprachnachricht aufzunehmen. Direkt nachdem sein mehrminütiges Werk vollendet ist, sinkt sein Kopf endgültig aufs Kissen, binnen weniger Sekunden findet er in den tiefen Schlaf, der ausschließlich Säuglingen und Betrunkenen zuteilwird. Morgen wird er vom Duft von Filterkaffee, einem eierlastigen Frühstück, infernalischen Kopfschmerzen und einer viel zu gut gelaunten Angela geweckt werden, doch bis dahin sind es siebeneinhalb lange Stunden des Friedens.

KAPITEL 6

Als es Konrad Kujau Anfang der Achtzigerjahre gelang, seine angeblichen Hitler-Tagebücher für mehr als acht Millionen Mark an den *Stern* zu verkaufen, wurde er über Nacht zum berühmtesten Kunstfälscher und zum berühmtesten Künstler Deutschlands. Sicherlich war die handwerkliche Qualität seiner Fälschungen beeindruckend, wochenlang saßen selbst renommierte Experten seinen Täuschungen auf, zur ganzen Wahrheit und zu jeder erfolgreichen Fälschung gehört jedoch, dass alle Beteiligten nur zu gerne glauben wollten, dass sie die echten Hitler-Tagebücher in den Händen hielten.

Zu einer funktionierenden Fälschung gehört niemals nur das handwerkliche Geschick und ein gewisses Maß an Dreistigkeit des Fälschenden, sondern stets auch die grundsätzliche Bereitschaft der Betrogenen, daran zu glauben, dass es sich bei den vorgegebenen Tatsachen um die Wirklichkeit handelt. Mehrere Dutzend Bände der Tagebücher der bedeutsamsten Person des 20. Jahrhunderts sind zu verlockend, ein zu großer Coup, um den Zweifeln an der Echtheit eine zu große Bedeutung beizumessen.

Besonders einfach zu betrügen sind die Verzweifelten. Redakteure auf der Suche nach einer karriereboosternden Veröffentlichung. Kunstsammler auf der Suche nach einem Werk, das ihrem Leben endlich einen Sinn verleiht. Fans einer Band auf der Suche nach den letzten Tickets eines ausverkauften Konzertes. Museen auf der Suche nach einem Ausstellungsstück, das endlich wieder Besucher in die leeren Hallen spült. Kranke auf der Suche nach Heilung. Vereinsamte Männer auf der Suche.

=

Maximilians Zimmer ist kalt. Es ist immer kalt. Manchmal dreht er das Thermostat neben der Tür auf Anschlag, kalt bleibt es trotzdem. Vielleicht liegt es an den etwas undichten Fenstern, dem großen Spalt unter der Tür, der die warme Luft unablässig in den Flur saugt. Vielleicht liegt es aber auch am Raum selbst. Es ist einer dieser Räume, in denen man bei dreißig Grad in einer Winterjacke herumlaufen könnte und trotzdem frieren würde. Die vollständige Abwesenheit jeder Form von Gemütlichkeit lässt den Raum spartanisch und unbewohnt aussehen. Trotz der nur halb geöffneten Jalousie ist es im Zimmer hell, klare Kanten werfen klare Schatten auf den dunkelgrauen Teppichboden, überall rechte Winkel, gerade Flächen in Weiß, Schwarz und dem kompletten Regenbogen verschiedenster Grautöne. Maximilian selbst sitzt in einer kerzengeraden Haltung, zu der er sich selbst zwingen und die er deshalb alle dreißig Sekunden korrigieren muss, an seinem weißen Schreibtisch und putzt mit einem feinen Pinsel eine schwere Armbanduhr, von der Experten wissen, dass sie eigentlich noch schwerer sein müsste.

Zufrieden betrachtet Maximilian sein Werk, schlägt die Uhr in ein schwarzsamtenes Mikrofasertuch ein und widmet sich der nächsten, die wieder schwer, wuchtig, in jeder ihrer Dimensionen absolut überbordend und damit stilistisch das komplette Gegenteil seiner Zimmereinrichtung ist. Die Reinigung seiner Armbanduhren ist ein lieb gewonnenes Ritual, das kalte Metall in seinen Händen zu spüren ist ein geradezu erhabener Sinneseindruck, der nur den wenigsten Menschen auf dieser Welt vergönnt ist. Die Präzision der lautlosen Mechanik, die winzigen Details des Designs, ein Schmuckstück gewordenes Zeugnis der menschlichen Fähigkeit, die kosmische Macht der Zeit in messbare Einheiten einzuteilen und sie damit wenigstens ein bisschen zu beherrschen. Diese Erhabenheit hat ihren Preis, die sieben Uhren in Maximilians Besitz würden jeweils zwischen 60 000 € und 250 000 € kosten, sie wären also echte Wertanlagen, nicht zum Tragen gedacht, sondern zur Verwahrung in Safes, um irgendwann Gegenstand einer hässlichen Erbstreitigkeit zu werden. Nur Menschen, deren Vermögen eher acht- als siebenstellig zu beziffern ist, würden solche Uhren tatsächlich tragen. Maximilian hat immer, wenn er das Haus verlässt, eine von ihnen am Handgelenk, nicht zu leugnende Insignien seines Reichtums, wären sie nur echt.

Maximilian würde nicht so weit gehen, seine Uhren als »Fälschungen« zu bezeichnen, das ist so ein hartes Wort. Fälschungen sind billige Fußballtrikots an den Straßenständen irgendwelcher Urlaubsorte, auf deren Ärmel statt der drei Streifen von Adidas die fünf Streifen von Adada prangen. Maximilians Uhren sind Repliken, das klingt schon mal viel hochwertiger und wird dem aufwendigen Handwerk, das auch hinter diesen Nachahmungen steckt, viel eher gerecht. Eine hochwertige Replik kann ein paar Hundert Euro kosten und ist nur von Fachkundigen zu erkennen. Ein zu großes Rädchen hier, ein anderer Font für die Zahlen im Ziffernblatt, eine andere Goldschattierung des Zeigers, ein falsches Schräubchen hier, eine falsche Dimension da. Alles eigentlich egal, als ob die echten Uhren so viel wert wären, man zahlt ja für den Namen der Marke. Wenn man mal darüber nachdenkt, ist, reich auszusehen ja eigentlich dasselbe wie reich zu sein.

Maximilian denkt viel darüber nach.

Die nächste Uhr ist von den winzigen Verschmutzungen befreit, Maximilian legt sie sich ums Handgelenk und bewundert die Hunderten von Lichtreflexionen in der spiegelnden Oberfläche ihres Gehäuses. Es ist vierzehn Uhr dreiundzwanzig und sechsundvierzig Sekunden, ticktack, das sinnlose Verrinnen der eigenen Lebenszeit kann so wunderschön aussehen. Maximilian hebt den linken Arm und dreht sich auf seinem Bürostuhl Grad um Grad so lange, bis das Licht seines Zimmerfensters im gleichen Winkel auf ihn fällt wie das des Seitenfensters eines Autos. Vor der weißen Zimmerwand macht er mit seinem Handy ein paar Fotos und überträgt sie auf seinen Laptop, mit ein paar Klicks sind Arm und Uhr vom tristen Hintergrund befreit und durch das Stockfoto des Inneren eines Porsche Panamera GTS ersetzt, ein paar Farb- und Lichtkorrekturen noch, vielleicht ein Filter.

Es ist vierzehn Uhr zweiunddreißig und sechzehn Sekunden und Maximilian sitzt in seiner Instagram-Story gerade in einem Luxussportwagen, an seinem Handgelenk die silberne Version der HUBLOT AERO-FUSION, »on my way to the next meeting, hustle never stops«, Raketenemoji. Es tut fast weh, wie einfach das ist. Immer wenn Maximilians Gewissensbisse einsetzen, redet er sich ein, dass ein so einfacher Trick ja wohl kaum als Lüge zu zählen sei, allerhöchstens sei das eine kleine Flunkerei, wer darauf reinfällt, möchte betrogen werden. Keiner der Beiträge auf Maximilians Social-Media-Auftritten ist so wirklich wahr, die Fotos von Pools und luxuriösen Hotelsuiten, von Sportwagen und Dachterrassen, von Rooftop-Bars und Golfplätzen kommen von irgendwelchen Stockfoto-Datenbanken. Maximilian verleiht dem Ganzen mit den geringfügigen Mitteln seiner Adobe-Photoshop-Raubkopie einen persönlichen Touch, fügt hier eine Hand hinzu und da ein kleines Detail, und schon wird sein schwarz-weiß-grauer Raum im Gütersloher Industriegebiet zu einem Penthouse in London, sein altes Fahrrad zu einem Ferrari Daytona, der Kuchen bei Oma zu einem Wochenendausflug nach Dubai, Maximilian Krach zu Krach Consulting und ein Schaf zu einem Wolf.

Maximilian Krach war einigermaßen ambitioniert in sein Erwachsenenleben gestartet. Dem recht ordentlichen Abitur ging der vollständige Verlust eines Interesses an allem außer Masturbation voraus, der ihn wie viele ungefähr in seinem vierzehnten Lebensjahr ereilte, was die Entscheidung über seinen weiteren Lebensweg recht einfach werden ließ. Es sollte ein BWL-Studium werden, was denn auch sonst, das Business zieht diejenigen magisch an, die in ihm brillieren werden. Sein Auszug aus dem elterlichen Dorf im Sauerland, das so trostlos war, dass es Bielefeld als Tor zur Welt erscheinen ließ, war nur vonseiten seiner Mutter einigermaßen tränenreich. Sein Vater hievte einfach nach zwei Stunden Fahrt die beiden Sporttaschen voller Klamotten und ein paar Kisten mit seinen restlichen Besitztümern aus dem Kofferraum des VW Passats, klopfte ihm, seiner väterlichen Pflicht bewusst, auf die Schulter und setzte Maximilian vor dem Haupteingang eines Studentenwohnheims aus, viel Glück, mein Sohn, bis Weihnachten oder so, meld dich ab und zu bei Mama, bis dann.

Der in seinem Leben von Anfang an präsente christlich geprägte Konservativismus war ein fruchtbarer Acker, in dem die Saat seines Studiums explosionsartig aufging. Maximilian war plötzlich in jedem Seminar umringt von jungen Menschen, die Träume hatten. Im Sauerland war der höchste Traum die Stagnation, alle waren wunschlos glücklich, weil die Enge der Umgebung die Entstehung von Wünschen nicht zuließ. Hier, in den unendlichen Weiten Bielefelds, konnte keine Vision groß genug sein. An den Bierpong-Tischen der Erstsemesterveranstaltungen fand Maximilian schnell Freunde. Allesamt waren sie groß gewachsene, sportliche Typen in engen Jeans, die das lärmende Zentrum jeder Party waren, die immer bekamen, was sie wollten, und die genau wussten, was sie wollten, nämlich alles. Er ließ sich mitreißen von der kaum zu bändigenden Kraft der Gruppe, war nie Wortführer, aber immer dabei. In der Sehnsucht nach Höchstleistungen verausgabten sie sich bei jeder Aktivität, gemeinsam stachelten sie sich zur Entfesselung dessen an, von dem sie dachten, es sei ihr ganzes Potenzial. Work hard, play hard. Schnell war klar, dass ihnen die universitäre Bildung keine Flügel verlieh, sondern sie an den Boden fesselte. Wozu die Theorie lernen, wenn die Praxis so laut nach ihnen rief?

Die Geschichte erfolgreicher Männer ist voller Studienabbrecher. Bill Gates, Steven Spielberg, Stefan Raab, Mark Zuckerberg, sie alle wussten ab einem bestimmten Punkt in ihrem Leben, dass Professoren ihnen nichts mehr beibringen konnten. Für absoluten Erfolg reicht es, nur eine einzige Sache zu wissen: was man will. Und im Fall von Maximilians Freundeskreis war das: reich sein und in schicken Anzügen Geschäften nachgehen, bei denen man sich nur die Hände schmutzig macht, wenn bei den Vertragsunterzeichnungen der Kugelschreiber ausläuft. Welcher Weg an dieses Ziel führt, musste jedoch erst noch erörtert werden, das gemeinsame Projekt des Studienabbruchs schien aufgrund dieses winzigen Details zu versanden, bevor sich Maximilian bemüßigt fühlte, die dringend benötigte Führung zu übernehmen. Flache Hierarchien, das erkannte er schon damals, waren schön und gut, aber manchmal braucht es eben einen Leader, jemanden, der vorweggeht. Jahrmillionen der Evolution waren schließlich auch keine Basisdemokratie. Der erste Affe, der von den Bäumen stieg, hat auch nicht höflich nachgefragt, ob die anderen neben ihm damit einverstanden wären.

Maximilian legte fest, dass sie eine Unternehmensberatung gründen sollten, eine logische Entscheidung. Deutschland hat sich in seinem Wohlstand festgefahren, was die Mittelstandschampions der Region brauchen, war Disruption, eine Ressource, die sich unbegrenzt aus den jungen, unverbrauchten Geistern von Maximilian und seinen Mitstreitern gewinnen ließ. Probleme waren eben nur dornige Chancen. Neben der geschäftlichen Perspektive sprach auch die niedrige Eintrittsschwelle für die Gründung einer Unternehmensberatung, wer nichts produziert, braucht keine Produktionsmittel. Das billige Büro war schnell gefunden, der Firmensitz musste ja nicht repräsentativ sein, es musste ja nicht London, Berlin oder Bielefeld sein, bei der richtigen Leistung reicht auch eine Immobilie in Gütersloh, die nach der erfolgreichen Anmietung mit einem Tisch, ein paar halbwegs bequemen Stühlen, einem Flipchart, einer Kaffeemaschine und einem Feldbett ausgestattet wurde. Man weiß ja nie, wie lang der Arbeitstag werden wird. »Work-Life-Balance« ist etwas für Menschen, die wirklich glauben, dass man sich die schönsten Dinge im Leben nicht kaufen könnte. Doch je konkreter die Verwirklichung ihres gemeinsamen Traums wurde, je mehr erlosch das eben noch flammende Interesse seiner Mitstreiter. Jede mit UPDATE übertitelte Nachricht, die Maximilian in die gemeinsame WhatsApp-Gruppe postete, wurde weitestgehend ignoriert.

Als Maximilian schließlich feierlich zu Launch und Roadmappräsentation im gemieteten Büroraum einlud, fielen die Reaktionen ernüchternd aus. Sie seien noch nicht so weit, hieß es, es fehle noch an einer wirklichen Geschäftsidee, an Kunden, an Investoren, an Sicherheiten, sie hatten noch nicht mal einen Namen für ihre Firma. Was sich Maximilian überhaupt dabei gedacht habe, einfach so ein Büro zu mieten, das war doch überhaupt nicht abgesprochen. Sicher, sie wollten sich irgendwann einmal selbstständig machen, aber doch jetzt noch nicht, sie seien jung, das habe alles noch Zeit, Maximilian solle mal etwas langsamer machen, an der Miete für das Büro könnten sie sich sowieso nicht beteiligen, woher sollten sie denn das Geld nehmen. Maximilian, das kristallisierte sich immer mehr heraus, stand alleine da. Doch er war nicht wütend oder gar enttäuscht. Wenn er etwas fühlte, dann war es Erleichterung, er hätte sie früher oder später sowieso aus der Firma drängen müssen, die Energie für den Machtkampf konnte er sich jetzt sparen. Mit einem Kugelschreiber schrieb er »Krach Consulting« auf das noch leere Klingelschild des Bürogebäudes und dokumentierte diesen historischen Moment mit einem Foto. Vielleicht hat die Biografie, die eines Tages über ihn erscheinen wird, ja ein paar Bildseiten.

Noch am selben Tag sicherte sich Maximilian Domain und Instagram-Account. Um den Papierkram der Gewerbeanmeldung würde er sich später kümmern, die Kleinlichkeiten der deutschen Bürokratie sollten ihn auf seinem Weg zum Erfolg nicht aufhalten. Andere Detailfragen, wie die nach der Kundenakquise, den Grundlagen des Geschäftsmodells oder wie eigentlich Geld verdient werden sollte, würden sich »on the go« beantworten. Learning by doing.

Bis dahin war Maximilians Aufgabe vor allem, den

Anschein riesigen Erfolgs zu erwecken, das brachte jede Menge Vorteile mit sich. Zunächst würden potenzielle Kunden natürlich nur bei Unternehmensberatungen vorstellig werden, die offensichtlich Erfolg haben, außerdem würden es die dreckigen Verräter aus der WhatsApp-Gruppe dann noch mehr bereuen, aus Feigheit und Bequemlichkeit eine einzigartige Chance im Leben verpasst zu haben.

Also postete Maximilian Bilder von ersten Vertragsabschlüssen und ersten Dienstreisen, von den ersten zehntausend Euro, die er verdient hatte, bedankte sich für die mehreren Zehntausend Follower, die anscheinend und tatsächlich über Nacht dazugekommen waren, und fragte in der Insta-Story, ob jemand einen guten Mercedes-Händler in Ostwestfalen empfehlen könne.

Einer adäquaten Abbildung seines vorgeblichen Erfolges, der ja im Grunde sein vorweggenommener Erfolg war, stand lediglich sein wenig repräsentativer Wohnsitz im Studierendenwohnheim im Wege. Den Moment, in dem er mit seiner weißen C-Klasse vorfuhr, um seine beiden Sporttaschen und die paar Kisten mit dem Rest aus seinem Zimmer zu holen, hatte er sich etwas aufsehenerregender vorgestellt. Wie in einem amerikanischen Highschoolfilm würden sie Spalier stehen, hate it or love it, the underdog's on top. Stattdessen gab es nicht mehr als ein »Ziehste aus?« seines Zimmernachbarn, sonst nahm kaum jemand von ihm Notiz.

Die 200 € Leihgebühr bei der Rückgabe des Mercedes an der Leihstation der Autovermietung taten ihm fast genauso weh wie sein Rücken nach der ersten Übernachtung auf dem Feldbett im Büro. Der Erfolg wird kommen, nur noch ein bisschen durchhalten.

Und während er durchhielt, war Maximilian weiter damit beschäftigt, so zu tun, als müsste er nicht mehr durchhalten. Bilder von Pools, Hotels, Autos entsprangen den Datenbanken der Welt, die Geschäftsabschlüsse Maximilians Fantasie, die sprunghaft steigende Followerzahl der Kraft einer Überweisung von 49,99 $ an eine reichlich unseriöse Website in Taiwan. Maximilian Krach war jetzt der Stolz seiner Eltern, der strahlende Stern seines Abijahrgangs. »Bei dir läuft's ja richtig«, schrieben ihm manche, die er aus seinem früheren Leben kannte, und er antwortete voll stiller Genugtuung erst drei Tage später. »Sorry, voller Posteingang, überlese da manchmal was.«

Zu diesem Zeitpunkt waren Maximilian Krach im Internet und Maximilian Krach in seinem Gütersloher Büroraum, der zu einer immer weniger provisorischen Wohnung mutiert war, längst vollständig voneinander entkoppelt. Das, was Maximilian einmal »echtes Leben« genannt hätte, bestand nur noch aus dem, was nötig war, um aufrechtzuerhalten, was er auf Instagram vorgab zu sein. Fotoshooting, Content, Content, Content und erniedrigende Nebenjobs, um all das zu finanzieren. Manchmal kam es ihm so vor, als ob tatsächlicher Erfolg unmöglich mehr Arbeit bedeuten könnte als vorgegebener Erfolg.

Als sich schließlich zu seiner eigenen Überraschung einige echte Menschen unter die riesige Anzahl seiner Fake-Follower mischten, wandelte sich das Unternehmensprofil von Krach Consulting. Statt erfundene Geschäfte mit erfundenen Unternehmen zu feiern, nahm er nun eine Zielgruppe ins Visier, die es tatsächlich zu geben schien: seine eigenen Follower. B2C statt B2B, Krach Consulting wurde zu dem Produkt, das es zu vermarkten galt.

Wenn es so etwas wie eine Berufung gibt, dann hatte er seine gefunden.

=

DUUUUUUUUUUUUUUUUUUUUUUUUUUUUUU
Vielleicht geht er ja gar nicht ran.

DUUUUUUUUUUUUUUUUUUUUUUUUUUUUUU
Noch zweimal klingeln lassen und sie kann auflegen, dann hat sie ihre Pflicht erfüllt und kann eine E-Mail schreiben, in der sie so was wie »Ich konnte Sie leider telefonisch nicht erreichen« schreiben kann, was für eine wunderschöne Aussicht.

DUUUUUUUUUUUUUUUUUUUUUUUUUUUUUU
Wenn gleich seine Mailbox rangeht, legt sie einfach auf. Auf gar keinen Fall bittet sie ihn nach dem Piepton um Rückruf, dann könnte das Telefon hier jederzeit

klingeln, sie würde sich ihm ausliefern, den Gefallen tut sie ihm nicht.

DUUUUUUUUUUUUUUUUUUUUUUUUUUUU

Die Gnade der telefonischen Unerreichbarkeit wird ihr nicht gewährt, nach dem fünften oder sechsten Klingeln wird der Anruf angenommen, es knistert kurz in der Leitung, dann meldet sich eine raue Männerstimme, die klingt, als würde sie gerade die ersten Worte des heutigen Tages aussprechen.

»Krach, hallo?«

»Guten Tag, Yasmin Kara von der Rezeption des Holiday Inn Express in Mülheim an der Ruhr hier, spreche ich mit Maximilian Krach?«

»Am Apparat.«

Yasmin wird bewusst, dass dieser Krach absolut gar keine Ahnung hat, wer sie ist. Sie hingegen weiß exakt, mit wem sie es hier zu tun hat, hoffentlich kann sie diesen Informationsvorsprung irgendwie nutzen, um gemein, unangenehm oder wenigstens ein bisschen gruselig zu sein, dieses kleine bisschen Genugtuung wäre nur gerecht, nicht nur wegen seines Auftritts in der Lobby, sondern wegen seines Auftretens im gesamten Rest seines Lebens.

»Sehr gut! Wir haben hier noch eine Rechnung für Sie, an die muss ich Sie leider erinnern. Könnten Sie die demnächst bitte überweisen?«

Knacken, Rascheln und viel Bewegung am anderen Ende der Leitung, irgendetwas scheint dort drüben zu passieren.

»Hab ich mit Karte bezahlt.«

Yasmin grinst stumm in den Hörer des Festnetztelefons. Krach will anscheinend tanzen, dagegen hat sie absolut nichts einzuwenden. Einigermaßen genüsslich erläutert sie ihm, dass ihr Kollege vermerkt habe, dass der Rechnungsbetrag leider von keiner der Kreditkarten aus den Händen des Herrn Krach abbuchbar war. Das sei jedoch ungewöhnlich, schließlich funktioniere das Kartenlesegerät einwandfrei und habe seitdem erfolgreich mehrere Hundert Zahlungsvorgänge verarbeiten können.

Am anderen Ende der Leitung durchläuft Krach innerhalb von dreißig Sekunden die fünf Phasen der Trauer. In einem Halbsatz versucht er erst, die offene Rechnung zu leugnen, verfällt anschließend in einen kurzen Zorn darüber, dass man ihn wegen so einer Lappalie überhaupt behellige. Es folgt die Phase der Verhandlung, der Tagungsraum sei auf keinen Fall den Rechnungsbetrag wert, ein Seufzen als Zeichen der Depression und anschließend die Phase der Akzeptanz.

»Bis wann muss ich zahlen?«

Yasmin grinst. In der langen Geschichte der Mahnungsanrufe könnte dieser hier der unterhaltsamste werden.

»Monatsende, Herr Krach, aber das sollte kein Problem sein, oder?«

Krach schweigt.

»Herr Krach?«

Krachs Stille setzt sich für ihn schmerzhaft lang fort, für Yasmin ist sie ein Triumph. Ihr Grinsen ist so breit, dass es beinahe hörbar wird, in der Befürchtung, ihr könnte ein leises Glucksen entweichen, legt sie eine Hand über die Sprechmuschel.

Im Versuch, sein Gesicht zu wahren, fängt Krach an, irgendetwas von »vorübergehenden Cashflowproblemen« und »Optimierung des Paymentmanagements« zu murmeln, doch er merkt selbst, dass es dafür zu spät ist.

»Alles klar, Herr Krach, dann erwarten wir einfach innerhalb der nächsten Woche den Zahlungseingang. Schön, dass Sie da Verständnis haben! Wiederhörn!«

Yasmin legt schwungvoll den Hörer auf. Dieses Arschloch derart kleinlaut zu hören ist über alle Maßen befriedigend und definitiv der schönste Moment, den sie jemals am Rezeptionstresen sitzend erleben durfte. Nichts könnte ihr egaler sein als der offene Rechnungsbetrag, doch die bloße Chance, dass Krach Geldprobleme haben könnte, wird ihr die nächsten Arbeitstage erträglich machen. Sie wird ihn und die Scheiß-219,95 € kriegen. Koste es, was es wolle.

===

Beendetes Gespräch
02083055291
Dauer: 02:59

Maximilian starrt ungläubig auf das Display. Weiß sie es? Es hörte sich an, als wüsste sie es, aber woher soll sie es wissen? Ist es so offensichtlich? Wissen es vielleicht längst alle? Vielleicht warten sie nur auf den richtigen Moment, vielleicht könnten sie jederzeit zuschlagen, ihn jederzeit vernichten? Nein, sie weiß es nicht, sie kann es gar nicht wissen, er bildet sich da ganz bestimmt mal wieder was ein, kein Grund, sich aufzuregen, und selbst wenn sie es weiß, wie soll sie es beweisen? Liquidität wird ohnehin überschätzt, vielleicht hat er sich gerade eine Immobilie gekauft oder einen Helikopter, vielleicht hat er gerade eine Beteiligung an irgendeiner Firma gekauft und ist deshalb vorübergehend nicht flüssig, Quatsch, es war nur ein Problem seiner Buchhaltung, sie soll ihm erst mal das Gegenteil beweisen, er hätte gar nicht rangehen sollen, hätte gar nicht auf ihre Bitte eingehen sollen, er hätte einfach »Jaja, Zahlung kommt« sagen sollen und damit wär die Sache gegessen gewesen. Sein peinliches Gestammel war eines Wolfes nicht würdig, wie das dümmste Schaf in einer blökenden Herde hat er sich gerade von irgendeiner dahergelaufenen Rezeptionistin vorführen lassen, wie dumm, wie dumm, wie unendlich dumm!

Drei-, viermal knallt Maximilians Faust auf den Schreibtisch, bevor er sich mit der flachen Hand selbst ins Gesicht schlägt, aufsteht und in unkontrollierter Wut einen halb gepackten Rucksack, ein Paar Sneaker und einen Papiermülleimer durch den Raum kickt.

Ihm entfährt eine Art Urschrei. Noch bevor er endet, ist Maximilian schlagartig wieder ruhig. In der Spiegelung seines Laptopbildschirms sieht er sich selbst, die Haare zerzaust, eine Wange von der selbst zugefügten Ohrfeige gerötet. Irgendwie wild, irgendwie ungestüm, irgendwie hot, wie er dasteht in seiner nicht zu bändigenden Kraft, er ist eben doch ein echter Wolf. Prüfend reckt er sein Kinn in die Höhe, begutachtet seine fein definierte Jawline, fährt sich über seinen Dreitagebart und die etwas außer Kontrolle geratenen Haare.

Seine Selbstinspektion wird jäh unterbrochen, als der Bildschirm des Laptops zum Leben erwacht. Dort, wo gerade noch sein Spiegelbild war, prangt jetzt eine Erinnerungsmitteilung seines Kalenders.

SPÄTSCHICHT 17:00

Genervt steht Maximilian auf, nimmt ein Paar warme Socken, seine Handschuhe, die lächerliche Thermohose und dieses praktische Schlauchhalstuch aus dem Schrank, das man sich bei Gegenwind übers Gesicht ziehen kann. Über seine Dienstkleidung zieht er die dünne Regenjacke mit dem Logo seines Arbeitgebers und den riesigen Rucksack, dann macht er sich auf den kurzen Weg zur Filiale, wo sicherlich schon der erste Auftrag auf ihn wartet. Hoffentlich ist er heute nicht wieder der Einzige in der Schicht, an Freitagen mit schlechtem Wetter scheint die Lust auf fettiges Essen aus Pappboxen kaum zu stillen zu sein.

Weiß diese Rezeptionistin es vielleicht doch?

Natürlich ist er auch heute der einzige eingeteilte Fahrer, »Freu dich doch, mehr Trinkgeld für dich!«, ruft ihm der Filialleiter entgegen, obwohl sie beide wissen, dass das nicht stimmt. Gleich die erste Fahrt bringt den Rucksack an seine Kapazitätsgrenze. Sieben Pizzen und fünf Packungen Pizzabrötchen, Maximilian tippt auf einen achtzehnten Geburtstag, irgendetwas, wo junge Leute viel Alkohol trinken, und wird nach einer zwanzigminütigen Fahrt durch den einsetzenden Nieselregen eines dunkler werdenden Februarabends nur durch die vorhersehbar geringe Menge Trinkgeld enttäuscht. Maximilian braucht jeden Cent, die Konferenzräume, die Anzüge, die gefälschten Uhren, so zu tun, als wäre man reich, kostet überraschend viel Geld. Ständig ringt er mit sich, ob er nicht die Seminare kostenpflichtig machen soll, doch das Dilemma der Bepreisung treibt ihn in die Verzweiflung. Verlangt er eine geringe Summe, zum Beispiel 50 €, wirkt es, als hätte er das Geld nötig, verlangt er eine zu hohe Summe, riskiert er, sein Publikum zu verlieren. Nicht so schlimm, ändert sich ja alles bald. Ganz bestimmt.

Der Rest seines Abends besteht aus großen Salamipizzen an einsame Gamer, Flaschen Rosé und Fünfhundert-Milliliter-Kanister Eiscreme an noch einsamere Filmabende, Funghis und Margheritas an Pärchen, die »heute mal einen Ruhigen machen« wollen, Hot-Dog-Pizzen und BBQ-Saucen-lastige Eigenkreationen an Darts spielende Familienväter in umgebauten Garagen, in denen sie wie kichernde Teenager Zehn-Euro-Zigarren von der nächsten Tankstelle rauchen und sich dabei wie Pablo Escobar fühlen.

Gegen zwanzig Uhr füllt sich die Filiale mit Kunden, die ihren Fraß selbst abholen, um ein paar müde Euros zu sparen, wie wenig kann man sich selbst wert sein? Mit Sparsamkeit hat noch niemand Geld verdient. Wenn sie nur die Zeit, die sie hier verschwenden, nutzen würden, um sich online ein Aktiendepot anzulegen, Scheiß-Bausparer. Bis die Ware seiner nächsten Lieferung aus dem Ofen kommt, muss Maximilian draußen warten. Im warmen Licht des Schaufensters glitzert der Regen auf seiner Jacke, ein findiger Fotograf könnte ein gelungenes Foto der wartenden Menschen drinnen und des wartenden Menschen draußen machen und irgendetwas wie »die Welt, in der wir leben« darüber schreiben. Maximilian wartet.

»Scheißwetter heute.«

Ein orange bekleideter Radfahrer eines anderen Lieferdienstes steigt neben Maximilian vom Rad.

»Du arbeitest direkt bei denen, oder?«

Maximilian nickt.

»Ja, Scheiße, tut mir leid. Aber wenn die bei uns über die App bei Domino's bestellen, dann krieg ich halt den Auftrag, will dir da echt nix wegnehmen, du weißt ja, wie's ist.«

Maximilian zuckt mit den Schultern. Der andere Fahrer geht in die Filiale, fragt nach seiner Bestellung und kehrt zum Warten zurück nach draußen. Die beiden Männer starren schweigend in das Schaufenster, immer wieder verlassen mit Pizzakartons beladene Kunden den Laden in Richtung ihrer Autos.

»Auch 12 Euro die Stunde?«

Maximilian nickt.

»Findste das fair? Immer auf Abruf, immer auf dem Fahrrad, keine richtigen Pausen, kein Zuschlag bei dem Wetter?«

Maximilian reagiert nicht, muss er auch nicht, wie sollte irgendjemand das fair finden. Der Typ redet weiter.

»Da sollte man doch was machen, oder? Ich mein, die sind ja abhängig von uns, oder?«

Aus dem Inneren der Filiale wird Maximilian bedeutet, dass seine Lieferung fertig sei, wortlos geht er hinein und befüllt seinen Rucksack. Draußen steuert er auf sein Rad zu, und noch bevor er abfahren kann, drückt ihm der orange Lieferbote einen Flyer mit einer stilisierten Faust, einem Fahrradreifen, einem Ort und einem Datum in die Hand.

»Schau mal vorbei, wir organisieren uns jetzt auch hier in Gütersloh. Wär cool, wenn du dabei wärst, je mehr, desto besser! Gute Fahrt dir noch!«

Maximilian packt den Flyer in seine Jackentasche, nickt seinem Kollegen zu und fährt ab. Was für ein Trottel. Das Schlimme ist ja, er hat nicht ganz unrecht mit seinem Gewerkschaftsquatsch. Natürlich ist es einfacher, seine Interessen in der Gruppe zu vertreten, natürlich stehen alle Räder still, wenn die starken Arme aller Arbeitnehmer es wollen, doch »Einer für alle, alle für einen« ist ein Motto, das nur im begrenzten Universum der drei Musketiere seine Anwendung finden kann. Am Ende ist der Mensch dem Menschen eben ein Wolf, Ellbogengesellschaft, wer sich auf andere verlässt, wird verlassen. Die echte Welt besteht aus Einzelkämpfern, nur auf sich allein gestellt kann der Mensch sein wahres Potenzial entfalten. So wie eine Mutter in Panik ein umgekipptes Auto hochheben kann, um ihr darunter begrabenes Kind zu retten, so können Menschen ausschließlich in Drucksituationen Höchstleistungen bringen. Und gerade Männer werden ihrer Stärken beraubt, wenn sie nicht mehr auf sich allein gestellt sind, die wohlige Wärme des Herdenschutzes lädt allzu leicht zur Faulheit ein, und Faulheit erzeugt schwache Männer und mit schwachen Männern gibt es harte Zeiten und harte Zeiten erschaffen harte Männer, die die soziale Hängematte, in der die Menschheit gerade ein verlängertes Mittagsschläfchen hält, nicht benötigen. Die Geschichte der Menschheit ist eine Aneinanderreihung der Errungenschaften einzelner Genies. Henry Ford, Steve Jobs, Elon Musk, jeder von ihnen beförderte auf seine Art die Menschheit auf eine neue Evolutionsstufe, und das ganz allein, ganz ohne die Hilfe irgendwelcher Gewerkschaften und sozialer Absicherungen, letztlich ja vielleicht sogar trotz solcher Dinge. Männer sind eben keine Herdentiere, keine Schafe, Männer sind Wölfe und Wölfe jagen nicht im Rudel, Wölfe sind Einzelgänger.

Maximilian überlegt kurz, ob das mit den Wölfen und dem Einzelgängertum wirklich stimmt, beschließt aber, dass das erzeugte Bild viel wichtiger ist als der biologische Fakt. Dann klingelt er, dann begrüßt ihn eine Gegensprechanlage mit »Einmal in den sechsten Stock bitte, der Aufzug ist leider kaputt«, dann schleppt er sich und die Pizzen nach oben, drückt einem jungen Mann in Jogginghose die Kartons in die Hand und bedankt sich zwischen zwei schweren Atemzügen für ganze achtzig Cent Trinkgeld.

Zurück auf dem Fahrrad, denkt Maximilian noch ein bisschen über Wölfe, Schafe, Gewerkschaften und die Zukunft der Menschheit nach und welche Rolle der Name »Maximilian Krach« in ihr spielen wird. Sicher, gerade sieht es nicht so gut aus, die »Fake it«-Phase von »Fake it till you make it« zieht sich etwas mehr in die Länge als gedacht, aber keine Erfolgsgeschichte kommt ohne anfängliche Rückschläge aus, altes Hollywood-Gesetz, der Erfolg wird kommen.

Muss er. Wird er. Schon allein wegen GENESIS EGO. Warum sollte es ihm nicht gelingen? Ihm, dem Schöpfer des Erfolgs der anderen, warum sollte es ausgerechnet bei ihm nicht funktionieren? All die jungen Männer in seinen Seminaren, die aus verlorenen Schafen zur gesellschaftlichen Elite wurden, all die Erfolgsmeldungen, die Danksagungen, die Euphorie der ersten eigenen

Autos, der ersten eigenen Wohnungen. An GENESIS EGO kann es nicht liegen und wenn es nicht daran liegt, dann muss es an ihm liegen. Aber wie soll es an ihm liegen, an ihm, Maximilian Krach, dem Mastermind, dem Alphawolf, dem Sauerländer Warren Buffett? An ihm, der es ihnen allen gezeigt hat? Es kann unmöglich an ihm liegen, er hat schon so viel geschafft, die Firmengründung, die Investments, wie er die Unternehmensberatung hochgezogen hat aus einem kleinen Büro in Gütersloh, wie er jetzt über allen schwebt, über allen fliegt. Es kann unmöglich an ihm liegen, wie könnte es an ihm liegen, was, wenn sie alles irgendwann herausfinden, was sollen sie denn herausfinden, was soll schon passieren, wenn sie das herausfinden, wie sollen sie es herausfinden, was sollen sie herausfinden, es hat noch nie jemand herausgefunden, er ist doch nur Pizzabote, nein, Entrepreneur, Star-Investor, Business-Angel, Unternehmensberater, ein Selbsthilfecoach, Privatjet, Bentley, Domino's Gütersloh. Wolf.

Im Blindflug ist Maximilian wieder an der Filiale seines Arbeitgebers angekommen, wo ihm die nächste Lieferung in die Hände gedrückt wird, wo er wieder rausgeschickt wird, irgendwohin zu irgendwem, dann noch eine und dann noch eine, mit fortschreitender Uhrzeit werden die Empfänger seiner Lieferungen immer entweder betrunkener oder trauriger oder beides. Ein letztes Mal steuert er die Filiale an, in der das Küchenpersonal bereits dabei ist, die Arbeitsflächen zu reinigen.

»Feierabend, Maxi!«, tönt ihm der Filialleiter entgegen. »Morgen wieder siebzehn Uhr?«

Maxi, der von keiner Person außer dem gottverdammten Filialleiter Maxi genannt wird, nickt. Morgen siebzehn Uhr, aber da ist noch eine Sache.

»Ich brauch nächste Woche Donnerstag frei.«

»Ist gut, Maxi, kriegen wir hin.«

Der Filialleiter wirft ein paar liegen gebliebene Pizzabrötchen in den Müll und beaufsichtigt dann einen der Pizzabäcker beim Abwischen irgendeiner Edelstahloberfläche, Maxi schwingt sich ein letztes Mal aufs Fahrrad. Wenn er gleich die Handschuhe auszieht, wird die Haut seiner Fingerknöchel rot und rissig von Kälte und Nässe sein, wenn er sich gleich auf seinem Bett ausstreckt, wird ihm jeder einzelne Knochen wehtun, jeder Muskel von Wade bis Schulter wird nach Ruhe schreien, nach einer Ruhe, die er ihnen nicht geben kann, weil er in weniger als sechzehn Stunden schon wieder auf dem Fahrrad sitzen wird. Wenn er nicht wüsste, wie unendlich gut es ihm bald gehen wird, würde er fast Mitleid mit sich selbst haben.

Maximilian kettet sein Rad im Hinterhof an, tagsüber steht hier ein schickes Design-Rennrad neben dem anderen, nachts stehen hier nur zwei vergessene mit platten Reifen und seins. Design-Rennräder hat er nie verstanden, warum sollte man ein paar Tausend Euro für ein angebliches Designerstück ausgeben, selbst wenn man sechstausend Euro dafür ausgibt, bleibt ein

Fahrrad ein Fahrrad, das niedrigste Glied in der Nahrungskette des Individualverkehrs. Wölfe treten nicht in Pedale, Wölfe lassen sich in Autos mühelos durch die Straßen bewegen.

Er betritt das Gebäude, läuft durch lange kalte Flure, auf deren gefliestem Boden er eine Spur aus Regenwasser und dem Schmutz einer Nachtschicht auf dem Fahrrad hinterlässt, und betritt einen Raum mit der Aufschrift »GRUPPENDUSCHE 1«, in der er sich minutenlang warmes Wasser auf den regungslosen Körper prasseln lässt. Feierabend.

Obwohl das Gebäude um diese Uhrzeit menschenleer ist, schleicht er im Schein der Notfallbeleuchtung zurück in sein Zimmer, noch immer findet er diesen Ort beklemmend. Jeden Abend fühlt es sich an, als würde er etwas Illegales tun, als würde er als König der Ratten durch die Kanalisation einer Stadt huschen, als würde er auf ewig verflucht ein einsames Dasein abgeschottet vom Rest der Menschheit fristen. Zurück in seiner Wohnung, seinem Zimmer, was auch immer das hier sein soll, legt sich Maximilian vorsichtig auf das unter seinem Gewicht leise quietschende Feldbett. Ein letzter Blick auf sein Handy, dann wird er schlafen, wenn es nach seinem inneren Schaf ginge, für immer, doch sein innerer Wolf und der Handywecker werden ihn um Punkt sieben Uhr dreißig aus den Federn reißen.

36 neue Nachrichten in »KRACH CONSULTING«

Sprachnachricht von +491764217811

Mehr aus Reflex als aus tatsächlichem Interesse öffnet Maximilian die Sprachnachricht des nicht eingespeicherten Kontakts. Während er seinen geschundenen Körper unter die Laken schiebt, lauscht er den leicht lallenden Ausführungen des neuesten Mitglieds von GENESIS EGO, den er angewiesen hatte, auf irgendein Schützenfest zu gehen.

Der betrunkene Mann bedankt sich überschwänglich bei Maximilian für den großartigen Einfall, was für eine geniale Idee das gewesen sei, er habe so wichtige Erfahrungen gemacht, so viel Interesse an $EGO geweckt, endlich fühle er sich wie ein richtiger Wolf, wie ein richtiger Mann, die große Wende im Leben sei endlich geschafft. Dann entschuldigt er sich noch mal genauso lange, dass er die Dreistigkeit besitze, ihm einfach so eine Sprachnachricht zu schicken, und dass Herr Krach sie auch überhaupt nicht anhören müsse, aber trotzdem, er wisse schon, was er für ihn und für so viele andere Menschen geleistet habe, das sei schon krass.

Maximilian spielt die Nachricht ein zweites Mal ab, dann ein drittes Mal. Beim vierten Mal schließt er die Augen und schläft zu den Klängen der Stimme des Neuen ein. Wölfe sind Einzelgänger, aber manchmal ist es schön, jemanden dabeizuhaben.

Hoffentlich kommt dieser Mirko nächsten Donnerstag auch.

=

THIS AIN'T A SONG FOR THE BROKEN-HEARTED

Der postalkoholische Schweiß auf Mirkos Stirn bildet eine klebrige Schicht auf dem kalten Seitenfenster von Angelas Opel Corsa.

NO SILENT PRAYER FOR THE FAITH-DEPARTED

Kopfschmerz, Übelkeit, kalter Schweiß, Geräusch- und Geruchsempfindlichkeit, es sind die typischen Symptome eines Katers.

AND I AIN'T GONNA BE ANOTHER FACE IN THE CROWD
YOU'RE GONNA HEAR MY VOICE WHEN I SHOUT IT OUT LOUD

In Antizipation dessen, was gleich kommt, kneift Mirko die Augen zusammen. Angela, offensichtlich unversehrt von den katastrophalen Spätfolgen des gestrigen Alkoholgenusses, atmet scharf ein, um in die aus dem Autoradio plärrende Stimme von Jon Bon Jovi einzustimmen.

IT'S MY LIFE
AND IT'S NOW OR NEVER

Angela setzt ihn vor seiner Haustür ab, drückt ihm noch einen halb gehässigen, halb liebevollen Spruch, irgendwas mit »Da musste jetzt durch« und »Bis Montag biste wieder fit«. Mirko flüchtet vor der tödlichen Helligkeit des Tages in seine Wohnung, kickt Schuhe, Jacke, Hose und das nach Bier stinkende Polohemd in irgendwelche Ecken seiner Wohnung, schließt mit letzter Kraft jeden verfügbaren Rollladen und vergräbt sich im Bett. Überleben, mehr hat er heute nicht mehr vom Leben zu erwarten.

Nach und nach signalisieren Mirkos Sinne die Bereitschaft, die Welt um ihn herum wieder wahrzunehmen, es ist längst früher Nachmittag, als er sich im Bett aufrichtet und zum ersten Mal seit heute Nacht einen Blick auf sein Handy wirft. Mirkos gerade noch geplantes Vorhaben, aufzustehen und sich einen Kaffee zu machen, vielleicht sogar zu duschen, wird auf unbestimmte Zeit verschoben, als er sehen muss, wofür er sein Handy benutzt hat, bevor er selig im Gästezimmer von Angelas Schwiegereltern einschlief. Im Zustand völliger Enthemmung hatte er es tatsächlich gewagt, Maximilian Krach eine Sprachnachricht zu schicken.

Mit zitterndem Daumen und unter größter Überwindung spielt Mirko sie ab und hört mit schamverzerrtem Gesicht seiner eigenen lallenden Stimme zu. Die endlose Lobhudelei über Krach Consulting, GENESIS EGO und Maximilian Krach selbst sind an sich schon peinlich genug, als der besoffene Mirko von heute Nacht jedoch anfängt, von seinen angeblich durchschlagenden Verkaufserfolgen auf dem Schützenfest zu erzählen, kann Mirko nicht anders, als sein Gesicht erneut in den Kissen zu vergraben. Noch hat Krach nicht auf seine Nachricht geantwortet, angehört hat er sie allerdings schon längst. Wird er ihn ausschließen, verspotten, vor der Gruppe zur Sau machen? Eins steht fest, Mirko hat alles verspielt, hat nach den Sternen gegriffen und ist in der Gosse gelandet, Menschen wie ihm sollte der Zugang zu Alkohol verboten werden.

Den Rest des Tages verbringt Mirko in der steten Erwartung, bald von den Konsequenzen seiner Handlungen eingeholt zu werden, die bloße Präsenz seines Handys, auf dessen Display jederzeit eine vernichtende Nachricht von Krach erscheinen könnte, lässt ihn sich fühlen, als wäre sein Kopf im Holzgestell der Guillotine bereits fixiert, das Beil wird fallen, er weiß nur nicht, wann. Als am Abend endlich der Bildschirm leuchtet, eine neue Nachricht Maximilians in der Krach-Consulting-Gruppe vermeldet und die Klinge endlich auf seinen rosigen Hals herabrauscht, stürzt sich Mirko sofort auf sein Handy. Es wird jetzt schmerzhaft werden, aber wenigstens hört die Angst vor diesem Moment auf.

Maximilian Krach @ GENESIS EGO
Gratulation an @Mirko, der uns ein paar neue Kunden für $EGO an Land gezogen hat. Auf einem Schützenfest, nicht schlecht!
#Verkaufstalent
Wölfe tun, was Wölfe tun müssen.

Ungläubig starrt Mirko auf sein Handydisplay, als der Rest der Gruppe mit einem Feuerwerk aus Emojis reagiert, Wölfe, Raketen, Hunderte, klatschende Hände, rote Herzen, alles für ihn, alles für Mirko, all der Applaus für etwas, das er gar nicht getan hat. Eine winzige besoffene Lüge und schon bekam er das, was er immer wollte, wonach es ihn immer verlangt hat, sein Verkaufserfolg mag nicht real sein, doch die Glückshormone, die sein Hirnstamm gerade freisetzt, sind es. Außerdem muss er sich ja wegen seiner kleinen Lüge nicht schlecht fühlen, er wird ja noch $EGO verkaufen, ganz bestimmt wird er das, er hat den Erfolg nur früher vermeldet, als er eingetroffen ist, ein ganz normaler Vorgang in der Finanzwelt.

Mirko scrollt an diesem Abend noch ein paarmal durch die Gruppe, liest Dutzende Male Krachs Nachricht. Er hat ihn Verkaufstalent genannt und, was noch viel wichtiger ist, einen Wolf. Denn das ist Mirko ja, kein Thekenmann, nicht der Typ vom IT-Service, sondern ein Wolf, ein richtiger Wolf, und die anderen Wölfe, die erkennen das auch, da ist es egal, was die Schafe von ihm halten, Wölfe sind nur unter Wölfen glücklich.

Mit dem Gedanken, dass er ab morgen seinen Worten Taten folgen lassen wird, schläft Mirko selig ein. Ab morgen wird er sich den Applaus, die Herzen und die Raketenemojis rückwirkend verdienen, ganz bestimmt wird er das. It's my life and it's now or never. Und nächsten Donnerstag ist ja schon wieder Seminar.

KAPITEL 7

Für eine Primatenart, die weder besonders stark noch besonders schnell ist, hat es die Menschheit weit gebracht. Bis auf den Mond, bis auf den Grund des Marianengrabens, in die tiefsten Täler, auf die höchsten Gipfel. Noch Jahrtausende nach ihrem Untergang wird die Existenz der Menschheit in Form von nuklearem Müll und mikroskopisch kleinen Plastikteilen in den Zellen absolut jedes Lebewesens auf dem Planeten Erde nachweisbar bleiben. Sollte sich irgendwer irgendwann die Mühe machen, nach den Hinterlassenschaften unserer Zivilisation zu graben, wird er noch in Hunderttausenden Jahren unsere Joghurtdeckel zwischen Abermilliarden versteinerter Hähnchenknochen finden, unsere illegal im Wald entsorgten Autoreifen werden die Menschheit länger überdauern als die Mona Lisa oder der Song »Axel F« in der Crazy-Frog-Version. Das Denkmal der Menschheit wird der Müll sein. Wäre man misanthropisch, könnte man sagen, dass uns das sehr gerecht wird.

=

Hinter der Kante des Bahnsteigs erstreckt sich die unendliche Schlucht des Gleisbetts, an deren Ende sich der Fels des nächsten Bahnsteigs erhebt. Im Niemandsland dazwischen liegen zerquetschte Plastikflaschen, Zigarettenstummel und rostende Getränkedosen auf dem groben schwarzen Schotter, aus dem an manchen Stellen allen Widrigkeiten zum Trotz die Idee von so etwas wie Vegetation entspringt. Überragt wird die Trostlosigkeit von den roten Backsteinwänden des Bahnhofsgebäudes, aus dessen Dach, wie zum Spott über die hier Gestrandeten, beinahe elegant anmutende turmähnliche Auswüchse sprießen. Sollte nach dem Tod wirklich nur ein endloses Nichts kommen, dann vermittelt der Bahnhof von Warburg (Westfalen) eine gute Idee davon. Maximilian hat Zeit, sich mit den Feinheiten der Architektur dieses Mobilitätszentrums im westfälischen Kleinod auseinanderzusetzen. Viel Zeit.

Bis zu seinem Eintreffen am Bahnhof Warburg verlief Maximilians Tag perfekt. Der strenge Plan, der jeden seiner Seminartage bis auf die letzte Minute strukturiert, wurde vollständig eingehalten. Die zusammengefaltete Bettwäsche erschien ihm heute besonders rechtwinklig, sein Anzug wurde besonders faltenfrei in den Schoner gepackt, der Scheitel seiner Frisur war heute besonders gerade, der ganze Morgen ließ sich irgendwie besonders an, ganz so, als wäre sich eine höhere Macht darüber bewusst, dass jeder Tag, an dem Maximilian Krach zu einem Vortrag über sein Coachingprogramm

GENESIS EGO lud, einer war, der den weiteren Verlauf der Menschheitsgeschichte beeinflussen würde.

Das heutige Seminar soll in Kassel-Wilhelmshöhe stattfinden, ein Ort, der sich einerseits wegen seiner hervorragenden Erreichbarkeit für das noch zu erschließende Zielpublikum in der kommenden Boomregion Nordhessen anbietet und der andererseits einige extrem günstige Angebote für Tagungsräume in den auf Tagungspublikum zugeschnittenen Hotels vorzuweisen hat. Maximilians Wahl fiel auf das Inter-City-Hotel Kassel-Wilhelmshöhe, einem weitgehend unauffälligen Block Beton direkt am Bahnhof, dessen Glaselemente das Kunststück vollbringen, ihn noch dunkler wirken zu lassen. Es ist eines dieser Gebäude, von dem man sich kaum vorstellen kann, dass es jemals jemand für eine gute Idee befunden hat, es zu errichten, von den unendlichen Anstrengungen der Planung, der Finanzierung und des Bauens ganz abgesehen.

Maximilians Weg führte heute Morgen erst in den RB69 nach Bielefeld und dann in einen weiteren Regionalzug, der an der Grenze zwischen Nordrhein-Westfalen und Hessen in der Hansestadt Warburg seine Endstation hatte. Planmäßig sollte Maximilian hier einen rund zwanzigminütigen Aufenthalt haben, bevor er in den Anschlusszug eines privaten Bahnunternehmens steigen sollte, der ihn nach Kassel-Wilhelmshöhe befördern würde, um dort pünktlich rund eine halbe Stunde vor Seminarbeginn im Tagungsraum einzutreffen. Direkt nach seiner Ankunft in Warburg hatte Maximilian die Kabine des Bahnhofsklos, dessen Geruch die beste Werbung für die komplette Privatisierung der öffentlichen Toiletten durch Sanifair war, genutzt, um sich aus seiner profanen Alltagskleidung zu befreien und in den feinen Stoff seines Anzugs zu schlüpfen. Es war sicherlich nicht ideal, die Strecke zwischen Warburg und Kassel in diesem Outfit zurückzulegen, aber schließlich ist nur eine produktiv genutzte Minute eine, die es wert ist, gelebt zu werden. Danach begab sich Maximilian zurück an den Bahnsteig, noch zehn Minuten bis zum Eintreffen des Zuges, noch ein »HEUTE IST ES SO WEIT« in die Gruppe, dann steckte sich Maximilian die Kopfhörer in die Ohren, um sich endgültig auf den Tag einzustimmen. Maximilians Wahl dafür fiel heute wie so oft auf den Song »Erfolg ist kein Glück« des Rappers Kontra K, der seit Jahren den ersten Platz in der Rangliste einnimmt, die Maximilians Musikstreaming-App gegen Anfang Dezember auf Grundlage seines Hörverhaltens im vergangenen Jahr erstellt.

ERFOLG IST KEIN GLÜCK
SONDERN NUR DAS ERGEBNIS VON BLUT,
SCHWEISS UND TRÄNEN
DAS LEBEN ZAHLT ALLES MAL ZURÜCK
ES KOMMT NUR DARAUF AN, WAS DU BIST,
SCHATTEN ODER LICHT
ERFOLG IST KEIN GLÜCK
SONDERN NUR DAS ERGEBNIS VON BLUT,

SCHWEISS UND TRÄNEN
DAS LEBEN ZAHLT ALLES MAL ZURÜCK
ES KOMMT NUR DARAUF AN, WAS DU BIST,
SCHATTEN ODER LICHT

In sechs Stunden Seminar könnte er nicht den Inhalt vermitteln, den diese Hookline hier einfach mal so eben auf ein paar Zeilen komprimiert. Maximilian hörte den dreieinhalb Minuten langen Song direkt noch mal, dann noch mal und dann noch mal. Als auch die vierte Wiederholung in der abnehmenden Lautstärke des Instrumentals endete, ohne dass ihm ein einfahrender Zug die Sicht auf Gleisbett und Bahnhofsgebäude nahm, warf Maximilian einen Blick auf die Uhr, drei Minuten Verspätung, kann passieren, ist ja immer noch die Bahn. Nach der fünften Wiederholung des Songs verging ihm die Lust, die sechste Wiederholung brach er ab und nahm Platz auf der stahlgitternen Bank am Bahnsteig, um in aller Ruhe die App der Deutschen Bahn zu öffnen.

HINWEIS: Bei Partnerunternehmen ist ggf. keine Fahrplanauskunft möglich.

Zwanzig Minuten später ist Maximilians sorgsam eingeplanter Zeitpuffer komplett aufgezehrt, fünf weitere Minuten später ist Maximilians Glaube daran, dass sein Zug ganz bestimmt gleich um die Ecke fahren wird, ebenso verschwunden. Alles, was ihm bleibt, ist der Blick auf die Schlucht des Gleisbetts, an deren Ende sich der Fels des nächsten Bahnsteigs erhebt.

Maximilian ringt mit sich, ob er es wagen soll, ins Bahnhofsgebäude zu gehen und nachzufragen, wie es denn mit dem Zug aussieht, und vielleicht bei der Gelegenheit als kleine Selfcaremaßnahme einen Bahnmitarbeiter anzubrüllen. Es besteht allerdings immer noch die Chance, dass der Zug in den paar Minuten, die er dafür bräuchte, doch noch kommt und an ihm vorbeizieht. Im schlimmsten Fall würde er rennen müssen, schrecklich peinlich wäre das, also bleibt Maximilian lieber sitzen. Der Zug kommt bestimmt bald, noch ein paar Minuten, dann kommt er bestimmt, zur Selfcare bliebe ihm dann noch ein Mitarbeiter des InterCity-Hotels Kassel-Wilhelmshöhe.

Der Bahnhof der Hansestadt Warburg macht nicht den Eindruck, als wäre er in seiner Geschichte jemals stark frequentiert worden, an diesem Frühlingstag scheint die bloße Vorstellung, dass dieser Ort einst erbaut wurde, um mit transportwilligen Menschenmassen gefüllt zu sein, komplett abwegig. Die Kombination aus sich in der Ferne verzweigenden Gleisen, menschenleeren Bahnsteigen, den leblosen Fahrzeugen auf dem benachbarten Pendlerparkplatz und dem leisen Rauschen des Verkehrs irgendwo auf einer weit entfernten Bundesstraße lässt das abstrakte Konzept der Leere zu einem beinahe lebendigen Wesen werden, das Maximilian vollkommen umschließt und erbittert versucht, sich in sein Inneres zu fressen.

Ab jetzt bedeutet jede weitere Sekunde Verspätung

einen Moment, den er zu spät in den Tagungsraum kommt, und dass er vor den Augen aller Anwesenden seinen Laptop aufklappen muss, jede weitere Sekunde wird ein Beweis dafür sein, dass Maximilian machtlos gegen die Eventualitäten äußerer Umstände ist. Er wäre kein Wolf, sondern nur ein junger Mann in einem etwas zu engen Anzug am menschenleeren Bahnhof von Warburg. Er wäre entlarvt, er müsste zurück ins Sauerland und jeden Morgen durch die Wände dabei zuhören, wie sein Vater im Badezimmer den schleimigen Inhalt seiner Lunge in die Dusche hustet. Das darf nicht passieren, das kann nicht passieren und es wird auch nicht passieren. Alles, was er dafür braucht, ist eine weitere klitzekleine Lüge.

=

Der reuevolle Katertag nach dem Schützenfest war der letzte Tag, an dem Mirko sich so wirklich schlecht gefühlt hat. Seit Krachs Lob, seit den Raketenemojis in der Gruppe, musste er sich nicht mehr zum Aufstehen zwingen. Sicher, der Tab-Kaffee aus dem To-go-Becher schmeckte genauso trist wie vorher, die Erledigung von IT-Service-Tickets war ebenso unbefriedigend wie vor einem Jahr, doch der Umgang mit Krach hatte für Mirko eine Flamme der Hoffnung am Ende des Tunnels entfacht. Es ist ihm möglich, seinem Alltag zu entkommen. Er muss es nur wollen.

Echte Autos, echte Häuser, echte Pools, echte Geschäfte und echte Kontostände müssen mit viel harter Arbeit und unter strenger Einhaltung der Prinzipien von GENESIS EGO verdient werden. Die Anerkennung, die mit ihnen einhergeht, lässt sich aber auf einem wesentlich einfacheren Weg erreichen. Seit der klitzekleinen Lüge über seine Verkaufsperformance, die zu viele Biere und die gleiche Anzahl Schnäpse aus seinem Mund in das Mikrofon seines Handys gelockt hatten, ist Mirko etwas großzügiger in der Auslegung der Wahrheit geworden. Immer wieder erwischt er sich bei dem Gedanken, dass es gar keine wirkliche Rolle spielt, ob er den Erfolg, den er ja ohnehin schon bald haben würde, einfach jetzt schon verkündet. Er darf nicht zu dick auftragen, aber ein paar kleinere Dehnungen der Realität würden schon drin sein, ist ja auch wichtig fürs Selbstbewusstsein und EGO ist ja eine der tragenden Säulen des Projekts seiner Neuschöpfung.

Am Montag nach dem Schützenfest ließ die Wirkung von Krachs Anerkennung langsam nach, Mirko brauchte den nächsten Hit und fand ihn im Foto, das er von einem am Straßenrand stehenden BMW i7 gemacht hatte. »Grad Probe gefahren, machen oder lassen?«, schrieb er dazu in die Gruppe, woraufhin sich der erwartete Schauer wohliger Aufmerksamkeit über ihn ergoss.

»Nicht schlecht!«

»Ich weiß noch, als ich mit einem BMW angefangen hab«

»Machen, wenn i8 keine Option«

»Auf jeden!«

»Guter Anfang«

»Hab mir damals auch von den ersten Gewinnen erst mal ein Auto gekauft«

»Stark«

Ein echter Autoschlüssel in seinen Händen hätte ihn kaum glücklicher machen können als diese Nachrichten. Wozu ein Auto für knapp 140 000 € kaufen, wenn ihn die kostenlosen Reaktionen auf ein kostenloses Foto genauso glücklich machen?

Ein paar Tage und ein paar weitere nonchalante Erfolgsmeldungen später ist Mirko nicht mehr länger »der Neue«, sondern bewegt sich auf Augenhöhe mit den anderen. Wenn sie sich über Geschäftsabschlüsse, Geldanlagen, Immobilienkäufe, Autos, Uhren und die richtige Wassertemperatur ihrer Swimmingpools unterhalten, dann redet Mirko mit, als sei das auch sein Leben, als sei aus dem schüchternen IT-Techniker binnen weniger Wochen dank GENESIS EGO eine exakte Kopie all derer geworden, die sich im Mülheimer Seminarraum und dieser Chatgruppe versammelt haben. Mirko beschwichtigt sich, immerhin lüge er nicht mit böswilliger Absicht, er sage schließlich nur das, was von ihm erwartet wird, nur das, was er gern wahrhaben möchte, verpflanze sich und seine Mitwölfe mittels weniger Worte in eine für alle wünschenswerte Realität.

Um den simulierten Erfolg möglichst bald mit echtem

unterfüttern zu können, setzt Mirko seine Hoffnungen ins nächste GENESIS-EGO-Seminar in Kassel-Wilhelmshöhe. Um den stilistischen Fauxpas des ersten Seminars nicht zu wiederholen, wagt er einen Ausflug nach Bielefeld, wo er sich von einem nicht besonders interessierten Peek-&-Cloppenburg-Verkäufer einen Slim-Fit-Anzug in eine Tüte packen lässt. Den Hinweis, dass der Anzug besser säße, wenn er ihn eine Größe größer nähme, ignoriert Mirko. Der Anzug muss ein bisschen zu eng sitzen, das weiß doch jeder, der ein bisschen Ahnung hat.

Weil eine weitere spontane Krankmeldung innerhalb weniger Wochen unangenehme Nachfragen und vielleicht sogar eine Attestpflicht nach sich zöge, reicht Mirko in Vorbereitung auf das Seminar mit Nachdruck einen Urlaubstag ein. Das ginge nicht anders, er müsse da freihaben, ein dringender privater Termin, er schreibt einen langen Text ins unternehmensinterne Urlaubsbeantragungstool, den sein Chef ebenso wenig liest wie seine Mails mit den Optimierungsvorschlägen, nach ein paar Minuten ist der Urlaub freigegeben. Vervollständigt wird Mirkos Seminarplanung durch eine hastig bei Amazon bestellte Armbanduhr, ist zwar keine Rolex, keine Patek und nicht mal eine Hublot, aber solange es am Handgelenk glitzert, ist das Outfit komplett.

Am Tag des Seminars ist Mirko schon um fünf Uhr wach. Die Aussicht auf die bevorstehende Reise lässt keine weitere Minute der Erholung zu, schon am Vorabend konnte er kaum einschlafen, so elektrisierend war die Aussicht, endlich wieder im Kreis derjenigen zu sein, die ihn als den Wolf erkennen, der er ist. Das letzte Weihnachten, auf das sich Mirko so sehr gefreut hat, liegt locker zwanzig Jahre zurück. Um pünktlich um zehn Uhr in Kassel zu sein, muss Mirko spätestens um acht Uhr das Haus verlassen, doch schon zwei Stunden vorher sitzen Anzug, Haare und Sneaker perfekt. Mirko bleibt nichts anderes übrig, als zwei Stunden irgendwie totzuschlagen. Die Idee, schon eine Stunde früher loszufahren, verwirft er sofort wieder, es erscheint ihm intuitiv vernünftig, die Zeit, die er in Kassel-Wilhelmshöhe verbringen muss, auf ein absolutes Minimum zu reduzieren. Als das Display seines Handys freudig aufleuchtend die Ankunft einer E-Mail verkündet, schenkt ihm Mirko einen kurzen Blick.

INFORMATION ZU IHRER VERBINDUNG
NACH: Kassel-Wilhelmshöhe
FÄLLT HEUTE AUS
GRUND: unbekannte Probleme bei einem kooperierenden Verkehrsunternehmen
ALTERNATIVE REISEMÖGLICHKEITEN: Aus Kapazitätsgründen können wir Ihnen derzeit leider keine alternativen Reisemöglichkeiten anbieten. Bitte informieren Sie sich ggf. vor Ort über bestehende Alternativen.
WIR BITTEN UM IHR VERSTÄNDNIS

Der Damm, der die aus der Erwartung eines lebensverändernden Tages entstandene Energie angestaut hatte, bricht, seine Fluten ergießen sich ins Nichts, reißen auf ihrem Weg alles mit, was ihnen im Weg steht, und hinterlassen nichts als Leere und Zerstörung. Mirko würde gern schreien, rennen, irgendetwas tun, um die digital verkündete Katastrophe noch abzuwenden, doch er weiß, dass ihm nichts anderes übrig bleibt, als die Endgültigkeit der Fahrplanänderung zu akzeptieren. Aus Gütersloh wird heute kein Weg nach Kassel-Wilhelmshöhe führen, ihm steht keine Möglichkeit zur Verfügung, um rechtzeitig zum Seminarbeginn im InterCity-Hotel zu sein. Wie soll er das nur den anderen erklären?

Theoretisch könnte er natürlich einfach ein »Sorry, Zug fällt aus, schaffe es heute nicht« in die Gruppe schreiben, aber das kann er sich nach der Prahlerei der letzten Woche nicht mehr erlauben. Warum sollte der stolze Besitzer eines neuen BMW i7 vom Fahrplan der gottverdammten Bahn abhängig sein? Er könnte natürlich auch eine Autopanne als Grund für sein Fernbleiben angeben, aber dann würden sie ihm sagen, dass er doch die Bahn nehmen soll, und dann müsste er schreiben »Ja, aber die Bahn fällt auch aus« und damit würde er über den schmalen Toleranzbereich, in dem seltsame Zufälle irgendwie glaubhaft sind, meilenweit hinausschießen. Sie würden misstrauisch werden, sein Mindset anzweifeln, sie würden Fragen stellen, nachforschen, ihn entlarven und alles herausfinden. Mirko wäre um die Chance beraubt, den Wolf in sich end-gültig zu entfesseln, er wäre wieder ein Schaf. Einsam, allein, ein peinlicher Loser, eine Personalnummer, die bis ans Ende ihrer Tage Tickets lösen muss, unmöglich kann er in dieses Leben zurück, unmöglich kann er jetzt anfangen, ehrlich zu sein.

Eine andere Möglichkeit zur Begründung seines spontanen Fernbleibens vom Seminar wäre die An-gabe eines gesundheitlichen Problems. Die klassischen Bauchschmerzen haben Mirko schon von so vielem be-freit, Bundesjugendspiele, Firmenfeiern, die Laufein-heit seiner F-Jugend-Fußballmannschaft, Beerdigun-gen eher unliebsamer Verwandter, alles kein Problem. Im Kontext von Krach Consulting würden Bauch-schmerzen allerdings nicht mit »Gute Besserung«, son-dern mit hochgezogenen Augenbrauen kommentiert werden, sie wären ein Zeichen von Schwäche. Wölfe haben keinen Durchfall, Wölfe husten auch nicht und wenn Wölfe das täten, würden sie sich davon nicht von der Jagd abbringen lassen. Krankheiten müssen nicht auskuriert, sondern dem Körper mit purer Willenskraft ausgetrieben werden. Jeder Tag, an dem man sich sicht- oder hörbar krank zu Terminen schleppt, ist ein Fanal der Überlegenheit des Geistes über den Körper. Alles nur eine Frage des Mindsets, niemals würde jemand ein Seminar absagen, weil er krank ist.

Mirko erwägt kurz, ob er einfach sagen soll, dass seine Mutter gestorben sei, verwirft den Gedanken aber gleich wieder, das ist ihm eine Spur zu hart. Auf keinen Fall ist er abergläubisch, aber wenn irgendetwas die kosmische Wut des Karmas provoziert, dann so zu tun, als wäre ein nahes Familienmitglied gestorben.

Die einzige Lüge, die er den anderen auftischen könnte, muss irgendetwas mit »dem Geschäft« zu tun haben, dem Business. Wenn Mirko etwas Geschäftliches hätte, dann wäre er entschuldigt, niemand würde es infrage stellen, niemand würde misstrauisch werden. Mirko tippt ein paar Zeilen in das Chatfenster der Gruppe, hängt seiner Nachricht ein Bild an, drückt auf »Senden« und legt das Handy so hastig weg, als würde das Licht des Displays seine Augen verätzen.

=

Das Metallgitter der Wartebank auf dem Bahnsteig zwischen den Gleisen 2 und 3 verstärkt das Vibrieren des auf ihm abgelegten Handys zu einem Donnerschlag. So langsam wird der Akkustand zu einer Ressource, mit der es zu haushalten gilt, jeder unnötige Blick aufs Display könnte einer sein, den er in wenigen Stunden bereuen wird, aber Maximilian ist machtlos gegen den Drang, das Gerät sofort in die Hand zu nehmen. Sein Muskelgedächtnis öffnet die Pushbenachrichtigung, sofort liest er die wenigen Zeilen der neuen Nachricht in der Krach-Consulting-Gruppe.

»Sorry, Leute, megawichtiger Termin dazwischengekommen. Bin auf dem Weg nach London, gleich Boarding! Nächstes Mal wieder dabei, viel Erfolg euch heute!«

Dann ein paar Wölfe, ein Raketenemoji, die rote Hundert, darunter ein leicht verwackeltes Bild eines Flughafengates. Der Neue wird heute nicht kommen. Gut für ihn. Schlecht für Maximilian. Ein »wichtiger Termin in London« ist natürlich der perfekte Grund, um es nicht zu einem Seminar zu schaffen, warum hat er da nicht direkt dran gedacht? Nach Dubai hätte er fliegen können, aus dem WLAN der Businessclass hätte er schreiben können, genau für solche Fälle hat er doch damals die Fotos von sich in diesem im Hangar stehenden Privatjet schießen lassen, Hunderte Euro hat ihn das gekostet und jetzt denkt er nicht mal daran. Seine Führungsrolle wäre für immer zementiert gewesen, doch dieser elegante Ausweg wurde Maximilian geraubt, bevor er ihn erdenken konnte, was für eine Scheiße, langsam muss er echt mal was schreiben.

Ein letztes Mal geht Maximilian seine Optionen durch. Verkehrsprobleme scheiden aus offensichtlichen Gründen aus, Krach hat so viele Fahrzeuge und finanzielle Mittel zur Verfügung, dass eine Anreise zu jeder Zeit und aus jedem Winkel der Welt erwartet werden kann. Aus Krankheitsgründen kann er sowieso nicht absagen, Wölfe lassen sich nicht von den naturgegebenen Einschränkungen ihres Körpers beschneiden, sie formen ihn nach ihren Vorstellungen, beherrschen ihn vollständig, weil er nicht mehr ist als das Vehikel für das gleißende Licht ihres Mindsets. Es kann doch nicht sein, dass ihm keine Scheißausrede einfällt, um ein Seminar ausfallen zu lassen.

In der allerschlimmsten Not bliebe normalerweise noch der Tod irgendeiner Oma, die nukleare Option unter den kurzfristigen Absagegründen. Hocheffektiv, aber auch ein schier unkalkulierbares Risiko und deshalb nur in absoluten Ausnahmefällen zu gebrauchen. In diesem Fall würde Maximilian damit ein Tor in sein Privatleben öffnen, das er bislang penibel verschlossen gehalten hat. Wozu über Familie reden, wenn es doch so viel Geschäftliches zu besprechen gibt?

Maximilian fragt sich, ob die Gruppe überhaupt Verständnis dafür hätte, wenn er mit Verweis auf eine sterbende Mutter das Seminar absagen würde. Sicher, sie würden ihn mit Beileidsbekundungen überhäufen, aber insgeheim, da ist er sich sicher, würden sie eine Schwäche bei ihm vermuten. Die anderen könnten befürchten, dass er sich jetzt verstärkt um seine Familie kümmern müsse und weniger Zeit für GENESIS EGO haben könnte, dass sich sein Fokus mindestens vorübergehend etwas verschiebe, dass ihm andere Dinge auf einmal wichtiger werden, und das könnte dazu führen, dass sie sich umschauen, ob es nicht sicherere Optionen da draußen gibt, als alles in Krach Consulting zu investieren. Sicher, er hat ihnen Erfolg und Wohlstand gebracht, aber es ist letztlich eben doch nur ein eiskaltes

Geschäft, das hat er ihnen immer gepredigt. Was also tun? Was ist wichtig genug, um das Seminar ausfallen zu lassen, bietet aber gleichzeitig keine Angriffsfläche, was öffnet keinen Raum für Spekulationen und Befürchtungen, aber ist gleichzeitig eine selbst für Krach zumindest kurzfristig unlösbare Krise, die kein Aufschieben dulden kann?

Bildersuche: wartezimmer tierarzt

Ungefähr 283 000 Ergebnisse (0,33 Sekunden)

Maximilian scrollt ein bisschen nach unten, klickt ein bisschen herum, bis er ein geeignetes Foto findet. Das darauf abgebildete Wartezimmer sieht im richtigen Maße trostlos aus, dem durch den funktionalen PVC-Boden und die Raufasertapete eiskalten Raum wurde mit einigen Tierkalendern und niedlichen Fotografien so etwas Ähnliches wie Wärme eingehaucht. Noch wichtiger ist allerdings, dass das Bild aus einer sitzenden Position aufgenommen wurde, die Winkel müssen unbedingt stimmen. Maximilian speichert das Bild ab und startet die nächste Suche.

Bildersuche: black labrador couch old

Ungefähr 34 900 000 Ergebnisse (0,64 Sekunden)

Maximilian wählt das Bild eines alten Labradors aus, dessen graue Schnauze auf einer Couch liegt, die den Anschein erweckt, als wäre sie Krachs würdig. Wie ein Tennisspieler vor dem Aufschlag atmet Maximilian stoßartig aus und macht sich bereit für seine Art des Leistungssports.

»Hey, Leute, das heutige Seminar muss leider ausfallen. Heute Morgen hat Chico angefangen Blut zu husten, ich warte jetzt schon seit ein paar Stunden beim Tierarzt. Ich hoffe, ihr versteht das. – MK«

Der Nachricht hängt er das Bild des Wartezimmers und das des Hundes an und stellt einen Screenshot der Nachricht in seine Insta-Story. Gleich wird sein Handy vor Beileidsbekundungen und Verständnis überlaufen, doch Maximilian widmet sich sofort der Suche nach der Lösung seines nächsten Problems, dem schnellstmöglichen Verlassen Warburgs. Nach dem endgültigen Abschied von der losen Hoffnung, heute noch an seinen Bestimmungsort zu kommen, wagt es Maximilian, seinen Platz am Bahnsteig aufzugeben, und steuert auf das Bahnhofsgebäude zu. Im besten Falle findet sich dort ein anschreienswerter Zuständiger, im schlimmsten Fall aber doch wenigstens eine Steckdose, mit der sich das Problem des bedenklich sinkenden Akkustands seines Handys lösen ließe.

Alle drei auffindbaren Türen sind verschlossen. Maximilian läuft noch einmal um das Gebäude, stellt sich auf die Zehenspitzen, um in eines der Fenster zu linsen, unvorstellbar, wenn ihn jetzt jemand beobachten würde, kehrt zurück an den Bahnsteig. 11.36, normalerweise würde er jetzt erklären, was den Wolf vom Schaf unterscheidet, normalerweise würde jetzt mindestens ein Dutzend Männer bewundernd zu ihm aufsehen, normalerweise würde er jetzt als perfekt ausgeleuchteter Heilsbringer im Beamerlicht stehen.

»Reisen Sie oft geschäftlich?«

Maximilian fährt herum, er ist nicht mehr allein am Bahnsteig. Am anderen Ende der Sitzbank hat sich ein Mann in einem etwas zu weiten braunen Anzug niedergelassen, neben sich hat er ein Gerät abgestellt, das aussieht, wie etwas, womit man in zu niedrig budgetierten Sci-Fi-Filmen Kleintiere klonen kann. Ohne in Maximilians Augen zu blicken, fährt der Mann fort.

»Sie sehen aus wie jemand, der oft geschäftlich reist. Viel in Hotels unterwegs, oder?«

Maximilian nickt zustimmend. Seine letzte Hotelübernachtung liegt fast sechs Monate zurück und selbst das stimmt nicht so richtig, die Jugendherberge in der Nähe des Frankfurter Flughafens, in der er für das Shooting im Privatjet übernachtet hatte, war nur mit sehr viel Wohlwollen als Hotel zu bezeichnen.

»Dann kennen Sie ja das größte Problem bei jedem Hotelfrühstück. Und ich rede nicht vom Kater oder schlechten Rührei!«

Der Mann scheint eine Art Verkaufsroutine abzuspulen, Maximilian lässt ihn gespannt gewähren.

»Ich rede selbstverständlich von der Butter am Frühstücksbüfett! Das kennen Sie doch sicherlich, in Hotels gibt es entweder viel zu weiche Butter in kleinen abgepackten Paketen – ist ja heutzutage auch nicht mehr gern gesehen, der ganze Müll – oder steinharte Butter aus dem Eiswasser. Da ruiniert man sich als Gast entweder die Kleidung oder, was noch schlimmer ist, das Brötchen! Und das bei der wichtigsten Mahlzeit des Tages! Das kann ja wohl niemand wollen, habe ich recht?«

Sein folgendes Lachen hört sich an, als wäre es schon Hunderte Male an dieser Stelle gelacht worden, es ist Teil seines Salespitch. Obwohl Maximilian nicht mit einstimmt, fährt der Mann unbeirrt fort.

»Es kann ja wohl nicht sein, dass wir uns im 21. Jahrhundert noch mit solchen Problemen herumschlagen müssen! Unsere Autos fahren von selbst, in unseren Taschen haben wir kleine Supercomputer, aber an Hotelbüfetts müssen wir uns wie die letzten Neandertaler mit der Butter herumärgern. Aber damit«, der Mann tätschelt das Plastikgehäuse des rätselhaften Apparats, »könnte längst Schluss sein. Dank meines revolutionären Butterspenders!«

Ein Butterspender also. Maximilian ist jetzt aufrichtig interessiert und lauscht gebannt den Ausführungen über die Funktionsweise des Geräts. Kinderleicht sei die Bedienung, man müsse einfach seinen Teller unter die Lichtschranke stellen und sich mithilfe des einzigen Knopfes ein frisch portioniertes, perfekt streichfähiges, hygienisch einwandfreies Stück Butter zapfen. Die Butter werde in der Butterkartusche durchgehend gekühlt, absolut hygienisch, absolut praktisch, ein absoluter Gewinn für jedes Hotel! Schon bald würden diese Geräte überall stehen, in jedem Hotel ein Butterspender, mindestens, da soll Maximilian bei seinen Geschäftsreisen mal drauf achten. Ein gutes Produkt wie der Butterspender setzt sich am Markt immer durch, da darf man durchaus dankbar sein, in einem Land wie Deutschland zu leben, in dem der freie Markt den Innovationsgeist noch belohnt.

Weder Maximilian noch dem Butterspendermann gelingt es, ein an den Verkaufsvortrag anschließendes Gesprächsthema zu finden. Die drückende Stille kehrt an den Bahnsteig zurück, Maximilian ist beinahe erleichtert, als der Mann wieder anfängt zu reden.

»Wissen Sie, wie viele Butterspender ich in den letzten vier Jahren verkauft habe?«

Maximilian zuckt mit den Schultern. Keine Ahnung, gibt ja schon viele Hotels, vielleicht tausend? Zehntausend?

»Zwölf. In den letzten vier Jahren hab ich exakt zwölf dieser Scheißteile verkauft.«

Wieder klopft er auf das Gerät, dieses Mal ist es eher ein Schlagen, das Plastikgehäuse gibt mit einem leisen Knirschen die Qualität seiner Verarbeitung preis.

»Jede Woche seit vier Jahren bin ich in mindestens drei Hotels, meistens fünf, manchmal mehr, auf Gastromessen, auf Hotellerieveranstaltungen, ich rechne jeder Scheißpension vor, dass sich dieses Gerät für sie rechnen würde, aber niemand will es kaufen, niemand interessiert sich dafür, alle sind zufrieden mit ihren widerlichen Eiswasserschüsseln und ihren durchgeweichten Butterpäckchen. Es ist, als ob die ganze Welt nur aus ...«

»... Schafen besteht?«

Der Butterspenderverkäufer nickt energisch.

»Ganz genau! Überall Schafe! Alles mutlose Schafe, denen selbst für den kleinsten Fortschritt die Fantasie fehlt, dieses Land ist verloren, das ist so typisch deutsch! In Norwegen und Japan, da kommt mittlerweile alles aus dem Spender, aber die sind ja sowieso überall einen Schritt weiter als wir.«

Maximilian nickt, der Butterspendermann nickt, da sind sie sich einig, ganz genau so ist es nämlich in Deutschland, die Deutschen stehen sich mal wieder selbst im Weg, das kennt man ja nicht anders, das ist beim Butterspender so, das ist bei Kryptowährungen so.

»Ich bin jetzt neunundfünfzig, in meinem Alter legt man normalerweise die Füße hoch und zählt die Tage bis zur Rente, aber so einer bin ich nicht. Ich hatte noch was vor, ich wollte noch was bewegen! Sie müssen wissen, 1992 hab ich die Maschinenbaufirma meines Vaters übernommen, tolles Unternehmen, ein Mittelstandschampion eben, solche Unternehmen haben Deutschland nach dem Krieg wieder groß gemacht! Da hätte ich 'ne ruhige Kugel schieben können, kein Problem, die Auftragslage war genauso gesichert wie meine Rente, aber ich hab mir gedacht: wozu das Ganze? Damit meine Kinder mein Lebenswerk und das meines

Vaters eines Tages an irgendwelche chinesischen Investoren verscherbeln können? Nicht mit mir!«

Mit einem begeistert zustimmenden Nicken feuert Maximilian den Butterspendermann an, der sich die Gelegenheit nicht nehmen lässt.

»Ich wollte etwas schaffen, das Menschenleben verbessert, ich wollte einen Eindruck in der Welt hinterlassen. Maschinenbau ist gut und schön, aber das bekommt doch keine Sau da draußen mit. Vor zehn Jahren hab ich also angefangen, nach Problemen zu suchen, hab mir Gedanken gemacht, Ideen gesammelt. Wissen Sie, ich gehöre noch zu der Generation, die sich ihren Luxus erarbeiten musste.«

Hat er nicht gerade gesagt, dass er die Firma seines Vaters geerbt hat? Maximilian lässt sich seine Zweifel nicht anmerken, sondern nickt jedes Mal, wenn er glaubt, dass sein Gegenüber Bestärkung braucht.

»Eines Tages stand ich dann morgens an einem Hotelbüfett und ... ZACK! ... da war sie, die Idee. Hatten Sie so einen Moment schon mal? Nein? Ich wünsche es Ihnen, dass Sie bald mal so einen Moment haben, es trifft Sie wie ein Blitz, der ganze Körper vibriert vor Energie, es fühlt sich an, als ob man gerade der Geschichte der Menschheit einen weiteren Buchstaben hinzugefügt hätte, verstehen Sie?«

Maximilian versteht, keinen Moment kennt er besser als diesen.

»Und dann hab ich angefangen zu investieren. In die

Produktentwicklung, ins Design, Marktforschung, alle haben sie gesagt, ich solle das lassen, ich soll mich lieber mit dem zufriedengeben, was ich habe, lieber den Spatz in der Hand und so weiter, doch ich habe dran geglaubt, nein, ich habe es gewusst, dass ich an meiner Vision festhalten muss. Sieben Millionen habe ich investiert, um dieses Teil hier zu entwickeln, einen riesigen Kredit musste die Firma dafür aufnehmen, viel zu hoch eigentlich, aber worauf soll ich denn setzen, wenn nicht auf mich selbst? Als die erste perfekt temperierte Portion Butter aus dem Prototyp auf meinem Teller gelandet ist, hab ich mich so gefühlt, wie ich mich gerne bei der Geburt meiner Kinder gefühlt hätte. Schwerelos, leicht, als hätte ich endlich meine Bestimmung gefunden. Gegen alle Widerstände, gegen all die angeblich schlauen Köpfe habe ich mich durchgesetzt, die größten Anstrengungen meines Lebens hab ich auf mich genommen, um mich am Ende durchzusetzen, um am Ende als Gewinner dazustehen. Ich habe mich gefühlt wie ...«

»... ein Wolf.«

Die aufgerissenen Augen des Butterspendermanns signalisieren vollste Zustimmung, doch sein energisches Nicken wird schon nach einer Sekunde langsamer.

»Aber wofür? Wofür die Anstrengung, wofür das ganze Durchsetzen, wenn am Ende nichts bleibt? Von Anfang an hat mir dieses Scheißteil nichts als Unglück gebracht. Erst haben sie mir die Vertriebsstrukturen eingestampft, dann haben sie mir die Firma genommen, die Rücklagen und dann den ganzen Rest. Mir bleiben nur Rückenschmerzen, Blasen an den Füßen von den Anzugschuhen und sechstausend Butterspender, die in einer Lagerhalle verstauben.«

Will der Mann getröstet werden? Motiviert? Aufgebaut, besänftigt, will er, dass man ihm neuen Mut zuspricht und ihm irgendwie bedeutet, dass alles doch noch gut werden wird? Maximilian streckt die Hand aus, um sie auf den braunen Stoff am Rücken des Mannes zu legen, bricht sein Vorhaben aber auf halber Strecke ab, als der unverhoffte Lärm eines herannahenden Zuges die Gleise, auf die Maximilian die letzten Stunden gestarrt hat, endlich ihrer Bestimmung zuführt. Hastig packt er seine Tasche und den leeren Anzugschoner zusammen und steht auf, um dem Regionalexpress entgegenzugehen. Ratlos bietet er seinem Wartegenossen zum Abschied die Hand an. Statt des erwarteten geschäftlichen Händedrucks wird Maximilian mit erstaunlicher Kraft am Unterarm gepackt und auf Kopfhöhe des noch immer sitzenden Mannes gezogen.

»Was auch immer du machst, Jungchen, streng dich bloß nicht zu sehr an, es wird am Ende eh nichts. Am Ende wird man immer gefickt, verlass dich drauf. Wer alles gibt, dem wird alles genommen.«

Als sich die Türen piepsend vor ihm schließen und eine schützende Barriere zwischen dem warmen

Zuginneren und der kalten Hölle Warburgs bilden, ist sich Maximilian sicher, dass ein Teil von ihm bis in alle Ewigkeit wartend auf dem Bahnsteig zurückgeblieben ist.

Suche: Erfinder Butterspender

Ungefähr 550 Ergebnisse (0,39 Sekunden)

=

Die beständig zerrenden Krakenarme des Algorithmus kannten auch bei Yasmin kein Erbarmen. Gefüttert mit der Information, dass sie aktiv nach »Krach Consulting« gesucht hat, schlossen die Maschinen darauf, dass der Userin »__yasmink98« diese Art Inhalt in irgendeiner Form zusagt.

Bisher wurde ihr vor allem das Grundrauschen des Internets zugespielt, Kochvideos, Lifehacks, Tierbilder, ein Influencer am Strand, ab und an die gleiche Art Influencer beim Work-out. Doch seit ihrer gezielten Suche tummeln sich in ihren Timelines immer mehr dieser Männer, die sich alle Mühe geben, wie das Wort »Business« auszusehen und es in möglichst kurzer Zeit möglichst oft in den Mund zu nehmen. Sie alle predigen den Erfolg, der nur zu erreichen wäre, wenn man nur genügend »Business« mache und sich ausreichend anstrenge, und das wiederum gelinge nur, wenn man eine bestimmte Lebenseinstellung habe, die manche »Glaube an sich selbst« nennen, andere die »richtige

Einstellung« und wieder andere schlicht »Mindset«. Einflüsse von außen existieren für sie praktisch nicht, es gibt keine gesellschaftlichen Strukturen, keine Krisen, keine Ungerechtigkeiten auf der Welt, jeder Mensch steht exakt da, wo er zu stehen hat, und kann sich aus eigener Kraft beliebig positionieren und absolut jedes Hindernis überwinden. Bei genauer Betrachtung mutet Yasmin dieses Weltbild geradezu esoterisch an, den in ihre Timeline gespülten Männern geht es immerzu um innere Konflikte, die es zu gewinnen gilt, um eine mystische, in der eigenen Psyche ruhende Energie zu entfesseln. Hippies im Anzug, deren Ziel nicht der Weltfrieden ist, sondern ein siebenstelliger Kontostand.

Um das zu überdecken, scheinen sich die Männer in eine Art Wissenschaft zu stürzen und fangen an, sich gegenseitig in Alpha-, Beta- und gar Sigmapersönlichkeiten zu kategorisieren. Ursprung dieser Nomenklatur, das fand Yasmin in den Sekundenbruchteilen einer Google-Suche heraus, waren Studien, die bewiesen haben wollten, dass in Wolfsrudeln ein beständiger Konkurrenzkampf herrsche, in dem sich der stärkste Wolf als Anführer durchsetze.

Maximilian Krach, das schillernde Zentrum ihres vom Algorithmus registrierten Interesses, scheint fasziniert von diesem Konzept zu sein, in jedem seiner Posts findet sich eine Anspielung auf das Zusammenspiel von Wölfen und Schafen.

Dass der andauernde Konkurrenzkampf um die Führungsrolle innerhalb eines Wolfsrudels nur bei in Gefangenschaft lebenden Wölfen beobachtet wurde, dass die Tiere in freier Wildbahn dagegen familienähnliche Strukturen ausbilden – ein Fakt, für den man nicht mal die Ergebnisseite derselben Google-Suche verlassen muss –, scheint den Männern entweder unbekannt oder vollkommen egal zu sein.

Immer wenn Yasmin irgendeiner dieser Männer unter den Scroll-Daumen gespült wird, beschleicht sie beim Konsum seines Contents die gleiche aus moralischen Gründen gezügelte Begeisterung wie beim Betrachten von Tieren in einem Zoogehege. Der nicht zu leugnende Unterhaltungswert wird überschattet vom Bewusstsein, dass es sich bei den sich für extrem wichtig haltenden Wesen hinter der Glasscheibe um Gefangene handelt, die nichts kennen als das Leben innerhalb viel zu enger Grenzen. Bei aller Verachtung, die sie für diese Gattung Mann hat, erwischt sie sich dabei, wie sie manchmal Mitleid empfindet. Letztlich sind sie auch nur Opfer der Umstände, letztlich sind das auch nur Menschen, die eine Antwort auf die Fragen suchen, die ihnen das Leben stellt. Aber dann redet Maximilian Krach im nächsten Video wieder von der »Entfesslung des inneren Wolfes« und dann muss Yasmin wieder lachen und das fühlende Wesen, das sie kurz hinter all den Phrasen zu erkennen glaubte, verschwindet. Peinlicher Wichser.

Während der sanfte Zwang der Algorithmen Maximilian Krach einen festen Platz in Yasmins Gedanken garantiert, wurde der noch immer ausbleibende Zahlungseingang für die in Rechnung gestellten 219,95 € eine immer höher priorisierte Aufgabe innerhalb ihres Arbeitsalltags. Nach dem mit Nachdruck geführten Telefonat hatte sie diese Aufgabe als erledigt betrachtet, doch die erhoffte Lösung des Problems blieb bisher aus. Zuletzt hatte sogar ihr Chef darum gebeten, dass sie sich doch bitte möglichst schnell darum kümmern möge. Er hatte dafür den charmanten Weg gewählt, einen Screenshot von der Excel-Tabelle mit den offenen Zahlungen zu machen, siebzehn rote Fragezeichen in Schriftgröße 46 darüberzusetzen und ihr eine betrefflose E-Mail zu schicken.

Nach der ersten Zahlungserinnerung per Telefon sieht der Workflow die nächste nicht digitale Kommunikationsform vor. Beim Befüllen des Briefumschlags mit der vorgedruckten Aufschrift »MAHNUNG« fühlt sich Yasmin seltsam feierlich, als wäre sie eine Anwältin, die gerade irgendeinen Ölkonzern verklagt und für ein bisschen mehr Gerechtigkeit in dieser ungerechten Welt sorgt. Normalerweise wäre Yasmin das egal, eine nicht bezahlte Rechnung ist nicht mehr als die Hotellerieversion eines Ladendiebstahls, nicht ihr Geld, nicht ihr Problem. Sie würde dem Workflow folgen und das weitere Vorgehen der Entscheidung ihres Chefs überlassen. Bei Krach ist es etwas anderes. Sicher, sie hasst ihn, dieser Typ ist zweifellos ein verachtenswerter Wichser, faszinierend findet sie ihn aber trotzdem. Sie wird dieses Geld eintreiben, koste es, was es wolle. 219,95 € für das Hotel, eine unbezahlbare Genugtuung für sie. Nur wie?

Der in Hunderten Stunden True-Crime-Podcasts gesammelte Erfahrungsschatz beginnt sich endlich auszuzahlen und leitet Yasmins Denken an. In der Notiz-App ihres Handys trägt sie alle für sie verfügbaren Informationen über den Zahlungsflüchtigen zusammen. Zu dem Datensatz aus dem Buchungssystem kommen sämtliche Mailadressen, die Yasmin ausfindig machen kann, dazu eine sich etwas überflüssig anfühlende Beschreibung seines Äußeren und der Vermerk, dass auch die Echtheit des Namens »Maximilian Krach« durchaus anzuzweifeln sei. Die Zusammenstellung der Daten fühlt sich an wie ein wichtiger Ermittlungsschritt, bringt Yasmin aber genauso wenig voran wie das Überprüfen der Adresse auf Google Maps.

Die Reutlinger Straße 31 in 33333 Gütersloh entpuppt sich als seelenloses Bürogebäude im seelenlosen Industriegebiet der an Seelen ohnehin nicht besonders reichen Stadt Gütersloh. Dass es sich dabei um Krachs Privatadresse handelt, kann also leider ausgeschlossen werden. Yasmin ballt die Faust und fängt unwillkürlich an, über sich selbst zu lachen. Was hätte sie denn getan, wenn das Krachs Privatadresse gewesen wäre, hätte sie ihn konfrontieren sollen? Sich in Trenchcoat und Hut schnellen Schrittes vor der Tür aufbauen und mit tiefer

Stimme durch die Gegensprechanlage der Klingelanlage »Sofort aufmachen! Rezeption Holiday Inn Express Mülheim an der Ruhr!« bellen? Lächerlich, was soll sie da schon ausrichten?

Yasmins Interesse am Fall des aufschneiderischen Männlichkeitscoachs beginnt zu verfliegen, als sie aus einem letzten Zucken ihres kriminalistischen Instinkts heraus die Dating-App auf ihrem Handy öffnet. Das Öffnen einer Dating-App ist für Yasmin wie für vermutlich jede Frau auf diesem Planeten ein Ereignis, das bestenfalls Enttäuschung, in den meisten Fällen aber tiefe Reue hervorruft. Horden hormongeplagter Männer ergießen sich, wenn nicht im wörtlichen Sinne, dann zumindest digital, über die angezeigten Profile und tun dabei alles, um ihre offensichtliche Paarungsbereitschaft noch offensichtlicher zu machen. Der schmale Grat zwischen aufdringlichen Komplimenten und sexueller Belästigung ist dabei noch dünner als in der realen Welt, wie jeder halbwegs vernünftige Mensch hat es Yasmin deshalb aufgegeben, von irgendeiner Dating-App mehr zu erwarten als seichte Fleischbeschau, in der man sich verlieren kann, sobald wirklich jede Social-Media-App durchscrollt ist.

Dating-Apps dürften der einzige Ort auf der Welt sein, an dem Frauen tatsächlich bevorzugt behandelt werden. Yasmin wird auf diesen Plattformen mit allerlei Begünstigungen umworben, um die Qual der Interaktion mit den männlichen Bewerbern zumindest in

Ansätzen vergessen zu machen. Dazu gehört auch, dass sie kostenlosen Zugang zu den Premiumfunktionen der App hat.

Nach einem verstohlenen Blick durch die Lobby und die angrenzenden Gänge, sie will ja nun wirklich nicht von ihrem Chef beim Tindern erwischt werden, ändert sie ihren Standort in der App auf das Stadtzentrum von Gütersloh und wischt sich ohne große Erwartung durch eine ganze Reihe von Einheitsgesichtern.

Sebastian, 26
Doglover / Travel Addict / Football is Life

Dominik, 29
Swipe links, wenn du keine dieser eingebildeten F*tzen bist

Levent, 27
Frag doch einfach ;-)

Tim, 31
Ich weiß, dass du mich nur wegen des Bilds von meiner Katze matchst

Said, 28
Ballin' 24/7

Heiko, 25
Eigentlich bin ich 35, aber ich weiß nicht wie man
das ändert :-D

Mirko, 26
Erfolg ist kein Glück / Wolf / Successful @ Krach
Consulting

Yasmin entfährt ein spitzer Schrei. Beinahe hätte sie
Mirkos Profil überwischt, so wenig sticht er aus der
Masse des Durchschnittsprofils heraus. Sicher, es ist
nicht Krach selbst, sondern nur einer seiner Jünger, aber
ihr Gespür war richtig. Mit einem Swipe nach links si-
gnalisiert sie grundsätzliches Interesse, die kitschige
Herzanimation bestätigt ihr, dass es ein gegenseitiges
ist. Ein Durchbruch in ihren Ermittlungen, wieder ganz
die knallharte Detektivin, nickt sie zufrieden und lässt
eine imaginäre Rauchschwade aufsteigen.

Sie ist auf der richtigen Spur.

KAPITEL 8

Der deutsche Glaube an die Ehrenhaftigkeit des Heldentods ist mit dem Ende des Zweiten Weltkriegs ebenso wenig gestorben wie diejenigen, die ihn nicht nur in den zwölf Jahren davor so ausdauernd predigten. Gestorben werden soll jetzt nicht mehr für das »Wohl des Volkes«, sondern je nach Anlass für die freiheitlich-demokratische Grundordnung, den olympischen Medaillenspiegel, für die Freiheit, den Siegtreffer der Nationalmannschaft, die Wertegemeinschaft der NATO oder das Vorsteuerergebnis des gnädigerweise arbeitgebenden Konzerns. Im allerschlimmsten Falle, wenn einem wirklich gar nichts anderes übrig bleibt, muss man bei dem Versuch sterben, reich zu werden.

Unter allen Umständen, da sind sich alle von den Toten Hosen über Oliver Kahn bis zu den Böhsen Onkelz einig, darf man bei dem Versuch, für etwas zu sterben, niemals aufgeben. Stets muss wieder aufgestanden werden, niemals darf man liegen bleiben, gegen alle Widerstände muss man sich durchsetzen, nur um kraft des eigenen eisernen Willens weiter-, immer weiterzumachen.

Was immer du auch tust, du darfst niemals aufgeben. Ein Mantra, wie es unmenschlicher kaum sein könnte, liegt doch in keiner Handlung etwas Revolutionäreres und Fortschrittlicheres als im Aufgeben. Hätten die Alchemisten niemals aufgegeben, würden wir noch heute versuchen, künstlich Gold herzustellen, in jedem Aufgeben liegt die Chance eines Neuanfangs. Bleib liegen, wenn du am Boden bist.

====

Die Rinnsale aus warmem Wasser, abgewaschenem Schweiß und dem hellblauen Schaum des Ice-Dive-3in1-Duschgels verlangsamen ihre Fließgeschwindigkeit und kommen noch vor dem Abfluss beinahe zum Stehen, als Mirko mit dem Ellbogen den Druckknopf ein zweites Mal betätigt und der wiedereinsetzende Schwall herabtropfenden Wassers die Flüssigkeit, der man das Fußpilzübertragungsrisiko deutlich ansieht, endgültig in das kleine Gitter am Boden der graublau gefliesten Fitnessstudiodusche spült.

Neunzig weitere Sekunden später erstirbt der Strahl erneut, und Mirko gibt den von Anfang an zum Scheitern verurteilten Versuch einer gründlichen Reinigung endgültig auf. Mit staksenden Schritten gelingt ihm gerade so der unfallfreie Weg über glatte Fliesen zurück zu seinem Spind. Mirko gibt sein Möglichstes, um jeden Anflug von Augenkontakt mit einem der anderen

Männer in der Umkleidekabine zu vermeiden. Hektisch reißt er die Straßenkleidung aus seiner Sporttasche und stopft seine verschwitzten Klamotten zurück. Mit einem gemurmelten »Sorry?« schiebt er sich an den Männern vorbei, die vor dem großflächigen Spiegel irgendeinen definierten Muskel bewundern, den sein eigener Körper nicht mal zu haben scheint. Mirkos Haare sind kaum handtuchtrocken, als er sich seine Jacke überwirft und das Fitnessstudio durch das Drehkreuz am Ausgang in die erstaunlich laue Abendluft verlässt.

Dass diese verdammten Selfcaregurus mit ihrem Rat, regelmäßige Bewegung erhöhe die Lebensqualität, tatsächlich recht haben, macht Mirko wütend. Sein einziger Trost ist, dass er sich nicht wegen »innerer Zufriedenheit« oder irgendeines Schritts Richtung Transzendenz im Fitnessstudio angemeldet hat, sondern einzig und allein wegen Krachs revolutionärer Erkenntnis, dass allein einem gesunden Körper ein gesundes Mindset entspringen kann. Sechs Minuten noch, bis der Bus kommt. Mirko zieht die Schultern hoch und das Handy aus der Jackentasche.

MINDSET

Die goldenen Buchstaben auf der schwarzen Fläche verfehlen ihre Wirkung nie. Seit Mirko sie als Hintergrund hat, fühlt sich jeder Griff zum Handy erhaben an, das gesamte Gerät scheint wie Mirko selbst in seinem Wert gestiegen zu sein. Doch der Gedanke an Krach löst nicht mehr das euphorische Gefühl der Anfangstage aus, sondern eine diffuse, für Mirko kaum greifbare Sorge. Morgen sind es zwei Wochen, in denen niemand etwas von ihm gehört hat.

Nach der kurzfristigen Absage des letzten Seminars war es aus irgendeinem Grund still um Maximilian Krach geworden. Die ersten paar Tage waren unverdächtig, er ist schließlich ein viel beschäftigter Mann, dessen geliebter Hund gerade gestorben ist. Ab dem vierten Tag begann Mirko, sich Sorgen zu machen. Dass der Mann, dessen absoluter Fokus aufs Business ihm einen beispiellosen Aufstieg beschert hatte, jetzt wegen so einer verhältnismäßigen Lappalie wie dem Verlust eines Haustiers so lange abtauchte, erschien Mirko seltsam. Irgendetwas schien sich verändert zu haben. Mirko sorgte sich weniger um Krachs Wohlergehen als vielmehr darum, dass er sich von ihnen abgewandt haben könnte, dass die kleine persönliche Tragödie ihm vor Augen geführt haben könnte, das Projekt Krach Consulting, seine Mitglieder und damit indirekt auch Mirko selbst könnten es nicht wert sein, so viel Zeit und Energie zu investieren. Nach einer Woche ohne Antwort hatten es er und die anderen aufgegeben, Krach über die gemeinsame Gruppe zu kontaktieren, er würde sich melden, wenn er es wollte. Wenn er es denn je wieder wollte.

In seinem seltsamen Schwebezustand machte Mirko das, was Krach von ihm erwartet hätte: einfach weiter.

Das Navigationssystem auf dem Weg zu seinem Ziel war vielleicht ausgefallen, doch anhand der von Krach gesetzten Fixpunkte wusste Mirko immer noch die grobe Richtung, in die er sich bewegen musste. Und doch schlich sich, ohne die stete Bestätigung und den Antrieb der Gruppe, der alte Mirko langsam wieder ein, der Scheitel wurde weniger akkurat und unter seinen Füßen spürte er wieder Brösel, wenn er sie morgens nach dem Aufstehen auf dem Boden neben seinem Bett platzierte.

Mirko nimmt die hintere Tür des Busses, wirft sich quer über eine leere Sitzbank, lehnt den von Training und Dusche noch warmen Kopf an die kühle Seitenscheibe und beginnt, ohne konkretes Ziel über seinen Handybildschirm zu wischen. Mirko kann sich selbst sehen, wie er dasitzt. Melancholisch. Geheimnisvoll. Mit der in sich gekehrten Ruhe eines Raubtiers, das weiß, dass es sich nicht einmal anstrengen müsste, um seinen Platz an der Spitze des Rudels zu verteidigen. Würde dieser Bus wie ein Flugzeug in den Anden verunglücken, dann würden sich die anderen Fahrgäste ganz bestimmt um Mirko scharen, sie würden von ihm verlangen, sie anzuführen. Er würde nicht gegessen werden, wenn es schließlich ums nackte Überleben ginge. Wenn der Mensch zum Tier wird, ist die Zeit der Wölfe gekommen.

Die Vibrationen des Dieselmotors und der Zustand der Gütersloher Straßen zwingen Mirko, die Stirn von der Scheibe zu nehmen, bevor sein Kopf so heftig durchgeschüttelt wird, dass die Arbeit, die gleich zwei Kieferorthopäden in seinen Teenagerjahren an ihm verrichtet haben, wieder rückgängig gemacht wird. In Ermangelung einer abzuarbeitenden Pushnachricht, noch nicht mal eine Spammail hatte ihn während seines Trainings erreicht, öffnet Mirko nun eine App nach der anderen. Seine Foto-App erstellt ihm einen automatischen Erinnerungsfilm über den Sommer 2016, ein abfotografiertes Kuchenrezept seiner Mutter reiht sich zu den Klängen generierter Gitarrenmusik an das Bild eines Tellers Nudeln, der ihm heruntergefallen war. Großartige Unterhaltung, die leider nur lang genug ist, um drei Haltestellen zu überbrücken. Notiz-App, Mailprogramm und drei verschiedene Social-Media-Plattformen werden in kurzer Abfolge geöffnet und ohne längeres Verweilen wieder geschlossen. Der Ozean der Unterhaltungsmöglichkeiten wirkt auf Mirko wie eine austrocknende Pfütze auf dem Parkplatz eines Getränkemarkts.

Zum zweiten Mal heute öffnet Mirko die Dating-App. Früher hatte er sie als lästige Nebenerscheinung seiner digitalen Existenz wahrgenommen, etwas, das man eben hat, um sich nicht eines Tages vorwerfen zu lassen, dass man sich nicht genug angestrengt hätte. Erst durch Krach hatte er gelernt, dass auch eine vermeintliche Nebensächlichkeit wie die Benutzung einer Dating-App mit größtmöglichem Einsatz anzugehen ist, um den größtmöglichen Erfolg zu erreichen. Und größtmöglicher Erfolg, da lässt Krachs Logik keine Interpretationsmöglichkeiten zu, bemisst sich einzig und allein an der Anzahl errungener Matches. Schon möglich, dass sich hinter all den Bildern und kurzen Profilbeschreibungen echte Menschen verbergen, Mirko geht es jedoch einzig und allein darum, sie wie eine Pokémon-Karte einer immer größer werdenden Sammlung hinzuzufügen. Seine Strategie besteht deshalb darin, alle ihm angezeigten Profile zu liken, nur so kann die Anzahl möglicher Matches tatsächlich maximiert werden, das ist eine ganz einfache Rechnung.

Seine Pflicht des Likens hat er schon am Morgen erfüllt, Mirko öffnet die App nur, um zu sehen, ob die Saat auch heute aufgegangen ist. Es ist eine durchschnittliche Ausbeute, drei neue Matches, mehr als an manchen Tagen, weniger als an anderen, aus diesem Ergebnis ergibt sich weder ein Boost für Mirkos Selbstbewusstsein noch ein besonders schmerzhafter Schlag. Beinahe hätte er die App wieder geschlossen, doch etwas hält ihn ab. Der rote Punkt in der rechten oberen Ecke zeigt an, dass er eine neue Nachricht erhalten hat.

Yasmin, 24

Hey :) was ist denn Krach Consulting?

=

Während das Hupen der Autos hinter ihnen wütender wird, startet Angela mit fahrigen Fingern den abgewürgten Motor des Wagens neu, lässt ihn aufheulen und fährt, kurz bevor die Ampel wieder auf Rot schaltet, über die Kreuzung.

»SAG MAL, MIRKO!«

Mirkos Wangen sind knallrot, als er versucht zu retten, was längst verloren ist. Sie müsse ja nicht antworten, es hätte ihn nur interessiert, es tue ihm leid, er dachte, sie seien mittlerweile befreundet, und unter Freunden könne man solche Fragen ja durchaus mal stellen, am besten solle sie die Frage einfach vergessen, ist doch jetzt egal, sorry noch mal, wirklich. Als Mirko Anstalten macht, an seiner Bushaltestelle aus dem Wagen zu steigen, hält ihn Angela am Handgelenk fest.

»Ob ich mit Egon an unserem ersten Date geschlafen hab?«

Mirko windet sich noch ein wenig, versucht dann aber loszuwerden, was ihn beschäftigt. Er hat kaum zwei Sätze gesprochen, als Angela ihn schreiend vor Begeisterung unterbricht.

»Ich wusste es, da gibt es jemanden!«

Die Röte, die Mirkos Gesicht noch gar nicht richtig verlassen hatte, kehrt mit aller Wucht zurück. Er ist kaum fähig, Augenkontakt zu halten, als er Angelas vielleicht etwas vorschnelle Einschätzung korrigiert. Es gibt da niemanden, zumindest nicht so, wie sie sich das vorstellt. Angela lenkt sofort ein.

»Mirko, mir ist das wirklich vollkommen egal, ob du ...«

Natürlich wäre es Angela nicht egal, wenn Mirko schwul wäre. Sie hatte mit ihren Kollegen schon eine Weile darüber spekuliert. Seitdem sie mit Mirko die kleine Schicksalsfahrgemeinschaft bildete, hoffte sie täglich darauf, endlich irgendeinen Anhaltspunkt für seine sexuelle Orientierung zu finden. Würde er sich outen, würde die Vorstellung, dass der Mann, der täglich neben ihr im Auto sitzt, Männer küsst oder gar mit ihnen schläft, ihr jedes Mal, wenn sie daran dachte, das Herz rasen lassen und sosehr sie sich auch bemühte, sie würde es irgendwie eklig finden. Aus Scham über ihre tief verwurzelten Vorurteile müsste sie dann jedes Mal betonen, wie großartig sie es doch fände, dass Mirko auf Männer stehe. Bei jeder Gelegenheit würde sie damit kokettieren, einen »schwulen besten Freund« zu haben, ein großstädtisches Accessoire, ein kleiner Beweis für ihre Toleranz.

Mirko blickt Angela entsetzt an, auf gar keinen Fall sei er schwul, wie könne sie das denn denken, wie komme sie denn darauf, also wirklich so gar nicht, nicht in hundert Jahren. Entsetzt über seine eigene viel zu energische Ablehnung, rudert Mirko zurück, als wollte er auf keinen Fall den Eindruck machen, das selbst irgendwie schlimm zu finden. Er würde es ihr schon sagen, wenn es so wäre, aber es ist wirklich nicht so, nicht dass es einen Unterschied machen würde, aber er ist hetero, also wäre ja auch egal, wenn er es nicht wäre, aber ist er halt, was soll er machen.

»Ich dachte nur ...«

»Nee, ist ja voll okay, dass du das denkst, aber ist halt nicht so.«

Zwischen beiden herrscht einige Sekunden unangenehmes Schweigen, bis sich Angela erbarmt, den verlorenen Gesprächsfaden wieder aufzunehmen.

»Also ist da denn jetzt *eine*?«

Angela betont das *eine*, um jeden Zweifel auszuräumen, Mirko lächelt dankbar und beginnt zu erzählen. Ja, da sei *eine*, aber halt nicht so, wie Angela denke. Denn eigentlich sei da streng genommen überhaupt niemand, zumindest nicht in echt, sondern nur online. Auf einer Dating-App habe er sie kennengelernt, Yasmin heiße sie und sie schreiben seit ein paar Tagen regelmäßig miteinander, riesiges Interesse habe sie an ihm, sogar für seine Hobbys interessiere sie sich, er glaube, dass das wirklich etwas werden könne.

Verständnisvolles Nicken vonseiten Angelas. Gern würde sie einen kurzen Vortrag darüber starten, wie man sich früher noch auf Dorffesten oder in der Disco kennengelernt oder einfach in der Berufsschule angequatscht habe, aber so was gehe ja heutzutage gar nicht mehr, wenn alle ständig an den kleinen Daddelkästchen in ihren Händen kleben, aber das spart sie sich für ein anderes Mal auf. Jetzt ist Empathie gefragt. Mirkos Problem und der Grund für die Frage, die Angela das Auto hat abwürgen lassen, ist ein ganz einfaches:

»Ob ich bei ihr wirklich eine Chance habe?«

Angela dreht sich, soweit es die Begrenzungen von

Autositz und Mittelkonsole zulassen, zu Mirko und versucht, ihm tief in die Augen zu schauen.

»Mirko«, beginnt sie ihre Rede, »als ich dich hier zum ersten Mal an der Bushaltestelle aufgelesen hab, wusste ich nicht viel von dir. Du warst irgendjemand aus der IT, so jemand, den man halt auf dem Gang trifft und ab und zu ruft, wenn der Drucker wieder spinnt.«

Beide lachen kurz.

»Nicht böse gemeint, mein Lieber, aber ich wollte von dir wirklich gar nichts wissen. Aber dann hab ich dich ein bisschen näher kennengelernt und du bist wirklich einer von den Guten, das sagen alle, die dich beim Schützenfest getroffen haben. Und die mögen nicht jeden, darauf kannste dich verlassen!«

Angela senkt ihre Stimme, sie versucht jetzt, Mirko im Innersten zu treffen.

»Ich weiß nicht, wer diese Person ... diese Frau ist, aber eins kann ich dir sagen, sie hat verdammt noch mal Glück gehabt, jemanden wie dich gefunden zu haben, hast du verstanden? Du bist nett, höflich, hast einen ordentlichen Job und mittlerweile«, Angela schlägt Mirko vielleicht etwas zu hart gegen den Oberarm, »siehst du sogar halbwegs anständig aus und ziehst dir richtige Klamotten an. Ich weiß nicht, was ihr Männergeschmack so ist, aber wenn ich zwanzig Jahre jünger wäre und meine beste Freundin jemanden suchen würde, dann würde ich dich empfehlen, haben wir uns verstanden?«

Mirko nickt, er scheint diese Worte dringend gebraucht zu haben. Jetzt liegt es an Angela, einen Schlusspunkt zu setzen, der ihn voller Selbstbewusstsein aus dem Autositz reißt.

»Lass dir von niemandem, und erst recht nicht von dir selbst, einreden, dass du nicht alles Glück der Welt verdient hättest. Du bist nicht irgendjemand, du bist Mirko, du bist ...«

Angela fällt kein Wort ein, mit dem sie Mirko beschreiben könnte, doch das laute Hupen des Busses mit der orange leuchtenden 203 über der Windschutzscheibe unterbricht ihren Gedankengang und veranlasst Mirko, den Beifahrersitz des Opels fluchtartig zu verlassen, während Angela hektisch den Motor startet, um den Platz an der Bushaltestelle schnellstmöglich zu räumen. Gut zu wissen, dass die wieder fährt, daran hat sie gar nicht mehr gedacht.

Im Vorbeifahren winkt sie Mirko zu, doch der scheint schon wieder längst in Gedanken versunken. Schön, dass er jemanden gefunden hat. Es wäre wirklich kein Problem gewesen, wenn er schwul wäre. Also wirklich nicht. Nicht für Angela. Wobei sie sich ja denken kann, was andere darüber denken würden. Sie schaltet das Radio ein, der gut gelaunte Moderator kündigt gerade den nächsten Song an, irgendwas von Ed Sheeran, sie mag ja lieber das, was man heute Oldies nennt, aber dieser Ed ist auch okay.

=

Nicht anstrengen. Bringt nichts.
Nicht anstrengen. Bringt nichts.
Nicht anstrengen. Bringt nichts.
Nicht anstrengen. Bringt nichts.
Nicht anstrengen. Bringt nichts.

Jede Umdrehung seines Fahrradpedals lässt das Gesicht des Butterspendermannes und dessen alles vernichtende Weisheit zurück an die Oberfläche seines Bewusstseins treten. Maximilians Leben war seit seiner Geburt von der festen Überzeugung geprägt, dass Erfolg jeder Art eine direkte Folge eigener Anstrengungen ist. Eine einfache mathematische Gleichung und das Gesetz, nach dem sich jede Gesellschaft und jede in ihr befindliche Person bewegt. Anstrengung + Zeit = Erfolg, es ist die einfachste Rechnung überhaupt, ein Naturgesetz, so unumstößlich wie die Schwerkraft oder der atomare Zerfall. Maximilian war sich bewusst, dass es Ausnahmen gibt, doch beim genaueren Blick zeigte sich bei ihnen immer ein individueller Fehler, die Ausnahmen waren zu dumm, zu arrogant, hatten zu schlechte Ideen und damit ihre Anstrengung in die falsche Sache gesteckt oder waren schlichtweg nicht ausdauernd genug. Das Scheitern des Butterspenders war für Maximilian nicht auf diese Art erklärbar.

Drei Pizzen und ein kleiner Becher Eis, der als Gratiszugabe heute bei jeder Bestellung über 25 € dabei war, wandern aus seinem Rucksack in die Hände einer Frau Anfang vierzig, die sich mit einer Hand voll Centmünzen und dem ins Haus gerichteten Schrei »PIZZA IST DA!« bei ihm bedankt.

Der Butterspender war vielleicht eine abwegige Erfindung, aber sie löste ein tatsächlich existierendes Problem, nicht nur aus Sicht des Gastes, sondern vor allem aus Sicht des Hoteliers. Mit dem Butterspender konnte man tatsächlich jede Menge Geld sparen, durch die Kühlung im Gerät müsste die auf das Büfett gestellte Butter nicht mehr jedes Mal weggeworfen werden, das System war außerdem appetitlicher und hygienischer als herkömmliche Butterdarreichungsformen. Kurzum: Der Butterspender war zwar im ersten Pitch skurril, aber keine per se schlechte Erfindung, ein klarer Investmentcase.

Zurück beim Laden, werden ihm gleich acht Pizzen in die Hand gedrückt. Maximilian muss jeden Zentimeter seines Rucksacks nutzen, um sie unterzubringen, das Gewicht der Lieferung ist deutlich spürbar und schaukelt sich bei jedem Brems- und Beschleunigungsvorgang etwas auf. Noch ein, zwei Wochen, dann ist wirklich Frühling und der Wind hört endlich auf, ihm sämtliche entblößten Hautschichten erst auszutrocknen und dann aufzusprengen. Der Winter, die Autofahrer und die Kundschaft sind die natürlichen Feinde der Fahrradlieferanten, das sagen die aus der Küche immer. Zumindest der erste dieser Feinde scheint bald besiegt.

Auch an mangelnder Risikobereitschaft oder fehlender Ausdauer des Butterspendermannes kann der ausbleibende Erfolg nicht festgemacht werden, alle zur Verfügung stehenden Ressourcen wurden investiert, um das einzige Ticket aus der Mittelmäßigkeit des geerbten Reichtums zu nutzen und den biederen Mittelstand zu verlassen, auch hier kann Maximilian keinen Fehler in der Gleichung entdecken. Der Erfolg hätte sich einstellen müssen und trotzdem saß dieser Mann neben ihm am Bahnsteig in Scheiß-Warburg in Scheiß-Westfalen.

Fuck, er hat das Eis vergessen. Quälend lang muss Maximilian vor dem mehr als repräsentativen Architektenhaus warten, bis nach dem Klingeln endlich die Tür aufgemacht wird, doch die Frau, die ihm die Kartons aus der Hand nimmt, scheint von der Aktion ohnehin nichts zu wissen. »Die Gäste müssen ja nicht wissen, dass die nicht hausgemacht ist«, flüstert sie ihm zu und gibt selbstverständlich kein Trinkgeld, Arschloch.

Wenn dem Mann mit dem Butterspender mit all den ihm zur Verfügung stehenden Mitteln, mit all seinen Verkäuferskills und seiner tatsächlich irgendwie nützlichen Erfindung, wenn dieser Mann an seiner eigenen Erfolglosigkeit zugrunde gehen kann, dann kann das nur heißen, dass es auch Maximilian treffen kann, und nicht nur Maximilian, sondern alle, jeden Einzelnen, ob Wolf oder Schaf, sie alle sind gleichermaßen abhängig von Faktoren weit außerhalb ihrer Kontrolle. Ganz gleich, wie sehr man sich anstrengt, ganz gleich, wie ernst es einem ist. Und wenn Anstrengung nicht zwin-

gend belohnt wird, wenn einem jederzeit alles hart Er-
arbeitete aus den Händen gerissen werden kann, dann
kann man das mit der Anstrengung auch gleich lassen.

Nicht anstrengen. Bringt nichts.

Nicht anstrengen. Bringt nichts.

Nicht anstrengen. Bringt nichts.

Nicht anstrengen. Bringt nichts.

Nicht anstrengen. Bringt nichts.

Auf die nächste Lieferung muss er ein paar Minuten
warten. Maximilian stellt sich nach draußen vor die
Filiale, lehnt sich an sein Fahrrad und schaut in sein
Handy.

»Auch eine?«

Ein orange gekleideter Unterarm schiebt sich in Maximilians Blickfeld, an seinem Ende eine Hand, die
eine Schachtel Zigaretten hält.

»Gern.«

Maximilian hat seit der Party zu Beginn seines Studiums nicht mehr geraucht, nichts verkörpert Ambi-
tionslosigkeit für ihn mehr als der Geruch kalten Zi-
garettenrauchs und der selbst verschuldete Zwang, alle
zwei Stunden vor die Tür zu treten. Aber wozu sich zurückhalten, wenn doch jede Anstrengung letzten Endes
sinnlos ist? Das Feuerzeug klickt, Maximilian nimmt
einen tiefen Zug, gegen den sich seine Lunge mit einem
vehementen Husten zu wehren versucht.

»Alles gut?«

Die starke Hand seines Kollegen schlägt ihm auf den

Rücken, bis das Husten aufhört und Maximilian einen zweiten, dieses Mal deutlich weniger tiefen Zug nimmt.

»Haste dir den Flyer mal angesehen?«

Maximilian nickt, er hat sich den Flyer zwar nicht angesehen, aber er weiß natürlich, was draufsteht.

»Kommste mal vorbei? Wär cool, wenn wir so viele wie möglich wären.«

Ruckartig steht Maximilian auf, wirft die Zigarette auf den Boden und tritt sie aus.

»Ja, ich komm vorbei.«

»Cool!«

Wenn schon nichts irgendwas bringt, dann kann so eine Gewerkschaft auch nichts mehr schaden, letztlich spielen sie ja doch im selben Team. Maximilian packt die nächste Fuhre in den Rucksack und macht sich auf seine Tour, zum Abschied nickt er seinem Lieferkollegen zu, der ihm fröhlich winkt.

»Bis Mittwoch, Genosse!«

Maximilian grinst den Fahrtwind an. Ein einziger Aufenthalt am Warburger Bahnhof und schon war er vom Wolf zum Genossen geworden.

Als er sich an diesem Abend ins Bett legt, ist es genau zwei Wochen her, dass er den letzten Inhalt für Krach Consulting auf irgendeiner Plattform gepostet hat. Zum ersten Mal seit zwei Jahren kein Beitrag, kein Video, keine Story, kein Blogpost, keine Nachricht in die Gruppe. Keine Predigt, keine Lüge, kein Beschwören der Zukunft, keine Rede über Wölfe und Schafe, kein

\$EGO, keine einzige Erwähnung des Wortes »Mindset«. Kein einziger Gedanke über die anderen, über den Neuen, kein Funken Neid auf deren Autos, deren Deals und die Reichtümer, zu denen er ihnen verholfen hat.

Maximilian könnte sich daran gewöhnen.

==

»Fuck, glaubst du, er denkt, das wäre ein Date?«

Yasmin stößt eine dichte Wolke weißen Dampfs aus, dessen durchdringend süßlicher Geruch nach »Blueberry Ice« auch an der vermeintlich frischen Luft wie eine Wand stehen bleibt.

»Männer denken, absolut alles wäre ein Date. Du schaust sie versehentlich im Supermarkt an und sie denken, du willst direkt heiraten, du stößt beim Tanzen im Klub an einen und er denkt, du würdest flirten. Klar denkt dieser Typ, das wäre ein Date, ich mein, du hast ihn in der App gefragt, ob er sich mit dir treffen will!«

Schweigend zieht Yasmin ein zweites Mal an der quietschbunten E-Zigarette und gibt sie dann ihrer Besitzerin zurück.

»Ist es denn ein Date?«

Gespielt entrüstet atmet Yasmin aus und lässt dabei unregelmäßige Wolkenformationen des Blaubeer-Minz-Dampfs aus Nase und Mund quellen, Melisa lacht und zieht an dem USB-Stick-großen Plastikstück.

»Bei dir kann man sich wenigstens darauf verlassen, dass du nichts mit dem Feind anfängst.«

Das Gespräch ebbt ab, doch die Stille ist nicht unangenehm, sondern warm und vertraut. Schweigend blicken die beiden ins sich vor ihnen erstreckende Grau Mülheims, das trotz der Strahlen der frühlingshaften Spätnachmittagssonne und des geschäftigen Treibens wie eine Geisterstadt wirkt.

»Wann fährt dein Zug?«

Yasmin wirft einen kurzen Blick auf die Bahn-App, sechzehn Minuten sind es noch, bis sie der RE6 über Essen, Dortmund und Hamm bis Gütersloh fahren wird, eine Stadt, in der sie noch nie war, von der sie aber weiß, dass es dort aussieht wie hier. Ihr Vorhaben war definitiv leichtsinnig und unnötig, doch die Neugier darauf, was für ein Typ Mensch dieser Mirko ist, lässt sich nicht anders als durch die ihr bevorstehende eineinhalbstündige Fahrt durch Nordrhein-Westfalen stillen. Seit ein paar Tagen hatten sie miteinander geschrieben, bereitwillig hatte er ihr wirklich jede Frage über Krach Consulting beantwortet. Yasmin hatte irgendwie etwas mehr Geheimniskrämerei erwartet, hatte gedacht, dass sich dieser wie ein Kult wirkende Haufen Männer etwas mehr abschotten würde. Stattdessen war Mirko geradezu versessen darauf, ihr wirklich alles über Krach Consulting, das Programm GENESIS EGO und all die mit ihm verbundenen Details zu erzählen. Es folgten Abhandlungen über das Projekt der gemeinsamen Kryptowährung $EGO, die so lang waren, dass Yasmin scrollen musste, um sie zu lesen. Gegenfragen stellte Mirko keine, es ging vor allem um seine Ziele mit Krach Consulting und natürlich um den Gründer dieser Firma, Maximilian Krach. Nicht einmal der Form halber wurde auch nur irgendein privates Thema angesprochen, Mirko wirkte wie eine leere Hülle, die glücklich war, mit Krach endlich einen Inhalt gefunden zu haben. Sosehr sie auch forschte, Mirko schien wirklich einzig und allein dafür zu leben, die frohe Botschaft von Krach Consulting zu verkünden, absolut alles ließ sich für ihn in der Logik aus Wölfen und Schafen, Mindset, Disziplin und Ego erklären.

Einzig bei der Frage, ob denn auch Frauen bei ihnen willkommen wären, geriet er ins Schwimmen. Fast einen ganzen Tag ließ seine Antwort auf sich warten, bevor er ein »Prinzipiell ja« in den Chat schickte und Yasmin laut lachen ließ. »Prinzipielle Gleichberechtigung« klang wie die Pointe der bisherigen Menschheitsgeschichte. Beirren ließ sie sich davon nicht, diese Art nach außen selbstbewusster, innerlich aber immer noch pubertär verunsicherter Männer begegnete ihr öfter. Sie sind keine direkte Gefahr, sondern eher traurige Gestalten, die nach der ersten Abweisung plötzlich eine lange Leidensgeschichte ausbreiten, in der Hoffnung, durch Mitleid doch noch an die ersehnte Zuneigung zu kommen, und mit dem Plan B, es andernfalls mit gebrochenem Herzen woanders zu versuchen. Ganz sicher lästig, ganz sicher peinlich, aber keine allzu offensichtliche Bedrohung, das Risiko ihrer Reise ist einigermaßen kalkulierbar.

Yasmins Magen knurrt leise, als sich die Türen in Rheda-Wiedenbrück schließen, vielleicht hätte sie vor der Reise etwas essen sollen, irgendein Le-Crobag-Sandwich für 9 € oder eines dieser Fleischkäsebrötchen, deren beißender Geruch ganze Waggons leer fegen kann, schade, zu spät. Der Regionalexpress setzt sich ein letztes Mal in Bewegung, gleich kommt Yasmin in Gütersloh an, es gibt kein Zurück mehr. »Das ist eine richtige Scheißidee«, schreibt sie Melisa, bevor sie sicherheitshalber ihren Live-Standort mit ihr teilt und postwendend ein augenrollendes Emoji kassiert.

Die Provinzialität des Gütersloher Bahnhofs erschlägt Yasmin förmlich. Mülheim, dessen Tristesse ihr vollauf bewusst ist, gibt sich wenigstens etwas Mühe, den Anschein eines urbanen Raums zu geben, in Gütersloh scheint man selbst dem hoffnungsvollsten Neuankömmling noch vor dem ersten Schritt in die Stadt jede Hoffnung nehmen zu wollen. Yasmin geht vorbei an Bahnhofsbäckerei, Buchhandlung, Kiosk und Edeka Express in Richtung des Hauptausgangs, an dem ein junger Mann mit offener Winterjacke und Kopfhörern in den Ohren in die Leere starrt. Fuck, das muss er sein.

=

Ein richtiges Date.

Und er hatte es noch nicht mal drauf angelegt.

Der Gedanke daran, dass er einen derartigen Erfolg ansonsten sofort mit der Gruppe geteilt hätte, schmerzt Mirko. Wie gern er gezeigt hätte, dass GENESIS EGO wirklich jede Ebene seines Lebens durchdrungen hatte, wie gern er einen Erfolg vorweisen würde, den er sich nicht hatte ausdenken müssen, doch die Gruppe liegt brach. Keine Nachrichten, keine Posts, kein Lebenszeichen, nicht von Krach, mittlerweile noch nicht mal mehr von den anderen. Ob sie sich genau solche Sorgen machen wie er? Wahrscheinlich nicht, sie haben Besseres zu tun. Krach Consulting war für sie nur ein kleiner Zeitvertreib, ein lustiges Programm zwischen den Meetings, für Mirko ist es die Welt. War es die Welt? Ist es die Welt gewesen? Was auch immer.

Die ihm im Takt der ankommenden Züge entgegenschlagenden Wellen eintreffender Menschen schwappen an ihm vorbei. Noch knapp zwanzig Minuten bis zum vereinbarten Treffpunkt, doch Mirko steht jetzt schon bereit, den Blick leicht über die Menge gerichtet, stetig Ausschau haltend nach ihr, nach Yasmin, die sich ungeheuerlicherweise tatsächlich mit ihm treffen möchte. Den ganzen Tag hatte er sich eingeredet, dass er kein bisschen aufgeregt sei, schließlich möchte er ja gar niemanden kennenlernen zurzeit. Beziehungen, Gefühle, all das stünde seiner persönlichen und professionellen Entwicklung im Weg. Er muss sowieso erst alles Geschäftliche regeln, etwas aus sich machen, sein finanzieller Marktwert bestimmt seinen Wert auf dem Datingmarkt, das hängt alles miteinander zusammen. Ohnehin solle man lieber gar keine ziellosen Beziehungen haben, das koste zu viel Energie und die fehle einem dann bei den wirklich wichtigen Dingen.

Und so war Mirko kein klitzekleines bisschen aufgeregt, als er seine Wohnung auf den Kopf stellte, jede Staubfluse entfernte und bei jedem Gegenstand doppelt und dreifach erwog, ob er seine Attraktivität gegenüber Yasmin eher steigern oder verringern würde. Mirko war auch kein kleines bisschen aufgeregt, als er sein schönstes Polohemd bügelte, sein geplantes Outfit noch zweimal verwarf, um dann doch zum ursprünglichen zurückzukehren und sich in eine überwältigende Masse an duftenden Duschgels, Deos und Parfüms zu hüllen, die er schließlich panisch unter der Dusche abwusch, um einen reduzierteren Duft aufzutragen, den er kurz vor seinem Aufbruch zum Bahnhof mit zwei gezielten und keineswegs zurückhaltenden Schüben Deo übertünchte und damit genauso unzufrieden war wie zuvor. Ganz bestimmt war er auch nicht aufgeregt, als er das Grundkonzept seiner Frisur überdachte, verschiedene neue Varianten ausprobierte, sie alle verwarf und seine Haare schließlich so scheitelte, wie sie in letzter Zeit immer gescheitelt waren, und sich dafür verfluchte. Keine Spur von Aufregung.

Als die Uhr auf seinem Smartphonedisplay auf 18.06 springt, macht Mirkos Herz einen Satz und beginnt zu rasen, der RE6 aus Köln Richtung Minden ist gerade planmäßig in Gütersloh eingetroffen und spuckt bereits die ersten Fahrgäste in die Bahnhofshalle, in jeder Sekunde könnte sie sich in sein Sichtfeld schieben und auf ihn zukommen und dann ... ja, was dann? Soll er sie anlächeln? Ihr entgegenkommen? Auf sie warten? Würde sie ihn überhaupt erkennen? Würde er sie überhaupt erkennen? Würde sie überhaupt kommen? Ist es vielleicht gar kein Date? Wurde Yasmin nur vorgeschickt? Was, wenn das alles nur ein Prank ist, eine raffinierte Lektion von Krach, ein letztes Einführungsritual, bei dem er beweisen soll, dass er sich auf seinem Pfad in Richtung des maximalen Erfolgs von nichts abbringen lassen würde. Würde Krach so was machen? Das wäre doch viel zu viel Aufwand, selbst für jemanden wie Krach. Andererseits, wenn jemand so einen Plan nicht nur erdenken, sondern auch ausführen kann, dann ja wohl Krach. Aber so einfach würde sich Mirko nicht verarschen lassen. Er ist auf alles vorbereitet, selbst wenn die höchste Führungsebene versuchen würde, ihn zu testen. Er wird die Situation antizipieren, allen gegen ihn gesponnenen Plänen einen Schritt voraus sein. Mirko würde Yasmin erwarten, würde sie dazu bringen, ihre tatsächliche Motivation zu gestehen, und dann könnte Krach gar nicht anders, als zurückzukehren, und dann würde er Mirko vor allen anderen loben, weil er ganz allein herausgefunden hätte, dass –

»Hi! Du bist Mirko, oder?«

Mirko zuckt zusammen und bewegt sich instinktiv von der Geräuschquelle weg. Ohne ihm eine Chance auf eine angemessene Reaktion zu lassen, wird ihm eine Hand entgegengestreckt, die er aus Reflex schüttelt, bevor er realisieren kann, wem sie gehört.

»Ich bin Yasmin!«

»... Mirko.«

Yasmin nickt freundlich, als wäre die gestammelte Erwiderung seines eigenen Vornamens ein intellektueller Geistesblitz gewesen. Nur wenige Sekunden und doch schmerzhaft lang stehen die beiden wortlos nebeneinander in der Halle des Gütersloher Bahnhofs.

»Und wo gehen wir jetzt hin?«

Yasmins entwaffnende Frage wird begleitet von einem noch entwaffnenderen Lächeln. Sollte sie ein von Krach organisierter Test sein, dann fällt er gerade durch.

Bitte lass das ein Date sein.

Die Mirko umgebende Wolke aus dem süßlichen Duft eines zu großzügig aufgetragenen Deos trifft Yasmin wie ein Kinnhaken, selbst die durch die Länge ihres zum Handschlag ausgestreckten Arms bemessene Distanz ist ihrem gequälten Geruchssinn noch zu kurz. Ihr Zug war auf die Sekunde pünktlich angekommen, Mirko scheint von ihrem Eintreffen trotzdem heillos überfordert zu sein. Sein verstörend unnatürliches Lächeln beseitigt dann ihren letzten Funken Hoffnung.

Für ihn ist das hier definitiv ein Date.

Der winzige Rest Eloquenz, den sein gestammeltes »... Mirko« noch hatte, verschwindet mit seiner Reaktion auf ihr »Und wo gehen wir jetzt hin?«. Hilflos beginnt er gleich mehrere Sätze auf einmal und bricht sie nach den ersten Silben wieder ab, dann dreht er sich auf dem Absatz um und nimmt den Bahnhofsvorplatz ins Visier. Kurz überlegt Yasmin, ob sie nicht einfach ihrerseits umdrehen und den nächsten Zug zurück nach Mülheim nehmen soll, doch dann würde sie als Verliererin nach Hause zurückkehren, wie jemand, der die Welt umrunden wollte und es nur nach Erfurt oder so geschafft hat. Sie folgt Mirko nach draußen und muss erstaunt feststellen, dass ganz Gütersloh anscheinend im Stil der gerade eben verlassenen Bahnhofshalle gestaltet worden ist. Grau mischt sich mit Graubraun und Schwarzgrau, der Versuch einer Begrünung löst Mitleid mit den Pflanzen aus, die zu dieser unlösbaren Aufgabe verdonnert wurden. Kein Wunder, dass Mirko so geworden ist, wohin hätte er sich in dieser Stadt sonst flüchten sollen als in die Fänge eines digitalen Rattenfängers? Vielleicht in den Alkoholismus, es ist Interpretationssache, welche der beiden Optionen die bessere ist. Nach ein paar Hundert Metern bricht Mirko seinen schnellen Schritt plötzlich ab, bleibt stehen und dreht sich erneut ruckartig um.

»Wollen wir einfach zu mir?«

=

Ihr entgeistertes Gesicht ist die schlimmstmögliche Antwort, die er sich auf diese Frage hat vorstellen können.

»Mirko, ich weiß nicht, was du denkst, und versteh mich bitte nicht falsch, aber das ist kein Date.«

Ihr Ton hat etwas von einer einfühlsamen Kindergärtnerin, die dem Sorgenkind ihrer Gruppe zum fünften Mal erklärt, dass es sich doch bitte nicht die Buntstifte in die Nase stecken soll. Trotz der Sanftheit ihres Tonfalls fühlt sich jedes ihrer Worte wie ein Stich an. Er hätte es wissen müssen, natürlich ist das kein Date, wie konnte er glauben, dass das ein Date ist? Sein aufwallender Selbsthass muss in seinem Gesicht ablesbar sein, doch Yasmin macht keine Anstalten, ihn irgendwie zu beschwichtigen.

»Ich bitte dich, was hast du denn gedacht? Der erzähl ich mal so richtig viel über meine komische Männersekte, darauf steht die bestimmt?«

Yasmins Ton ist weder schnippisch noch gehässig, sie erklärt Mirko einfach nur mit ruhigen, einfach zu verstehenden Worten, wo er falschliegt und was er aus der Situation lernen kann.

»Kleiner Tipp, mein Lieber, wenn du mal ein richtiges Date haben willst, dann tu doch zumindest so, als ob du dich für dein Match interessieren würdest, nur eine einzige Sekunde. Lüg wenigstens!«

Mirko versucht, einige entschuldigende oder zumindest erklärende Worte unterzubringen, doch Yasmin würgt ihn ab.

»Ich erklär dir jetzt, wie der Rest des heutigen Abends abläuft: Wir suchen uns jetzt ein Café oder eine Kneipe, von mir aus einen McDonald's, und dann erklärst du mir alles. Du erklärst mir, was Krach Consulting ist, du erklärst mir, was GENESIS EGO ist, aber vor allem erklärst du mir, wer Maximilian Krach ist, und erzählst mir alles, was du über ihn weißt.«

Ein Nicken, ein Schlucken, dann ein tiefes Seufzen, Mirkos Körper reagiert, bevor es sein Gehirn hinbekommt, irgendeine Antwort zu formulieren. Wenn es eine Möglichkeit gibt, ein Date zu verlieren, dann ist es das, was hier gerade passiert. Yasmin grinst ihn an und schlägt ihm spielerisch mit der Faust auf die Schulter.

»Mein Gott, dir haben sie wirklich das Gehirn gewaschen.«

Yasmins versöhnliches Lächeln wird zu einem lauten Lachen, Mirko stimmt unweigerlich in ihr Gelächter ein. Gut möglich, dass sie ihn auslacht, aber wie könnte er ihr das übel nehmen. Mit jeder Sekunde wird ihm etwas mehr Last von den Schultern genommen.

»Also, wo gehen wir hin?«

Mirko wohnt seit mehr als sieben Jahren in Gütersloh. Er hat nicht den blassesten Schimmer, wo man hier etwas trinken gehen könnte.

=

Yasmin setzt sich im Bus demonstrativ nicht neben Mirko, sondern auf die Sitzbank gegenüber. Der Gang zwischen ihnen sollte Versicherung genug sein, damit auch er versteht, dass das hier nicht mal der Hauch eines Dates ist, ganz gleich, was ihm sein von jeglichem Sinn für zwischenmenschliche Kommunikation entkoppeltes Gehirn auch einreden mag. Natürlich ist es nicht optimal, dass der Rest des Treffens in seiner Wohnung stattfindet, sicher hätte sie einen öffentlichen Ort bevorzugt, doch ihr Gespür sagt ihr, dass Mirko nicht der Typ ist, um sie zum unfreiwilligen Gegenstand eines True-Crime-Podcasts zu machen. Oberflächlich betrachtet war der Umstand, dass er nach einem knappen Jahrzehnt in Gütersloh keinen einzigen Laden kennt, in dem man sich abends ein Getränk bestellen könnte, das lustigstmögliche Armutszeugnis für ihn und die Stadt. Widmete man diesem Umstand einen zweiten Gedanken, offenbarte sich seine tiefe Traurigkeit. Mirko war kein einziges Mal mit Freunden unterwegs gewesen, kein einziges Mal mit Kumpels saufen, kein Date, kein Essengehen mit den Eltern bei einem ihrer Besuche, noch nicht mal eine einsame Riesenpizza in der L'Osteria war ihm je vergönnt. Yasmin überkommt ein schweres Gefühl von Mitleid für Mirko, das ihr selbst unangebracht und überheblich erscheint, vielleicht ist Mirko ja glücklich damit, vielleicht sieht sein Lebensentwurf einfach nicht das gleiche Maß an sozialer Interaktion vor wie ihrer, kann ja sein, vielleicht ist sie da einfach ein bisschen intolerant und voreingenommen.

Der Bus bleibt mit dem zischenden Geräusch der Druckluftbremsen abrupt stehen, Mirko steht auf und bedeutet ihr, ihm zu folgen.

»Hübsch hier!«

Mirko geht auf ihren Small-Talk-Versuch dankend ein und erklärt ihr auf dem kurzen Weg zu sich nach Hause, wo hier in der Gegend was liegt, welchen Bus er zum Fitnessstudio nimmt und dass er lieber zu Lidl als zu Edeka geht. Es ist beinahe ein normales Gespräch, fünf Sätze hintereinander, ohne ein einziges Mal »Krach« zu erwähnen, muss eine Premiere für ihn sein.

Weder das dunkle Treppenhaus noch der Anblick von Mirkos Wohnung halten für Yasmin irgendetwas Überraschendes bereit, Orte wie diesen hat sie schon öfter gesehen, als ihr lieb ist, es ist die Art Wohnung, die immer irgendwie schmuddelig bleibt, egal wie gewissenhaft man putzt, die immer ungemütlich bleibt, selbst wenn man einen Kachelofen darin befeuern würde. Es ist die Wohnung eines alleinstehenden Mannes in seinen Zwanzigern. Einen beißenden Kommentar, dass es hier irgendwie wenig nach dem unbegrenzten Vermögen eines fleißigen Jungunternehmers aussieht, verkneift sie sich, Mirko hat heute noch genug zu leiden.

Yasmin setzt sich auf einen der Stühle am Küchentisch, auf dessen Oberfläche noch deutlich Wischspuren zu sehen sind, Mirko scheint sich richtig Mühe gegeben zu haben. Im Versuch, ein guter Gastgeber zu sein, fragt Mirko, ob Yasmin irgendwas trinken will, Yasmin bittet um ein Glas Wasser, das ihr, weil sich alle Gläser in der hörbar noch laufenden Spülmaschine befinden, in einer Tasse mit der Aufschrift »Männlich, Intelligent, Risikobereit, Korrekt, Ordentlich« serviert wird. Die Worte stehen untereinander, sodass ihre Anfangsbuchstaben MIRKO ergeben. Wer auch immer ihm diese Tasse geschenkt hat, scheint ihn nicht besonders gut zu kennen.

Der erste Schluck schmeckt, wie Wasser aus Tassen immer schmeckt. Unnatürlich und als ob sich eine dünne Schicht der Tasse bereits im Wasser aufgelöst hätte. Mirko hält kurz inne, bevor er ihr gegenüber Platz nimmt, als ob er das Unvermeidbare damit herauszögern könnte, doch Yasmins Blick ist unmissverständlich. Aus dieser Situation gibt es für ihn kein Entrinnen. Mit dem tiefen Seufzen eines unsportlichen Kindes, das bei den Bundesjugendspielen zum Weitsprung aufgerufen wird, setzt sich Mirko hin.

»Womit soll ich anfangen?«

Yasmin muss kurz überlegen. Womit soll er anfangen? Seiner Kindheit? Noch besser seiner Geburt? Vielleicht

lässt sich im Dickicht seiner Lebensgeschichte irgendwie erahnen, wie er jemals auf die Idee kommen konnte,
dass der einzige Weg zur Selbstverwirklichung die komplette Aufgabe seines Selbst ist? Yasmin setzt zu einer
Antwort an, wird jedoch vom aggressiven und deutlich
hörbaren Knurren ihres Magens unterbrochen.

»Wie wär's, wenn wir uns 'ne Pizza bestellen und du
mir dann erklärst, wer Maximilian Krach ist?«

Steif holt Mirko sein Handy aus der Hose und bietet Yasmin noch steifer an, dass er das Essen bezahlen
würde, ein Angebot, das Yasmin nur zu gern annimmt.

»Aber bestell bitte direkt bei der Pizzeria und nicht
über eine dieser Scheiß-Liefer-Apps.«

Mirko nickt, wischt kurz auf seinem Handy herum,
scrollt kurz durch die Speisekarte, scheint fündig geworden zu sein und nickt Yasmin zu.

»Und für dich?«

Yasmin nimmt Mirko das Handy aus der Hand und
wischt sich bedächtig durch die Speisekarte, dann noch
mal von unten nach oben, schließlich ein drittes Mal.

»Kleine Margherita bitte.«

=

Der Pizzatracker™ der App bestätigt den Eingang seiner
Bestellung und prognostiziert ihre Lieferung in rund
fünfundzwanzig Minuten.

»Also, wer ist Maximilian Krach?«

Nichts erklärt Mirko lieber als das, aber dafür muss er am Anfang anfangen. Ganz am Anfang. Er erzählt von seinem Job als IT-Service-Techniker, in dem er nach fast zehn Jahren immer noch »der Neue« ist, erzählt von dem ersten Mal, als Maximilian Krach auf seinem Handydisplay erschienen ist, erzählt von der aufkeimenden Hoffnung auf einen Ausweg, wie das Gefühl, etwas Besonderes zu sein, jeden Tag erträglicher machte. Fast eine halbe Stunde redet er darüber, wie Krach Consulting zu seinem zentralen Lebensinhalt wurde, irgendwie brannte es ihm auf den Lippen, endlich all das loszuwerden. Als er beim Seminar in Mülheim ankommt, unterbricht ihn Yasmin.

»Im Holiday Inn Express?«

Mirko ist verwirrt und bejaht zögerlich, doch sie zuckt nur mit den Schultern, als wäre nichts, und zwingt ihn dazu, fortzufahren, bis er beim abgesagten Seminar, der darauffolgenden Funkstille und schließlich am heutigen Tage ankommt. Yasmin hat dem Ganzen durchaus interessiert zugehört, aber bekommen, was sie wollte, hat sie anscheinend nicht.

»Warst du schon mal bei ihm zu Hause?«

Mirko verschluckt sich beinahe an seiner eigenen Spucke, so eine dreiste Frage können nur Schafe stellen. Ihm gelingt es kaum, in seiner Antwort die Empörung zu verstecken, selbstverständlich war er noch nie bei ihm zu Hause, Männer wie Krach leben in Londoner Lofts, in Berliner Suites, in New Yorker Penthouses, zwischen denen sie umherjetten. Um solche erhabenen Orte betreten zu dürfen, ist Mirko längst noch nicht wichtig genug. Sein Handy vibriert, das Display leuchtet auf.

Pizzatracker™: IHR FAHRER IST AUF DEM WEG.

Yasmin lacht das arrogante Lachen einer Ahnungslosen, zieht ihr Handy aus ihrer über dem Stuhl hängenden Jacke, wischt zwei-, dreimal darauf herum und dreht das Display schließlich zu ihm. Der Kartenausschnitt von Google Maps zeigt eine Straße irgendwo in einem Industriegebiet von Gütersloh, dessen Grau noch grauer ist als das Grau der restlichen Stadt. Markiert ist ein nichtssagendes mehrstöckiges Bürogebäude, in das sich mehrere ebenso nichtssagende Firmen eingemietet haben.

»Diese Adresse hat er beim Check-in hinterlassen. Hast du nach der Pizza Bock auf'nen kleinen Ausflug?«

Check-in? Mirko braucht einen Moment, bis die Puzzleteile in seinem Gehirn an die richtigen Stellen fallen, der Moment der Erkenntnis lässt seine flache Hand auf die Tischplatte knallen.

»FUCK!«

Mirko springt auf und spricht jetzt etwas zu laut.

»Das Hotel in Mülheim! Du bist die Rezeptionistin!«

Noch bevor sie etwas erwidern kann, klingelt es an der Tür. Pizza ist da. Mirko geht zur Wohnungstür, bellt ein »Zweiter Stock bitte!« in den Hörer der Gegensprechanlage, öffnet mit einem Druck auf den Summer die Haustür, beginnt, in einem auf einer Kommode stehenden Schälchen nach etwas Kleingeld zu wühlen, und wirft Yasmin durch die offene Küchentür ein unsicheres Lächeln zu. Sekunden später klopft es an der Wohnungstür, Mirko werden zwei Pizzakartons in die Hand gedrückt.

Dann erstarrt er.

＝

Irgendetwas sagt Maximilian der Name auf dem Klingelschild, doch er kommt einfach nicht drauf. Schon nach dem ersten von zwei Stockwerken hört er auf, darüber nachzudenken, »Mirko Mihalic« ist vielleicht kein Allerweltsname, aber durch die Dopplung der Anfangsbuchstaben einfach zu verwechseln, vielleicht erinnert ihn der Name an irgendeinen Klassenkameraden, irgendeinen Kommilitonen, Menschen gingen in Maximilians Leben einmal ein und aus.

Der recht ungeduldigen Stimme an der Gegensprechanlage nach zu urteilen, ist bei dieser Bestellung nicht mit einem großen Trinkgeld zu rechnen, Maximilian tippt auf einen, maximal zwei Euro. Die große Pizza mit extra Salami und die kleine Margherita sind eine klassische Pärchenbestellung, irgendein Mann zwischen Mitte zwanzig und Ende dreißig wird ihm gleich die Tür öffnen, ihm ein paar Münzen in die Hand drücken und die sonstige Interaktion auf ein absolutes Minimum beschränken. Maximilian holt die beiden Kartons aus seinem Rucksack, klopft an der Wohnungstür und wartet. Als die Tür sich öffnet, drückt er wie erwartet einem jungen Mann die beiden Pizzen in die Hand.

Dann erstarrt er.

=

Yasmin bemerkt sofort, dass irgendetwas nicht stimmt. »Alles gut?«, ruft sie Mirko aus der Küche zu. Als eine Antwort ausbleibt, steht sie auf, um nachzusehen, was los ist. Sie erkennt den Mann im Türrahmen sofort.

»Oh fuck.«

KAPITEL 9

Als der Wecker seines iPhones um Punkt sechs Uhr beginnt, den eingestellten Klingelton abzuspielen, ist Maximilian heillos überfordert. Mit hilflosen Schlägen in die ungefähre Richtung der Geräuschquelle versucht er, das Handy zum Schweigen zu bringen, irgendwann ertastet er es und trifft tatsächlich den richtigen Bereich des Bildschirms. Der Alarm verebbt, Maximilians Überforderung bleibt. Wieso hatte er den Wecker gestellt? Mühsam richtet er sich auf der am Boden liegenden Matratze auf und nimmt sein Handy von einem der unausgepackten Umzugskartons.

KALENDER

Ereignis heute 11 Uhr

SEMINAR GENESIS EGO

Ort: Premier Inn, Wolfsburg

Mit dem Handrücken wischt sich Maximilian den letzten Rest Schlaf aus den Augen, sieht zu, wie das Licht seines Handydisplays aufgrund ausbleibender Interaktion erlischt, wendet den Blick schließlich von dem schwarzen Viereck ab und fokussiert einen Punkt, der sich kilometerweit hinter einer der noch kahlen Zimmerwände zu befinden scheint. Hinter Maximilian liegen Wochen, in denen jeder einzelne Tag sein gesamtes Leben neu ordnete.

Stunden hatte Maximilian damit verbracht, in Mirkos Küche sitzend alles zu erklären, obwohl es nichts zu erklären gab. Mirko, Yasmin und er selbst hatten in der Sekunde, in der er als Pizzalieferant vor der Wohnungstür erschien, verstanden, was passiert sein musste. Maximilian hatte sich den Moment seines Auffliegens Hunderte Male ausgemalt, hatte sich Dutzende Szenarien vorgestellt und überlegt, wie er dem Unvermeidlichen mit Ausreden, Erpressung oder notfalls dramatischen Verfolgungsjagden entgehen könnte. Doch als es so weit war, regte sich nichts in ihm, kein Fluchtinstinkt, kein Entsetzen, noch nicht mal der Reflex einer Notlüge. Da war nur die Resignation eines Verurteilten, der die Treppe zum Galgen hinaufgeführt wird. Kein Gefühl außer einem winzigen bisschen Erleichterung als kleiner funkelnder Stern am dunklen Nachthimmel über dem Ende von Krach Consulting.

Den beißenden Spott Yasmins ertrug er, den hatte er sich verdient. Unerträglich war nur das Schweigen Mirkos, der dasaß und stumm lauschte, während Maximilian erzählte. Sein Gesicht blieb regungslos, als er von den gefälschten Uhren, den gestellten Fotos, den gekauften Followern und dem Schlafplatz im gemieteten Büro erzählte, der doch nicht ganz so übergangsweise war wie ursprünglich geplant. Yasmin begleitete jeden seiner Sätze mit einem hämischen Grinsen, das sie nur unterbrach, wenn sie schallend lachen musste. Jetzt, mit etwas Abstand, verstand Maximilian, was sie an den letzten Jahren seiner Lebensgeschichte so urkomisch fand. Es war längst dunkel, als sie sich verabschieden musste, um den letzten Zug zurück nach Hause zu bekommen. »Die 219,95 € zahlst du einfach irgendwann, die sind mir scheißegal, mach dir keinen Stress«, sagte sie im Hinausgehen. Wenigstens etwas.

Zurück blieb ein wortloser Mirko, der im kalten Schein der Energiesparlampe an seinem Küchentisch saß und sichtlich um Worte rang, bis er Maximilian schließlich fragte, ob er nicht eigentlich arbeiten müsse. Die Sache mit der Arbeit als Pizzalieferant hatte sich nach den zahlreichen Anrufen und den vom Besorgten ins Wütende wechselnden Nachrichten seines Chefs ziemlich sicher erledigt. Maximilian hatte erwartet, dass Mirko ihn konfrontieren und Vergeltung oder wenigstens Wiedergutmachung suchen würde, doch auch Mirko schien vollständig leer zu sein. Ihr Gespräch bestand aus der Sorte Small Talk, den nur Männer Mitte zwanzig miteinander führen können. Es war nicht mehr als ein kurzes Abtasten zur Themenfindung, ein Suchen nach dem kleinsten gemeinsamen Nenner, das sich irgendwo zwischen Sport, Filmen, Musik und Essen in wohliger Nebensächlichkeit verlor. Es war kurz nach Mitternacht, als Maximilian zögernd sagte, dass er

dann so langsam mal gehen müsste. Mit großer Ernst-
haftigkeit begleitete ihn Mirko zur nur wenige Schritte
entfernten Wohnungstür, ignorierte Maximilians zum
Handschlag ausgestreckten Arm, umarmte ihn fest und
flüsterte, als sein Mund direkt neben Maximilians Ohr
war, das endgültige Todesurteil für Krach Consulting.

»Du musst es den anderen sagen.«

Natürlich musste er das. Noch in derselben Nacht
teilte Maximilian auf jedem Kanal, auf jedem Profil, auf
jeder Website und in der Chatgruppe von Krach Consulting dieselbe Nachricht. Ein schwarzes Quadrat mit
den eleganten goldenen Buchstaben verkündete den
Followern, egal ob gekauft oder real:

NICHTS IST ECHT.

KEINE WÖLFE. KEINE SCHAFE.

ERFOLG IST GLÜCK.

NICHT ANSTRENGEN. BRINGT NICHTS.

ALLES WAR FALSCH.

KRACH CONSULTING IST VORBEI.

Maximilian hatte sich ein größeres Echo auf diese Ver-
kündung erwartet, einen Aufschrei, vielleicht Zeitungs-
artikel und Interviewanfragen, Auftritte in Talkshows,
»Maximilian Krach: wie ich alle getäuscht habe«, doch
da kam nichts, einfach gar nichts. Selbst in der Chatgruppe gab es keine Diskussion, Krach Consulting war
wirklich vorbei. Die ausbleibende Reaktion auf sein
Geständnis katapultierte Maximilian zurück in eine
Realität, in der sein Leben neu begann. Gleich am

nächsten Tag begab er sich auf eine streng budgetierte Wohnungssuche, die ihn aus der gemieteten Gewerbeimmobilie in ein richtiges Zuhause führen sollte. Der Traum von einer kleinen hellen Wohnung, in der er als geläuterter Sünder neu anfangen konnte, löste sich schnell auf, erst als Mirko vorschlug, dass er doch übergangsweise in das ungenutzte Zimmer seiner Wohnung ziehen könne, konnte Maximilian die Kartons packen und das Feldbett im Büro für immer verlassen. Mirko und er waren jetzt Mitbewohner, die Putzpläne vereinbarten, füreinander einkauften und sich ab und zu in der Küche miteinander unterhielten, manchmal spielten sie auf Mirkos Computer gegeneinander FIFA, meistens gingen sie sich höflich aus dem Weg. Sie beide hatten jede Erwähnung von Krach Consulting in stiller Übereinkunft gemieden, sie waren noch nicht so weit, vielleicht würden sie nie so weit sein. Maximilian hatte abgeschlossen, die Aufräumarbeiten zogen sich noch, Accounts mussten stillgelegt und Nummern gelöscht werden, sicher war nur, dass es wirklich vorbei war. Hin und wieder holte ihn seine Vergangenheit ein, mal war es eine E-Mail einer Hotelkette, die ihm 25 % Rabatt bei seiner nächsten Buchung versprach, mal war es sein Blick, der auf den Schuhkarton mit den gefälschten Uhren fiel. Heute war es die Erinnerung an sein Seminar in Wolfsburg.

Die einzig richtige Reaktion wäre es, die Pushbenachrichtigung einfach wegzuwischen und noch ein paar Stunden weiterzuschlafen, doch alles in Maximilian sträubt sich dagegen. Er sehnt sich nach einem eng sitzenden Anzug auf seiner Haut, nach dem Luftstrom an den nackten Knöcheln, nach der schweren Uhr am Handgelenk und dem durch nichts zu ersetzenden Gefühl, das ihm nur ein Raum voller ihm treu ergebener Wölfe geben kann.

Leise fällt hinter ihm die Wohnungstür ins Schloss, als er sich kaum eine halbe Stunde später auf den Weg zum Bahnhof macht und in den nächsten Regionalzug Richtung Minden steigt. Das ist kein Rückfall, redet er sich ein, nur eine Vergewisserung, dass wirklich alles vorbei ist. Nur mal vorbeischauen, sichergehen, dass die letzten Wochen keine Einbildung waren.

Der Zwischenhalt in Minden bleibt planmäßig kurz, nur der Anblick der stahlgitternen Wartebänke am Bahnsteig erinnert an die Erfahrungen, die er in Warburg machen musste. Ob der Mann mit dem Butterspender auch gerade unterwegs ist, um in irgendeinem Hotel doch noch Käufer für sein Produkt zu finden? »Bloß nicht anstrengen, bringt nichts«, hatte er gesagt, aber warum hatte er denn dann noch nicht aufgegeben? Irgendetwas schien ihn anzutreiben. Vielleicht war es das letzte Glimmen eines längst erloschenen Traumes, vielleicht eine tief sitzende Verzerrung der Realität, doch in jedem Fall gibt es da etwas. Auch bei sich spürt er dieses Glimmen: eine Hoffnung, dass die anderen ebenso wenig loslassen können wie Maximilian, dass bei den anderen auch heute Morgen die Erinnerung an den Seminartermin in Wolfsburg die Handydisplays aufleuchten ließ, dass auch sie von der Sehnsucht nach der Geborgenheit des Seminarraums in die Autos und Flughäfen getrieben werden. Theoretisch möglich, praktisch unwahrscheinlich, Maximilian hat mittlerweile eingesehen, dass niemand so sehr von Krach Consulting abhängig war wie er. Der leere Seminarraum wird ihn heilen.

Der Hauptbahnhof von Wolfsburg macht unmissverständlich klar, warum man diesen Ort »Autostadt« nennt. Die konzentrierte Tristesse des örtlichen öffentlichen Nahverkehrs lässt einen 60 000-€-SUV wie ein attraktives Angebot erscheinen, das man einfach annehmen muss. Maximilian bahnt sich den Anweisungen der Navigations-App folgend seinen kurzen Weg durch das, was Wolfsburger wohl »Innenstadt« nennen würden, tritt durch die automatische Schiebetür des Premier Inn und stellt sich an die unbesetzte Rezeption.

Verheißungsvoll glänzt im betont warmen Licht der Designlampen der silberne Knopf der Klingel auf dem Tresen, doch Maximilian widersteht der Versuchung. Sein Anliegen ist es nicht wert, jemandes Arbeit zu unterbrechen. Erst nach ein paar Minuten bemerkt ein Hotelmitarbeiter den wartenden Maximilian, bittet geflissentlich um Verzeihung und bestätigt im reflexhaft freundlichen Tonfall einer von einem Job mit Kundenkontakt gänzlich gebrochenen Person die

Reservierung des Tagungsraums »Ferdinand Piëch« für einen gewissen Herrn Maximilian Krach im Auftrag der Firma Krach Consulting. Maximilian nickt, nimmt den Schlüssel entgegen, nein, er braucht keine Hilfe, ja, er kennt sich aus.

Kurz nach halb zehn betritt Maximilian einen Tagungsraum, dessen betont helle Einrichtung ihn um jeden Preis zu einem Ort machen will, an dem sich Menschen gerne aufhalten. Maximilians Automatismen greifen, innerhalb weniger Minuten hat er die Stühle in Reihen angeordnet, den Raum abgedunkelt, den Laptop mit dem Beamer verbunden und die Bluetoothboxen positioniert. Zufrieden betrachtet er sein Werk, es sieht aus wie immer, als ob nie etwas passiert wäre, ganz so, als ob gleich das Rudel kommen würde. Im ruhig vor ihm liegenden Raum ist das Geräusch, mit dem er die Erinnerung an die Hochgefühle eines Seminars hinunterschluckt, deutlich zu hören. Noch zehn Minuten bis elf Uhr, noch zehn Minuten, bis ihm endlich bewiesen wird, was er längst weiß.

Im Bild der Frontkamera seines Handys zupft sich Maximilian der Form halber den Scheitel zurecht und überprüft den Sitz seines Kragens. Die Frequenz seines Herzschlags erhöht sich stetig, dieses Mal nicht aus Angst, es könnte etwas Unerwartetes geschehen, sondern wegen der Befürchtung, dass eine Erwartung eintreten wird. Stoisch steht Maximilian im Halbdunkel, nur das Licht des Beamers, der ein schwarzes Bild an die Leinwand hinter ihm projiziert, schenkt dem Raum ein bisschen Helligkeit. Maximilian hat keine Ahnung, wie viele Minuten ihm bis zum Seminarbeginn noch bleiben, doch er weiß, dass es bald so weit sein muss. Niemand wird kommen, der Raum wird leer bleiben, er war heute der Einzige, der sich an die Existenz von Krach Consulting und GENESIS EGO erinnert hat. Es ist vorbei.

Maximilian weiß nicht, dass es Punkt elf Uhr ist, als die Klinke der Tür zum Tagungsraum nach unten gedrückt wird und die Tür erst einen Spalt, dann ganz geöffnet wird. In den Raum tritt nacheinander ein knappes Dutzend junger Männer in Slim-Fit-Anzügen, deren knöchelfreie Beine in weißen Sneakers stecken und die sich in einer militärischen Mischung aus Ruhe und Geschwindigkeit auf die Stühle vor Maximilian verteilen. Kurz nachdem sich der Letzte von ihnen gesetzt hat, tritt auch Mirko durch die Tür, nickt Maximilian bedeutungsvoll zu, schließt die Tür und bleibt vor ihr stehen. Sie sind gekommen. Jeder einzelne von ihnen ist gekommen.

Doch warum sind sie gekommen? Sie wissen, dass Maximilian sie nirgends hinführen kann, sie wissen, dass Maximilian kein Wolf ist. Sollten sie nicht beschäftigt sein mit ihren Autos, ihren Investorenmeetings und den Geschäftsreisen? Maximilian braucht GENESIS EGO, Maximilian braucht Krach Consulting, Maximilian braucht den Glamour, die Macht,

Maximilian braucht Maximilian Krach. Sie, dieses Dutzend Männer, sie haben ihn nicht nötig. Warum sind sie gekommen?

Mit einem leisen Surren erstrahlen die Leuchtstoffröhren an der Decke und tauchen den Tagungsraum in gleißendes Licht. Elf Augenpaare richten sich auf Mirko, dessen Hand noch auf dem Lichtschalter liegt.

»Wer von euch hat einen Porsche?«

Vier Hände heben sich, Mirko hebt eine Augenbraue und einen Mundwinkel, die Hände sinken wieder.

»... und einen Lamborghini? Eine Rolex? Ein Penthouse?«

Niemand meldet sich, die Blicke sind beschämt nach unten gerichtet.

»Wir sind nicht hier, weil wir erfolgreich sind, und wenn wir ganz ehrlich zueinander sind, wissen wir auch, dass wir es nie sein werden. Wir sind hier, weil es für uns keinen Ausweg aus unseren Leben gibt. Wir sind hier, weil es guttut, so zu tun, als gäbe es eine Lösung für das alles.«

Mirko löscht das Licht wieder und lässt sich, während sich Maximilians Augen an die erneute Dunkelheit gewöhnen müssen, auf einem der letzten freien Stühle nieder.

»Wir sind hier, weil sich S-Bahn-Fahren schöner anfühlt, wenn man sich dabei vorstellt, demnächst von einem Chauffeur zum Flughafen gefahren zu werden. Wir sind hier, weil die Herde Wärme und Trost spendet.«

Maximilian drückt auf die Fernbedienung in der Tasche seines Sakkos, der Beamer erwacht aus dem Ruhezustand, beleuchtet ihn wie ein Scheinwerfer und projiziert einen goldenen, einfach gehaltenen Schriftzug auf die Wand hinter ihm.

GENESIS EGO. Schöpfe dein ICH.

1. Auflage 2024

© 2023, 2024, Verlag Kiepenheuer & Witsch, Köln
Alle Rechte vorbehalten
Die Nutzung unserer Werke für Text- und Data-Mining
im Sinne von § 44b UrhG behalten wir uns explizit vor.
Covergestaltung Marion Blomeyer / Lowlypaper
Gesetzt aus der Bely und der Zahmenhof Solid
Satz Buch-Werkstatt GmbH, Bad Aibling
Druck und Bindung CPI books GmbH, Leck

ISBN 978-3-462-00710-7